W0297996

Knaus
K

Aleksandar Hemon

# Nowhere Man

ROMAN

Aus dem Amerikanischen
von Bernhard Robben

Albrecht Knaus

Titel der Originalausgabe: Nowhere Man
Originalverlag: Nan A. Talese, Doubleday, New York

Zitatnachweis Seite 5:
Bruno Schulz, *Gesammelte Werke in zwei Bänden*
Band 1: Die Zimtläden und alle anderen Erzählungen
Hg.: Mikolaj Dutsch. A. d. Polnischen v. Josef Hahn
© 1992 Carl Hanser Verlag, München – Wien

*Umwelthinweis:*
Dieses Buch und sein Schutzumschlag wurden auf chlorfrei gebleichtem Papier gedruckt.
Die vor Verschmutzung schützende Einschrumpffolie ist aus umweltschonender und recyclingfähiger PE-Folie.

1. Auflage
Copyright © 2002 by Aleksandar Hemon
Copyright © 2003 der deutschsprachigen Ausgabe by
Albrecht Knaus Verlag, München,
in der Verlagsgruppe Random House GmbH
Umschlaggestaltung: Design Team München
Gesetzt aus: 10.2/13.6 pt Sabon
Satz: Filmsatz Schröter, München
Druck und Bindung: GGP Media, Pößneck
Printed in Germany
ISBN 3-8135-0186-8
www.knaus-verlag.de

Gewöhnliche Tatsachen sind der Zeit eingeordnet, hängen an ihrem Ablauf wie an Fädchen. So haben sie ihre Vorgeschichte und ihre Folgeerscheinungen, die sich eng im Raume stoßen und einander ohne Unterbrechung und Lücke auf den Fersen sind. Das hat seine Bedeutung für Erzählungen, deren Wesenskern Dauer und Folge ausmachen.

Was jedoch mit Ereignissen anfangen, die keinen eigenen Platz in der Zeit haben, mit Ereignissen, die zu spät kamen, erst kamen, da alle Zeit vergeben, verteilt und vertan war, und jetzt wie auf einem Schiff zurückblieben, das ohne Segel und Steuer, den Winden preisgegeben, heimatlos über das Meer irrt?

Bruno Schulz, *Die geniale Epoche*

# 1

# Pessach

◆

Chicago, 18. April 1994

**Hätte ich geträumt**, wäre ich im Traum ein anderer gewesen, eine kleine, in meinem Leib wühlende Kreatur, die die Klauen in meine Lungenwände schlug – ein wiederkehrender Albtraum. Doch ich lag wach, lauschte dem Gefissel in meinem Kissen, dem verstohlenen Nachgeben der Möbel, dem unter Windstößen ächzenden Haus. Ich streckte die Beine aus, die Decke ebbte ans Bettende, und aus dem Watt der Dunkelheit erhob sich mein rechter Fuß wie ein klobiger, erloschener Leuchtturm. Die Jalousien schnatterten einen Augenblick, kommentierten meinen Auftritt und gaben dann wieder Ruh.

Ich schloss die Tür zum Bad, und die hängenden Handtücher bebten. Es roch streng nach Plastikduschvorhang und aufgeweichter Seife. Wie eine Qualle zuckte im weit offenen Maul der Kloschüssel ein faseriger Streifen Toilettenpapier, und streng maß der Wasserhahn die Tropfen ab. Ich zog die Unterwäsche aus, ließ sie auf einen Haufen fallen, trat hinter den Vorhang und drehte das Wasser auf. Winzige, in Blasen gefangene Regenbogen strudelten im unvermeidlichen, Schwindel erregenden Wirbel, während ich mir vorstellte, unter der Brause zu zerschmelzen und durch den Abfluss zu verschwinden.

Ich ging die Treppe hinunter, einen Berg schmutziger Wäsche im Arm und sorgsam darauf bedacht, nicht auf die neugierige Katze zu treten. Als ich die Wäsche auf die Waschmaschine legte, zitterte sie, als wäre sie entzückt, und ich zog an der im Dunkeln baumelnden Schnur – Spinnweben sprangen rund um die Glühbirne ins Licht. Erst wenn die Schleudertrommel stockend zum Stehen kam, konnte ich die Wäsche in die Maschine stecken, also folgte ich der Katze in den Nebenraum. Da standen Kisten voller Dinge, zurückgelassen von Vormietern – wer mochten sie gewesen sein? –, die in einer der Wohnungen gelebt hatten: Tapetenrollen, ein Regenschirm mit zerbrochenen Speichen, ein schlapper Fußball, zusammengebundene Schuhe mit halbmondförmigen Sohlen, ein bilderloser Rahmen, Schichten anonymen Staubs. Wieder im Waschkeller, stopfte ich die durchweichten Kleider der Leute aus dem oberen Stock in den Trockner, dann füllte ich die Waschmaschine. Im Nebenraum raste die Katze im Kreis, stieß Kampflaute aus und verfolgte etwas, das ich nicht sehen konnte.

Heute war Vorstelltag. Aus schierer Verzweiflung hatte ich angerufen – vor Jahren, wie mir jetzt schien – und mich um eine Stelle als Englischlehrer beworben. Die fröhlichen Weihnachtstage und der irrsinnige Schlussverkauf waren kaum vorüber, da hatte mich der Buchladen im Art Institute entlassen. Zu meiner Arbeit hatte es gehört, Kartons auszupacken, Bücher in Regale zu ordnen und dann die Kartons zusammenzustauchen und fortzuwerfen. Am liebsten stauchte ich Kartons zusammen – diese gezügelte, wohlmeinende Zerstörung.

Zwei weiße Eier rollten im kochenden Wasser wie irislose Augen. Der Boden klebte, mit jedem Schritt schälten sich meine nackten Sohlen vom Estrich – ich dachte an Filme, in denen Menschen kopfüber an der Decke laufen können. Ein Kakerlak huschte über das Schneidebrett und versuchte, hinter dem Herd in Sicherheit zu gelangen. Ich stellte mir schmierige Wärme vor, Dreckauen, wie Straßen sich windende Kabelstränge. Und ich sah, wie ich ankam, einen Hautschnipsel an mich presste, weil ich von etwas Ungeheurem beinahe entzweigesäbelt worden wäre.

Ich hatte es mit anderen Buchläden versucht, aber man wollte mich nicht. Ich hatte mich um einen Job als Kellner bemüht, hatte ausgeklügelte Lügen über meine Berufserfahrung in den vornehmsten Restaurants von Sarajevo zum Besten gegeben, allesamt europäische Spitzenklasse, obwohl sie gar nicht existierten. Ich hatte meine mageren Ersparnisse verbraucht und steckte in der Möbelverkaufsphase. Für vierundsiebzig Dollar war ich einen vergammelten Futon mit Katzenkotzmuster losgeworden; einen wackligen Tisch mit vier Stühlen, unerklärlicherweise so zerkratzt, als wären sie durch Stacheldrahtfelder gelaufen. Ich war mit meiner Miete im Rückstand, hatte bereits *eviction, Räumung,* im Wörterbuch nachgeschlagen und hoffte nun, dass für den Vermieter die zweite, obsolet gewordene Bedeutung («Eroberung eines Landes oder Erwerb einer Sache durch Eroberung») den ursprünglichen Wortsinn überlagern und meinen Arsch retten würde.

Die erschreckend simple Tatsache lautete, dass niemand auf der Veranda war, wenn ich mich drinnen aufhielt: Die grünen Plastikstühle scharten sich um nichts, die Schaukel knarrte noch unter unsichtbarem Gewicht, die leeren Blumentöpfe starrten wie Osterinselschädel in die Ferne. Eine Fliege surrte gegen das Fenster, als bearbeitete sie die Scheibe mit einer Minisäge. Ein barbrüstiger Mann, mager wie ein Lagerhäftling – vorstehende Schulterknochen, Rippen, die Streifenschatten über den Oberkörper warfen –, ging auf der anderen Straßenseite fieberhaft in ein Haus ein und aus, um am Ende einfach zu verschwinden. Ich wollte schon die Tür abschließen, als ich die Katze sah, wie sie an einem Mausschädel knabberte und geduldig sein scharlachrotes Inneres freilegte.

Aber es war nicht bloß das Geld. Wenn ich keine Kartons zusammenstauchen konnte, hatte ich wie besessen Zeitungen gelesen und fern gesehen (bis ich den Apparat verkaufte), nur weil ich wissen wollte, was daheim geschah. Tod war, was geschah. Auch dieses Wort habe ich nachgeschlagen: «Folgt auf das Sterben, Ende des Lebens, letzter und irreversibler Ausfall der Lebensfunktionen einer Pflanze oder eines Tieres.»

Es roch ölig und warm, und ich stand auf der Straße und holte tief Luft. Früher einmal hatte dieser Geruch den Beginn der Murmelzeit angekündigt: Bald würde die Erde weich werden, und man brauchte keine Handschuhe mehr zu tragen; man konnte die Hände in den Taschen behalten – warten, dass man an die Reihe kam, mit den Fingerspitzen in den Murmeln zu rühren –, bis sich ein roter Streifen auf dem Handrücken zeigte, der die Grenze zwischen dem Stück Hand markierte, das drinnen, und jenem, das draußen war. Man drückte mit der Kniescheibe eine Kuhle in den Boden, machte sich die Hose schmutzig, sah der unerbittlichen Strafe der Eltern entgegen. Ich hatte einige Murmeln in den Taschen, dazu noch eine Umsteigekarte für den EL, labbrig, zerknittert.

Eine Frau mit Frühlingssprossen im Schlepptau eines riesigen Akitas lächelte mich scheinbar grundlos an, und ich trat – von ihrem Lächeln verwirrt, vom Akita eingeschüchtert – auf die Straße. Ich ließ die Frau vorbei; dann ging ich langsam weiter, als watete ich durch tiefes Wasser, denn sie sollte nicht glauben, dass ich ihr folgte. Der Akita beschnüffelte alles, sammelte hektisch Informationen. Die Frau drehte sich um und schaute mich noch einmal an. Die Sonne stand mir im Rücken, weshalb sie die Augen zusammenkniff und den Nasenrücken kraus zog. Offenbar wollte sie mir gerade etwas sagen, als der Akita sie weiterzerrte, ihr fast den Arm ausriss. Ich war erleichtert. Mir war es lieber, eine unbestimmte, angenehme Erinnerung zu sein, als ihr zu erklären, wer ich war, oder ihr zu erzählen, dass ich keinen Job hatte und dass ich, wenn ich einen hatte, Kartons zusammenstauchte.

Ein Teenager fuhr im Schaufenster erzitternden Wagen vorbei, krümmte den Finger, erschoss mich. Ich überquerte die Straße und sah mir einen Zettel an, der an einem Baum vor einem Feuchtigkeit ziehenden Gebäude hing. Darauf stand in roten Buchstaben:

HUND ENTLAUFEN
ICH HAB HUND ENTLAUFEN, IST COCKTAILSPANIEL UND HEISST LUCKY BOY. ER HAT LANGE, LANGE OHREN UND WELLIGES HAAR, GOLDBRAUNE FARBE MIT KURZEM SCHWANZ, IST ABER GANZ LIEB, SPINNT NUR EIN BISSCHEN. WENN WER MEINEN HUND FINDET, BITTE, BITTE BEI MARIA MELDEN.

MARIA

Vor der EL-Station ließ ein Mann mit schwarzer Melone sein Tamburin ohne jeden erkennbaren Rhythmus rasseln, dazu sang er mit flacher, verbitterter Stimme vom *Spirit in the Sky*. Der Mann lächelte mich an und zeigte mir seine dunklen Zahnlücken. Als ich ein Junge war, fand man es klasse, wenn jemand zwischen den Zähnen durchspucken konnte, da sich nur so eine ähnlich hohe Treffsicherheit wie bei den Schlangen in *Survival* erzielen ließ, die ihr Gift auf verängstigte Feldmäuse abschossen, doch standen meine Zähne zu eng zusammen, und ich habe es nie geschafft – nach jedem Versuch troff mir Spucke vom Kinn.

In der Station roch es nach Urin und Petroleum. Ein Frau mit Dreadlocks und gelber Weste durchstöberte unter der Treppe einen Schrank mit Metalltüren, fischte eine Schaufel hervor und schaute sie verdutzt an – offenbar hatte sie etwas anderes erwartet. Ich fuhr mit dem Fahrstuhl nach oben zum Bahnsteig und wartete auf die Zuglichter. Der Wind rollte eine leere Dose an den Bahnsteigrand – sie verharrte, wollte dem Drängen widerstehen, rollte weiter und fiel schließlich doch nach unten. Eine Maus huschte über die Gleise. Ich nahm an, dass sie spätestens beim dritten Gleis an einem Stromschlag sterben würde: einige Funken, ein schrilles Fiepen, eine steife, graubraune, von ihrem plötzlichen Ende noch immer überraschte Maus.

«Wir bitten Sie nur», sagte ein junger Mann, die Hände im Schoß gefaltet, «Ihr Leben Jesus Christus zu weihen und ihm ins Königreich Gottes zu folgen.» Sein bärtiger, breitschultriger Begleiter lief durch die Waggons und bot Tüten mit Erdnüssen und Erlösung an. Eine alte Frau mit Plastikhaube auf verstrubbeltem Haar grinste plötzlich, als hätte sie im selben Augenblick ein heftiger Schmerz durchzuckt. Ein verhutzelter Mann mit ausgebleichtem Strohhut verzog das Gesicht zu einer Grimasse verblüfften Entsetzens und blickte zum Erdnussmann auf. Vor mir saß eine junge Frau – sie roch nach Milch und Zimt, eine spitze Haarzunge leckte über ihren Kragen – und las Zeitung. WIDERSTAND IN GORAZDE ZUSAMMENGEBROCHEN lautete eine Überschrift. Ich war nur einmal in Gorazde gewesen, und zwar bloß deshalb, weil ich auf dem Weg irgendwohin ins Auto gekotzt hatte und meine Eltern in Gorazde hielten, um die Schweinerei aufzuwischen. Ich konnte mich erinnern, zitternd und durstig auf dem Vordersitz zu hocken, während mein Vater gegen seinen Brechreiz kämpfte und den Rücksitz mit einem Tuch abwischte; anschließend ließ er meine eingewickelte Kotze am Straßenrand liegen, und hungrige, verzweifelte kleine Tiere krochen aus den Büschen, um sie zu verschlingen. Die Frau reichte dem Erdnussmann einen adrett gefalteten Dollarschein, nahm eine Erdnusstüte, riss sie auf und begann, die Nüsse zu zermalmen. Ich sagte: «Nein, danke.» Graville, Loyola, Morse. Die Frau blätterte um, Nusssplitter rieselten herab. FAST ÜBERALL IM LAND FREUNDLICH UND WARM. Wir stiegen in Howard aus und ließen ein Meer von Nussschalen sowie einen in dunkler Ecke kauernden Betrunkenen mit Cubs-Mütze zurück.

Es ist aufregend und verwirrend, mit einer Menschenmenge in dieselbe Richtung zu eilen. Wir sammelten uns oben vor dem Fahrstuhl, fuhren gemeinsam nach unten und gingen durch diverse Drehkreuze, die uns auf den Rücken klopften, als kämen wir von gefährlichen Missionen zurück. Im nach Urin stinkenden Schatten der Station standen perfekt ausgerichtete Busse und saugten durch ihre Vordertüren Menschen ein. Ein verwittertes Schild an einem Cola-Automaten meldete AUSSER BETRIEB, und auf einem zerrissenen Plakat an der Mauer dahinter kündeten ein hysterischer, halbherzig grinsender Clown und ein gereckter Elefantenrüssel, der einen Zauberstab mit leuchtendem Stern umklammerte, die letztjährige Ankunft eines Zirkus an. Ich hatte in meinem Leben noch nie unterrichtet, vor allem kein Englisch, doch war Verzweiflung meine getreue Verbündete.

Ich steckte die Hände in die Jackentaschen: einige Murmeln, ein Baumwollfaden, eine Münze, eine Umsteigekarte. Ich erinnere mich an diese belanglose Hand voll, weil ich noch weiß, wie ich eine alte schwarze Frau ansah: leicht vornüber gebeugt, mit schwarzweiß kariertem Mantel und Glockenhut, Handknöchel, die einen Spazierstockgriff umspannten. Die Hände in die Taschen stecken zu können, dachte ich, war gar nicht mal übel; die Taschen sind das Zuhause deiner Hände.

Es gab eine Bank, auf die sich niemand setzte; sie war mit Dreckspritzern übersät. Ich blickte nach oben und entdeckte auf einem Stahlbalken hoch über unseren Köpfen dämlich gurrende Taubenrichter. Sie plusterten sich auf, blinzelten auf uns nieder und ließen mühelos ihren Kot herunterfallen. Als Kind hatte ich geglaubt, wenn es schneite, scheiße Gott auf uns nieder. Der Bus nach Touhy kam, wir stellten uns an, und nur, weil ich es geschafft hatte, die Umsteigekarte nicht zu verlieren, schüttelte mich vor lauter Glück ein heftiger Niesanfall.

Der Bus roch nach einem unbekannten Desinfektionsgemisch, einem Hauch bockwurstigen Schweiß und unbestimmter Staubtrockenheit. Das Taubengericht flatterte auf, als der Bus anfuhr und uns in die Sitze drückte, sodass wir alle pflichtschuldigst vorruckten. Ich hatte mal einen Freund – er wurde von einem Schrapnell getötet –, der sich gern vorstellte, es gäbe im Universum einen ruhigen Winkel, in dem ein Körper eine konstante

Geschwindigkeit beibehalten und sich bei gleichem Tempo in dieselbe Richtung bewegen könnte, ohne jemals anhalten oder in ein Gravitationsfeld geraten zu müssen. Dieser Bus zum Beispiel würde in stetiger, angenehmer Fahrt nach Touhy rollen, an keiner Ampel stehen bleiben und weiter nach Lincolnwood, Park Ridge, Elk Grove Village, Schaumburg, Hanover Park fahren, hinüber nach Iowa und darüber hinaus, den ganzen Weg bis nach Kalifornien, dann über den Pazifik, würde über endloses Wasser gleiten, bis wir Schanghai erreichten – wir hätten uns alle auf diesem Schiff kennen gelernt, hätten den ganzen Weg gemeinsam zurückgelegt.

Der Bus hielt abrupt an der Western, der Fahrer hupte wie verrückt und warf uns im Rückspiegel einen flüchtigen Blick zu. Ein Mann überquerte vor dem Bus die Straße, auf den Schultern einen zusammengerollten Teppich, der in der Mitte durchhing, sodass die beiden Enden den Boden berührten. Er sackte unter seiner Last zusammen, der Nacken gekrümmt, und die Knie eingeknickt, als trüge er ein schweres Kreuz.

Wir fuhren weiter, passierten Inner Light Hair Sanctuary, Auto Zone PartsWorld, Wultan Monuments, Land of Submarines, durchquerten Kalifornien, brausten an Barnaby & Scribner Family Dining, Mt. Sinai Medical Center, Eastern Style Pizza vorbei – und gegenüber von einem chinesischen Restaurant stieg ich aus. New World hieß es und war leer; im Fenster hing nur das Schild ZU VERMIETEN.

Bis zum Vorstellungsgespräch blieben mir noch einige Minuten; außerdem war ich noch nicht bereit, mir eine Stelle zu besorgen (wie sollte ich irgendjemand irgendetwas beibringen?), also drückte ich mich vor dem Fotoladen neben dem New World herum. Auf einem Schild im Fenster stand in dicken, schwarzen Buchstaben:

ALTE FOTOS WIE NEU
ALLE GRÖSSEN
FARBE
ODER
SCHWARZWEISS

Drunter hing ein Foto von schwarzweißen Bergarbeitern, Augen zwinkerten hinter grauen Staubmasken. Die Helme in die Gesichter gedrückt, hielten sie feierlich die Spitzhacken in Händen. Je einen Schritt auseinander standen auf einem weiteren Foto drei Kinder in Schlüpfern und in Jacken, deren Ärmel ihnen nicht bis zu den Handgelenken reichten; dieselben finsteren Augen, kurz geschorenen Haare und großen, wie kurze Flügel abstehenden Ohren.

Es gab ein Davor- und ein Danach-Foto: das Davor-Foto zeigte einen Mann mit düsteren Falten über trüben Augen; langes, lockiges Barthaar tilgte langsam sein Gesicht. Er saß da, die Hände verschlungen im Schoß. Links von ihm stand ein jüngerer Mann, dessen rechte Hand behutsam die Schulter des Alten berührte. Die obere rechte Fotoecke fehlte, auch die halbe Jarmulke des Jüngeren. Beide Männer zerteilte eine gezackte weiße Linie (dem Alten fuhr sie über die Brust, dem Jungen über die Hüfte), und eine Wolke weißer Blasen stieg zum Bart des Alten auf – ein Knick und seine Folgen, entstanden in irgendeiner Hosentasche. Das Danach-Foto hatte keine Blasen, keinen Knick; die Jarmulke war wieder ganz. Die Gesichter wirkten weißer, und die Hand des jungen Mannes umklammerte nun energisch die Schulter des Alten – wo sie auch waren, sie hielten zusammen. Wenn ich mich doch nur diesem erschöpfenden Kummer hingeben dürfte, nicht länger mit erhobenem Kinn umherlaufen müsste und wie ein Karton in mich zusammensinken könnte, wäre alles viel einfacher. Es gab ein Foto vom Einkaufszentrum Lake-in-the-Hills bei Nacht, nichts als grelles Neonblau, Neongelb und Neonrosa.

Ich brauchte den Job. Ich rechnete: Wenn ich im Monat tausend Dollar bekam, konnte ich auf Anhieb die Mieten für März und für den halben April bezahlen und mir für knapp fünfzig Dollar eine Matratze kaufen. Ich fühlte Schmetterlinge im Bauch, die rissen sich gegenseitig die Flügel aus, zerfetzten sich brutal die Hinterleiber. Frühlingswunden prangten auf dem Rasen vor dem Institut. Über den Büschen hingen Geschwader von Stechmücken, die sich, noch müde vom langen Schlummer, fragten, was zu tun war: sich für das Klumpengrün der Büsche entscheiden oder sich vor die nächste Windschutzscheibe stürzen und allem mit einem Platsch ein Ende setzen.

Die Empfangsdame war eine schlanke Person mit einem Makeup so dick, als hätte sie sich nie abgeschminkt, sondern ihrem Gesicht immer nur Schicht um Schicht hinzugefügt. «Setzen Sie sich», sagte sie, zog einen Schmollmund und kniff die Augen zusammen, als traute sie mir nicht. Ich setzte mich auf ein ockerfarbenes Sofa, und als ich ins Polster fiel, sprang mich vom anderen Ende ein Nickel an, also steckte ich ihn ein. Die Empfangsdame telefonierte, den Mund dicht an der Muschel, die sie mit ihrem Lippenstift verschmierte, während sie mich unablässig musterte, als beschriebe sie mich: Er ist groß, aber stämmig, hat einen würfelförmigen Kopf, ist nicht sonderlich gut gekleidet und spricht mit osteuropäischem Akzent, am Hals eine Narbe. Im Flur stand auf einem Podest eine Menora, am Sockel eine hebräische Inschrift. Von irgendwo hinter der Menora erklang ein misstönender Chor; ich hörte harsche Konsonanten und gewisperte Vokale:

Moby Dick habe ich nicht gelesen.
Den Grand Canyon habe ich nie gesehen.
Ich bin nie in New York gewesen.
Ich war niemals reich.

Die Wände waren blassbraun, die Teppiche deprimierend braun, und die Frau, die auf mich zukam, ging schnell und beugte sich im Gehen vor. Abrupt blieb sie stehen, eine unsichtbare Leine war zum Zerreißen gespannt. «Hi!», sagte sie, «ich heiße Robin.» Sie sprach in bemüht fröhlichem Ton, wollte gemocht werden und spürte doch, dass kaum Hoffnung bestand. Ich stellte mich vor und erhob mich rasch vom Sofa, um mit ihr Schritt halten zu können. Wir kamen an einem schwarzen Brett mit russischen Flugblättern und handgeschriebenen Zetteln vorbei. Es gab Türen, die dunkle Kellerräume vermuten ließen, auf dem Boden ein Durcheinander von Fußabdrücken, als hätte hier ein Besoffener in dreckigen Stiefeln getanzt. Robin flog über den Flur, stieß eine Tür auf und wartete darauf, dass ich eintrat. Ihre Augen waren eine Nummer zu groß für ein Gesicht, das Furchen zierte, die bis an den Rand mit Puder gefüllt waren. Blitzartig erkannte ich, wie lächerlich meine Hoffnungen waren, wie beruhigend weit doch alles außerhalb meiner Möglichkeiten lag. «Kommen Sie herein, und nehmen Sie Platz», sagte sie. «Ich hole Marcus.»

Ich wusste nicht, wer Marcus war, doch ging ich ins Zimmer; es roch nach angespitzten Bleistiften, nach Klebstoff, Robins Parfüm, verbranntem Kaffee und Kreide. Einen runden Tisch kränzten albtraumhafte Kaffeetassenringe, und neben einem vergessenen Wörterbuch stand eine Kaffeetasse (wohl der Übeltäter).

Zeitungen lagen stapelweise auf dem Tisch, Titelseite nach oben: WIDERSTAND IN GORAZDE ZUSAMMENGEBROCHEN. Mit dreizehn hatte ich mit Titos Pionieren den Sommer in einem Badeort verbracht und mich in ein Mädchen aus Gorazde verliebt. Sie hieß Emina und brachte mir bei, wie man mit der Zunge küsst, und sie ließ mich ihre Brüste fühlen – sie war das erste Mädchen, das ich anfassen durfte und das einen BH trug. U.S. BEHÖRDEN GREIFEN BOOT MIT III FLÜCHTLINGEN

AUF lautete eine andere Schlagzeile. Meine Hände schwitzten, die Fingerkuppen waren feucht, die Druckerschwärze verwischte die Hautrillen, machte sie unsichtbar. Ich hatte einmal einen Schundroman gelesen, in dem ein genialer Verbrecher, der berüchtigte König der Mitternacht, seine Fingerabdrücke verändert hatte, doch erkannte ihn der Meisterdetektiv an seiner unverwechselbaren Stimme. Leicht schief drehte sich der Deckenventilator über die Kaffeeflecken. Jemand namens Ronald «Ron Rogers» Michalak war gestorben – geliebter Ehemann der bereits verschiedenen Patricia. Sonnenschein wärmte weite Teile der Nation. Die Bulls hatten verloren, blickten aber unverwandt nach vorn. Die Juden Chicagos feierten Pessach.

Eine Frau öffnete die Tür und kam herein, hielt mit der Linken aber weiterhin fluchtbereit die Tür auf. «Ist Robin da?», fragte sie. Ihre blauen Blusenärmel waren aufgerollt, und ich konnte sehen, wie sich in ihrem Unterarm die Sehnen spannten, während sie gegen das Gewicht der Tür ankämpfte.

«Nein», sagte ich. «Sie wollte Marcus suchen. Ich warte hier auf die beiden.»

«Dann komme ich später noch mal wieder», sagte sie und drehte sich um. Ich erkannte ihren Hinterkopf: blauer Kragenrand und schlanker Hals, eine flaumige Ranke, die sich zum Haarmeer mit dem leichten Wirbel hinaufwand – sie war auch in der Bahn gewesen, hatte vor mir gesessen. An der Innenseite der Ohrläppchen konnte ich die Brisuren ihrer Ohrringe sehen und einzelne Strähnen, die ihre Ohrspitzen streiften, als sie nach draußen glitt. WIEDER GRAUSAME MASSAKER meldete eine Schlagzeile. LEICHENBERGE IN RUANDA.

Wie eine Puppe schien Robin statt Augäpfel übergroße Glasmurmeln zu haben – entweder blinzelte sie gar nicht, oder sie blinzelte, wenn ich blinzelte. Ihre Brauen schwangen sich so abrupt nach oben, als wären es kleine Sensen. Marcus schürzte die Oberlippe, bis sein Schnurrbart die überreiche Nasenwolle berührte, als zwänge er die Haare, sich zu vereinen. Er schaute mich abwartend an, die Hände bequem auf seinem Bauchsims abgelegt.

«Verfügen Sie als Lehrer bereits über einige Berufspraxis?», fragte Robin.

«Nein», erwiderte ich, «dafür habe ich umso mehr Praxis im Lernen.»

«Unsere Leute können ziemlich anstrengend sein», sagte sie. Ein hysterisch tschilpender Krankenwagen fuhr über die Straße.

«Diese Arbeit», sagte Marcus mit gewissenhaft nasaler Stimme, «verlangt Geduld. Mit Renitenz kommen Sie nicht weit.»

Robin blickte zu ihm herüber, runzelte die Stirn und blinzelte, setzte aber gleich wieder die Miene einer etwas verblüfften Puppe auf. Ich hatte keine Ahnung, was «Renitenz» bedeutete, und das Wörterbuch lag außer Reichweite.

«Wo kommen Sie gebürtig her?», fragte Marcus.

«Sarajevo, Bosnien.»

«O Mann», sagte Robin. «Passt ja prima.»

«Ich habe Jahre mit dem Studium fremder Kulturen verbracht», sagte Marcus, stand auf und ging auf mich zu. Er war von kürbisförmiger Gestalt, hatte aber die schmalen, kleinen Füße eines Balletttänzers. Er beugte sich vor und flüsterte: «Früher habe ich für die Regierung gearbeitet.»

«Ehrlich?», fragte ich. Robin war flammendrot angelaufen – die Wangen glühten unter dem Make-up.

«Ja, doch, für die NSA, die DLI, Abteilung slawische Sprachen. Hab alles Mögliche übersetzt – wirklich *alles Mögliche*», sagte Marcus. «Ich beherrsche siebzehn Sprachen.»

«Wahnsinn!», sagte Robin.

«*Dobar dan!*», sagte Marcus.

«*Dobar dan!*», erwiderte ich.

«*Da li je ovo zoološki vrt?*»

«Heiliger Bimbam!», sagte Robin. «Was bedeutet das?»

«Guten Tag. Guten Tag», übersetzte ich. «Ist dies der Zoo?»

Jemand klopfte, schaute ins Zimmer und fragte: «Kann ich Sie mal sprechen, Lehrerin?»

«Jetzt nicht, Michalka», sagte Robin. «Warten Sie draußen?»

«Ist aber wichtig», sagte Michalka.

Ich drehte mich um und schaute ihn an: Der Kopf asketisch rasiert, der Schädel vernarbt, das Gesicht von ungeheurer Kraft eingedrückt, fast, als wäre er mal Boxer gewesen. Falten wie ein Gebirgskamm zogen sich über die Stirn. Er erinnerte mich an meinen Onkel, der jetzt in Kanada lebte und Kammerjäger war.

«Warten Sie bitte draußen, Michalka», sagte Robin.

«Manche verfügen über einen wahrhaft ingeniösen Verstand, andere haben höchst embrouillierende Persönlichkeiten», sagte Marcus.

«Tut mir Leid», sagte ich. «Ich verstehe nicht alles, was Sie sagen.»

«Er kommt aus der Tschechoslowakei», sagte Robin. «Sie sind doch auch aus der Tschechoslowakei, nicht wahr?»

«Er kommt aus Jugoslawien», sagte Marcus, «ein kriegsversehrtes Land.»

«Ich stamme aus Bosnien», erklärte ich.

«Wissen Sie», sagte Marcus, «ich hatte mal einen *Einsatz* in Bosnien und habe dort tapfere Männer und einige sehr schöne Frauen kennen gelernt.»

«Wann war das?», fragte Robin und rieb sich die Schläfe. Die Kopfhaut kräuselte und glättete sich unter ihrem Finger, der Schmerz blieb unberührt. Es musste sie eine enorme Anstrengung kosten, den Ausdruck ständiger Verblüffung beizubehalten.

«Vor langer Zeit», sagte Marcus. «Ich hatte mich in eine eindrucksvolle, leidenschaftliche Frau verliebt, doch Umstände, die näher zu erläutern schlicht zu insipide wäre, haben mich andere Wege geführt.»

Ohne anzuklopfen steckte Michalka wieder den Kopf durch

die Tür, und auf Robins Gesicht zeigte sich ein leicht verärgerter Ausdruck.

«Lehrerin», sagte Michalka, «ich muss mit Ihnen reden.»

Robin stand auf, die Augen bis zum Anschlag nach oben gerollt, und ging nach draußen. Marcus beobachtete mein Gesicht, wollte meinen Blick auffangen und nickte dann, als er die erwarteten Spuren fand.

«Sie kennen sich mit dem Elend aus, nicht wahr?», fragte er.

«Ich weiß nicht», erwiderte ich beklommen. «Was für Elend?»

«Jedenfalls wirken Sie wie jemand, der sich gut auskennt.» Er wandte sich zum Fenster um und seufzte, als kämen ihm eine Menge angenehmer Erinnerungen.

Robin kehrte zurück, schüttelte den Kopf und rollte wieder mit den Augen, als hätte sie gerade das merkwürdigste Geständnis vernommen.

«Werfen Sie einen Blick in einige Klassenzimmer», sagte Marcus, «damit Sie sehen, was da so vor sich geht.»

«Na schön.»

«Ich verstehe diese Leute nicht», sagte Robin und schüttelte immer noch den Kopf. «Ich verstehe sie wirklich nicht.»

Wir gingen die Treppe hinauf, peinlich darauf bedacht, uns nicht zu nahe zu kommen, uns aber auch nicht zu weit voneinander zu entfernen. Marcus' hintere Hosentasche klaffte auf, während er behend auf Zehenspitzen nach oben eilte, und ein Bündel Briefe drohte herauszufallen. Ich folgte dem Duftstreif von Robins zuckrigem Parfüm, ihrem Achselgeruch nach feuchtem Wundverband. Vor einer Klassenzimmertür blieben wir stehen, und Robin flüsterte mir verschwörerisch zu: «Das hier ist Stufe zwei, also ziemlich einfach. Gut möglich, dass Sie noch eine niedrigere Stufe unterrichten, also dürfte Sie interessieren, was hier passiert.»

«Lassen Sie sich von der Schülerschaft nicht irritieren», sagte Marcus. «Gelegentlich sind sie doch ziemlich lethargisch.»

«Okay», sagte ich. Robin öffnete die Tür, und wir gingen hinein.

«Hi, ihr!», sagte die Lehrerin, sobald sie uns sah. «Ich bin Jennifer.»

Sie trug einen himmelblauen Pullover mit Spitzenkragen und einen weiten Rock trotz schmaler Taille. Sie hatte rosarote Lippen, eine Brille, die ihre Augen vergrößerte, und Haare, die einer Weidenkrone glichen. In ihrem Rücken hing eine Weltkarte – Nordamerika lag in der Mitte, und die Ozeane der Welt hatten dieselbe Farbe wie Jennifers Pullover.

«Bitte, wundern Sie sich nicht», sagte Marcus langsam, den Schülern zugewandt. «Wir schauen uns nur diverse Klassen an, um ihm» – er wies auf mich – «die Höhen und Tiefen des Spracherwerbs zu demonstrieren.»

Bei Marcus' Worten erstarrten die Schüler, als schrumpfte das Klassenzimmer: Die älteren Frauen in der ersten Reihe, die Veteranenmütter mit den gigantischen Broschen auf ihren Busen, griffen nach ihren Stiften; hinter ihnen sackten die Männer mit ihren Knollennasen und den gelblichen Gesichtern der Kettenraucher auf ihren Stühlen zusammen; in der Ecke beugte sich ein jüngerer Mann mit langem, ungepflegtem Bart über sein Schreibheft, an dessen Rand ich eine Schar verzerrter Pyramiden erkannte.

«Alles klar», sagte Jennifer. «Wir haben doch nichts gegen Gäste, nicht wahr?»

Sie strahlte die Klasse in der Erwartung an, dass ihr Lächeln erwidert würde, was nicht geschah.

«Nicht wahr?», sagte sie mit einer Stimme, in der eine leise Drohung mitschwang.

«Ja, das haben wir», antwortete die Klasse im Singsang.

«Nein, haben wir nicht, wollten Sie sagen», ermahnte sie Jennifer.

«Nein, haben wir nicht», wiederholte diesmal nur die erste Reihe.

«Oky doky», sagte sie, trat an die Tafel, wischte «einfache

Gegenwartsform» ab und schrieb «Pessach». Wir blieben fluchtbereit in Türnähe. Marcus verknotete seine Arme vor der Brust, Robin blinzelte unaufhörlich.

«Was ist Pessach?», fragte Jennifer und richtete ihren hoffnungsfrohen Blick auf die Klasse. Ihre Schüler starrten sie an und regten sich nicht, erstarrt in kollektivem Schweigen.

«Sergei? Was ist Pessach?»

Sergei – ein Mann um die vierzig mit einer Fülle von überall in seinem Gesicht sprießenden Warzen und den grünsten Augen, die ich je gesehen habe – stierte Jennifer finster an.

«Was ist Pessach, Sergei?»

Sergei kniff die Lippen zusammen, setzte sich auf und war offensichtlich fest entschlossen, kein Wort zu sagen.

«Was ist Pessach?»

«Urlaub für die Juden», sagte eine Frau in der ersten Reihe mit einer Stimme wie eine Dampfpfeife.

«Ein jüdischer Feiertag. Sehr gut!», sagte Jennifer. «Und was machen die Juden an Pessach?»

Irgendwo hinten knarrte ein Stuhl. Gelangweilt blätterten die Veteranenmütter in ihren Büchern. Der junge Mann in der Ecke schaute aus dem Fenster. Regentropfen krochen über die Scheibe.

«Was machen Juden an Pessach?», fragte Jennifer noch einmal, ohne ihr Lächeln aufzugeben, doch blickte sie argwöhnisch zu Marcus hinüber.

Sie sagten nichts.

«Wie viele von euch sind Juden?», fragte sie, verließ die Tafel und ging einen Schritt auf sie zu.

«Sie müssen keine Angst haben», sagte Marcus.

Zwei Erste-Reihe-Frauen hoben die Hand, dann noch ein halbes Dutzend.

«Okay», sagte Jennifer. «Weißt du die Antwort, Sofya?»

Sofya nahm die Brille ab – ihre Augen waren blau, und unter dem linken Auge hatte sie eine halbmondförmige Narbe.

«Das jüdische Volk flieht aus Ägypten», sagte sie widerstrebend, als wäre es ein gut gehütetes Geheimnis gewesen.

«Aber was machen sie heute?», fragte Jennifer.

Schweigen füllte jeden Winkel des Klassenzimmers. Wir konnten das Stakkato des Regens an den Fensterscheiben hören, das Rauschen der Bäume, Wut und Trauer.

«Wir müssen gehen», verkündete Marcus, ohne eine Antwort abzuwarten, sodass Sofyas Worte am Rand ihrer Lippen verharrten.

*«Doswidanja!»*, sagte Sergei.

Also gingen wir, doch hörte ich noch, wie Jennifer zu ihrer Klasse sagte: «Leute, das geht auch ein bisschen besser.»

«Das hier ist Stufe sieben», sagte Marcus. «Ein ziemlich anspruchsvoller Bildungslevel.»

Ohne anzuklopfen stieß er die Tür auf, und wir platzten in ein kleines Zimmer und erschreckten die Lehrerin und ihre vier Schüler. Langsam schloss Robin die Tür hinter mir. An der Stafel stand «siamesische Zwillinge», darunter «Abdomen», «Schmerz», «Fehlfunktion» und «Einsamkeit».

«Fahren Sie fort», sagte Marcus. Die Lehrerin war die Frau aus dem Zug, und mir fiel auf, wie hübsch sie war. Matt lächelte sie uns an und sagte: «Wir lesen gerade einen Artikel über Ronnie und Donnie, die siamesischen Zwillinge.» Sie hatte ein spitzes Kinn, helle Haare, eine jungenhafte Frisur, dunkle Augen mit zwei schmalen Brauenhorizonten und reichte uns Kopien des Artikels. Ronnie und Donnie blickten in die Kamera, die Unterleiber zusammengewachsen, die Gesichter identisch: große Brille, kräftige, vorspringende Kieferknochen und ein gequältes Lächeln. Sie hatten vier Beine, aber nur einen Oberkörper.

«Igitt, wie eklig!», sagte Robin und blähte erschrocken die Nüstern.

«Ziemlich übel», sagte Marcus.

«Ich muss sagen», meinte der Mann, in dem ich Michalka wiedererkannte, «er ist nicht sehr angenehm, dieser Anblick.»

«Ungeheuer sind das», sagte eine Frau in dunklem, strengem Kostüm. Sie hatte langes, weißes, tadellos gekämmtes Haar, das schütter auf ihre Schultern fiel.

«Ungeheuer», wiederholte der junge Mann neben ihr. Er war unübersehbar ihr Sohn: die gleichen vollen Apfelbacken, die gleichen ovalen Nasenlöcher, die gleichen Piroggenohren, das gleiche angestrengte Stirnrunzeln, als hätten sich Stirn und Wangen verschworen, die Augen auszudrücken.

«Es sind Menschen», sagte Michalka, hob den Zeigefinger und traf eine wichtige Feststellung. «Als ich gewesen war ein kleines Kind, habe ich einen Freund gehabt, der einen großen Kopf gehabt hatte.»

Er beschrieb mit dem Zeigefinger einen riesigen Kreis um seinen Kopf, um den enormen Schädelumfang anzudeuten.

«Alle Kinder hatten sich über seinen großen Kopf lustig gemacht gehabt, und sie hatten ihn mit einem großen Stock auf den Kopf geschlagen. Ich war sehr traurig gewesen», sagte Michalka und nickte, als wollte er das schmerzhafte Zucken des großen Kopfes andeuten.

«Wir lernen die Vergangenheitsform», sagte uns die Lehrerin und lächelte wohlwollend – ein Lächeln, das ich gern erwiderte. Ihre in Jeans steckenden Oberschenkel waren mit Kreideflecken übersät. Die weißhaarige Frau und ihr Sohn schauten sich an.

«Ich muss die Vergangenheitsform kennen», sagte Michalka und zuckte resigniert die Achseln, als wäre die Vergangenheit der Tod und er dafür bereit.

«Auf diese Weise», sagte der vierte Mann, «haben die Nazis alle umgebracht.»

Er hatte einen eckigen, mächtigen Kopf, und sein Gesicht mit dem Mienenspiel eines Menschen aus dem früheren Jugoslawien schien vertraut: großzügige Bewegungen, zuckende Augenbrauen. Als wäre er wütend auf die Luftmoleküle, formte er mit seinen Händen vor sich seltsame Dinge und zerteilte sie dann.

«Sie haben sie gekocht und ihre Knochen ins Museum gesteckt», sagte er. «Sie wollten, dass die Deutschen sich Ungeheuer anschauen.»

«Igitt, wie eklig», sagte Robin und schüttelte mit herausgestreckter Zunge den Kopf.

«Ja», sagte die Lehrerin nachdenklich, den Zeigefinger am Kinn. Sie hatte ein zierliches Handgelenk mit zwei leicht asymmetrischen Knöcheln. Ich malte mir aus, wie ich dieses Handgelenk streichelte, dann ihren Unterarm, ihre Schulter und schließlich ihren Nacken. Sie fuhr fort: «Die Deutschen haben die Skelette von Zwergen und siamesischen Zwillingen ausgestellt, um ihrem Volk einzureden, dass es eine überlegene Rasse sei.»

Der vierte Mann schaute das Gewitter an, sein linkes Knie zuckte.

«Es hatte einen Wissenschaftler gegeben, der hatte menschliche Köpfe gesammelt, und er hatte ein Buch für Himmler geschrieben, und seine Soldaten haben es gelesen haben müssen, denn sie hatten die Juden für Ungeheuer gehalten», sagte Michalka.

«Ich glaube, du benutzt ein bisschen zu viel Vergangenheit», rügte ihn die Frau mit dem Sohn.

«Entschuldige», sagte Michalka, «aber ich muss Vergangenheitsform kennen.»

Der vierte Mann lächelte Michalka wehmütig an, und plötzlich erkannte ich dieses Lächeln: das Hochziehen der linken Seite der Oberlippe, das Entblößen der Zähne mit ihren gleichmäßig breiten, Spucke leitenden Lücken, dem Spielzeughundnicken, das Zusammenkneifen der Augen. Ich kannte den Mann, konnte mich aber nicht an ihn erinnern. Aufmerksam starrte ich ihn an und hoffte auf weitere, vertraute Signale.

«Also gut», sagte die Lehrerin. «Lesen wir weiter. Paul, übernimm du bitte den Abschnitt, der mit: ‹Es stimmt – sie haben oft …› beginnt.»

«Es stimmt», begann Michalka, «sie haben oft – dieselben – Träume. Sie spüren auch denselben Schmerz, was nicht überrascht – *überrascht* –, da sie dieselben inneren – *inneren* – Organe teilen. Der Schmerz, so sagen sie, ist meist gleichsämig – *gleichmäßig* – verteilt und manchmal sogar – *doppelt* stark.»

Der vierte Mann stützte das Kinn in die linke Hand. Sein Adamsapfel hüpfte ein wenig wie ein Tischtennisball. Er strich sich mit dem Handrücken über das Kinn und schaute gelegentlich aus dem Fenster. Seine Ohren waren klein wie Kinderohren.

«Danke, Paul», sagte die Lehrerin. «Haben wir das alle verstanden?»

«Doppelt heißt zweimal, ja?», fragte der Sohn.

«Ja», sagte seine Mutter.

«Okay, Joseph, warum liest du nicht weiter?», fragte die Lehrerin.

Als legte er ein Geständnis ab, begann der vierte Mann mit sehr leiser Stimme zu lesen:

«Ronnie und Donnie verleihen dem Wort unver – *unzertrennlich* eine neue Bedeutung. ‹Viele Menschen glauben, am schlimmsten sei, dass man keine – Privatsphäre – habe›, sagt Ronnie, ‹aber sie verstehen nicht, was heißt es – *es heißt* – nicht nur das Leben, sondern auch den Körper mit jemandem zu teilen, den man liebt. Donnie ist ich, und ich bin Donnie.›»

Ein Junge kniete auf weichem Boden über einem Sternbild aus lauter Murmeln, wischte Kiesel, Zweige und Unrat zwischen den beiden Murmeln beiseite, die knapp einen Schritt auseinander lagen: die eine klein mit drei orangefarbenen Flossen in ihrem Glasglobus, die andere völlig marmorweiß. Er griff nach der orangenen Murmel, hob die Knie vom Boden, hockte sich hin, legte den Zeigefinger um die Murmel, schob den Daumennagel dahinter. Die Faust zog sich zusammen, bereit, die Murmel abzufeuern. Er zielte auf die weiße Murmel, schloss das linke Auge, kniff das rechte zusammen, dann der Schuss. Seine Murmel flog über den Sand und traf die weiße – Ping! –, und der Junge lächelte. Die weiße Murmel hatte mir gehört, doch nun hatte ich sie verloren, und der Junge war Jozef Pronek, der Mann, der über Ronnie und Donnie vorlas. Ich erinnerte mich an ihn, dort saß er, wie aus dem Nichts aufgetaucht. Die Klarheit der Erinnerung war verblüffend.

«‹Die Menschen begreifen oft nicht›, sagt Ronnie, ‹dass wir beide sterben, wenn einer von uns stirbt›», las Pronek vor.

Er hat in jenem Haus auf der anderen Straßenseite gewohnt, das anstelle einiger verfallener Häuser und ihrer verwilderten Gärten errichtet worden war. Früher streifte ich mit meinen Freunden durch diese Gärten wie durch unerforschte Kontinente. Wir konnten Kohl essen, als wäre es eine exotische Frucht, verbrannten Gartenschnecken in Opferfeuern und beschützten unser Reich vor Eindringlingen, vor anderen Kindern. Wir fanden einen streunenden, räudigen Hund, machten ihn im Spiel zu unserem Wachhund und patrouillierten mit ihm durch die Gärten. Als daher ein Zaun um die Gärten gebaut und der Boden aufgebaggert wurde, geriet unsere Welt aus den Fugen. Man baute ein hässliches Hochhaus, das wir ebenso wie seine Bewohner hassten. Also warfen wir Steine in die Fenster und setzten den Abfall in Brand. Kinder aus dem Haus wurden abgefangen und grausam verprügelt. Pronek wohnte dort, doch wenn wir ihn abfingen, wehrte er sich nie – selbst wenn seine Nase blutete, starrte er uns bloß mit brennender Wut an und ging dann einfach fort. Irgendwann versandete der Krieg gegen das Haus, und schließlich spielten wir sogar mit diesen Kindern. Sie waren nicht länger unsere Feinde, aber auch nicht unsere Freunde. Sie blieben die Zugezogenen, manche sprachen mit seltsamem, Sarajevo-fremdem Akzent, und wir waren die Eingeborenen. Sie durften sich ansiedeln, doch blieb es unser Land, und das ließen wir sie immer wieder spüren.

Da saß er nun, las Englisch mit starkem Akzent und blickte nicht auf.

«‹Während ihrer Kindheit waren sie bekannt dafür, dass sie gut auf Bäume klettern konnten, wo sie sich vor anderen Kindern ver – *versteckten* – und ihnen beim Spielen zusahen. ‚Es war merk – *merkwürdig*', erzählt Will Senson, ein Freund aus Kindertagen. ‚Man blickte auf und sah vier Augen, die auf einen herabstarrten'.›»

«Danke, Joe!», sagte die Lehrerin.

Pronek sah direkt zu mir herüber. Ich wusste nicht, ob er mich erkannte – ich hatte eine langwierige, schwere Krankheit hinter mir und mich sehr verändert –, doch er schaute mich an. Ich wandte den Blick ab, mein Herz hämmerte. Wie war er hergekommen? Wurde er in Sarajevo belagert? Belagerte er Sarajevo? Seit Jahren hatte ich kein Wort mit ihm geredet, falls ich das je getan hatte. Er lehnte sich auf seinem Stuhl zurück, doch mein Blick mied ihn. Was sollte ich sagen? Was hatte er für eine Geschichte zu erzählen? Was für ein Leben führte er?

«Wie makaber», flüsterte Robin Marcus zu.

«Ja, ziemlich morbide», sagte Marcus und stand auf, um zu gehen, weshalb ich mich gleichfalls gehorsam erhob. Als ich aus dem Klassenraum ging, drehte ich mich noch einmal nach Pronek um, und er erwiderte meinen Blick. Aber – vielleicht – erkannte er mich nicht. Er wirkte immer noch wütend.

Wir gingen zurück ins Büro. Ich sagte: «Ich würde hier wirklich gern arbeiten.»

«Wir könnten Sie gebrauchen», sagte Robin.

«Wir melden uns bis Ende der Woche», sagte Marcus.

Draußen beugten dunkle Regenschirme die Passanten nieder. Die Windseite der Baumstämme war triefnass, die Äste in Lee bebten bei der Aussicht auf eisigen Regen und wackelten mit ihren dürren Ästchen, als ermahnten sie mich: Nein, nein, das würde ich aber nicht tun. Aber ich tat es und spazierte durch den

Regen – es war kalt. Ich kam an einem schäbigen Gebäude vorbei: Eine Katze hockte im Fenster einer Wohnung und beobachtete mich mit düsterem Blick, ganz Herrin der Lage.

Und ich erinnerte mich, in unserem Hausflur eine Maus in die Enge getrieben zu haben – dies ist vor langer Zeit geschehen –, nachdem sie den Fehler begangen hatte, aus ihrem Loch hervorzukommen. Sie zitterte vor angstvoller Wut, und ich wollte sie beim Schwanz erwischen. Mit den Fingerspitzen gelang es mir – ihr Schwanz ein gummiharter Tentakel –, sie vom Boden aufzuheben. Ich weiß noch, dass Pronek dabei war, mir zusah und mich für mein Tun hasste. Verzweifelt wand sich die Maus in meiner Hand, und ich kicherte, genoss meine Macht – bestimmt waren auch Mädchen dabei –, bis die Maus sich irgendwie aufbäumte und mir in den Handballen biss, zwei kleine Nadeln, die meine Haut durchbohrten. Pronek beobachtete mich grinsend, als hätte er von vornherein gewusst, was geschehen würde. Ich schrie und ließ die Maus los; sie huschte davon, froh, am Leben zu sein. Ich umklammerte meine rechte Hand und wollte verhindern, dass der Schmerz sich ausbreitete.

«Sie meinen Hund finden?», fragte mich eine dunkelhäutige Frau. Sie hatte mich vor meinem Haus angesprochen, als hätte sie auf mich gewartet: «Ich verlieren meinen Hund.»

«Nein, tut mir Leid.»

«Sie sicher? Kleiner Hund.»

«Ich bin mir sicher.»

Sie ging die Straße hinab, suchte zwischen und unter den Autos, auf den schmalen Streifen zwischen den Häusern und schrie immerzu «Lucky Boy!». In der Ferne hörte ich Donnergrollen.

Ich betrat meine Wohnung, die Dielen ächzten ihr Willkommen, und plötzlich spürte ich, wie mich ein warmer Schwindel überlief, meinen Nacken benetzte. Ich setzte mich auf den Boden, noch mit Jacke, saß, wo der Futon gelegen hatte, und mich packte die erschreckende Ahnung, dass die meisten Dinge in dieser Welt fortdauerten, ob ich lebte oder starb. Es gab ein Loch in der Welt, und ich passte genau hinein; wenn ich verging, würde sich bloß das Loch schließen, wie sich die Narbe über einer Wunde schloss. Ich hätte Pronek erzählen sollen, wer ich war, es schien mir wichtig, dass er es erfuhr. «Lucky Boy!», hörte ich die Frau rufen. «Wo bist du? Wo du hingehst?»

# 2

# Gestern

Sarajevo,
10. September 1967–24. Januar 1992

**Geboren wurde Jozef Pronek** am 10. September 1967 im Entbindungsheim in Sarajevo nach siebenunddreißig Stunden grauenvoller Wehen, die darin gipfelten, dass seine Mutter, zwischen deren Beinen Jozefs kleiner Kopf auf halbem Weg in die Welt feststeckte, schwor, ihn mit eigenen Händen zu erwürgen, wenn er nicht *sofort* herauskäme. Seine Mutter bedauerte ihre Drohung noch im selben Augenblick, in dem sie sein zerknittertes Gesicht sah, das wie ein expressionistisches Gemälde von einem schreienden Mund beherrscht wurde. In ihrem Delirium fand sie es außergewöhnlich schön.

Eben dasselbe expressionistische Gesicht wurde Jozefs Vater gezeigt, der in dem sonnigen, mit betrunkenen Vätern bevölkerten Krankenhauspark wartete. An seinen Freund Duško gelehnt, mit dem er die Ankunft seines Sohnes in dieser jammervollen Welt gefeiert hatte, hielt Pronek senior sich nur mühsam aufrecht. Kaum sah er dies verhutzelte, wütende Gesicht, verglich ihn sein Vater, einer merkwürdigen Eingebung folgend, mit dem berüchtigten Tschombé, jenem Mann, der Patrice Lumumba ermordet hatte. Duško dagegen fand, der frisch geborene Jozef gliche Mahatma Gandhi, was vielleicht an dem Mulltuch lag, in das man die winzige Brust gewickelt hatte. Der kleine Jozef aber sollte (wie er unglaubwürdigerweise auch heute noch behauptet) von diesem Tag – dem ersten in einer bislang unbeendeten Folge von Tagen, die sein Leben ausmachten – nur eine beängstigend grelle Lichtflut in Erinnerung behalten, die durch das Fenster auf ihn herabstürzte, als wäre das Erste, was er je gesehen hatte, eine nukleare Explosion gewesen.

Jozefs Babyjahre verliefen so ereignislos wie üblich: nuckeln, schlafen, kacken, Windeln wechseln, schlafen, nuckeln, Bäuerchen machen und so weiter. Aus der geschmolzenen Lava seiner ersten Erfahrungen kristallisierten sich nur wenige Gesteinsbrocken heraus: Während eines Nachmittagspaziergangs entlang der Miljacka fiel eine Kastanie in stachliger Rüstung direkt in seinen Schoß; der Hund eines Nachbarn steckte seinen Kopf in den Schatten des Kinderwagens und leckte Jozefs Gesicht ab; beim Windeln pinkelte er in perfektem Bogen auf die elektrische Heizung, unterbrach den Strahl gerade noch rechtzeitig vorm Stromschlag, und die Pisse verdampfte wie ein unvollendeter Traum; eine Maus, die in der feuchten Parterrewohnung seiner Eltern heimisch war, krabbelte in seine Wiege und auf seinen Bauch, woraufhin Jozef sie umfasste und in der Hand den pelzigen, warmen Körper hielt, der vor Angst und Leben pulsierte.

Was nun Jozefs Krabbelalter anging, so verlief es ein wenig ereignisreicher: Sein betrunkener Onkel Dragan (der viele Jahre später durch die Neretva-Schlucht ans Meer fahren, nach links blinken und den Wagen in den Abgrund steuern sollte) hielt ihn über das Geländer und ließ ihn vom Balkon herabbaumeln: Schwerkraft streckte die krummen kleinen Beine und dehnte die Schultern, renkte sie beinahe aus. Ich muss seine erste eigenständige Expedition erwähnen, auf der Jozef der Aufmerksamkeit seiner Mutter entschlüpfte, den Fahrstuhl betrat und dann, einzig mit einem Schnuller bewaffnet, hinüber ins Hotel Bristol watschelte. Dort begegnete er einer Busladung chinesischer Tischtennisspieler, allesamt Teilnehmer der Tischtennisweltmeisterschaft – und einer davon jonglierte mit Ping-pong-Bällen, verzauberte Jozef und hielt ihn bis zur Ankunft der verzweifelten Mutter auf. Ich sollte auch das Bild zeigen, auf dem Jozef mit der Frisur eines Basketballtrainers aus tiefster Provinz der Kamera entgegentorkelt, eine Hand ausgestreckt und wie stets bereit, die Grenzen seiner Welt zu überschreiten.

Vielleicht wurde Jozefs Abenteuerlust den Eltern ein wenig zu viel, weshalb sie sich veranlasst sahen, Oma Natalyka vom

Land zu importieren. Spät abends traf Oma Natalyka ein, in dunklem Kleid und ausstaffiert mit kistengroßen Koffern. Sie küsste die Eltern, ohne dem Drang nach einem Lächeln nachzugeben, und musterte Jozef mit ernster Miene, als wäge sie die Arbeit ab, die nötig sein würde, diesen Brocken rohen Menschentums zu einer anständigen Person zu formen. Von nun an also sollte Jozefs Kindheit von Oma Natalykas liebevoller Anwesenheit geprägt werden: Sie sorgte für das Milchfrühstück am Morgen, verordnete Spaziergänge für den Nachmittag und überwachte sein Treiben auf dem Spielplatz. Sie bewahrte ihn vor unverdienten (und verdienten) Knüffen und Püffen, was verhindert haben mochte, dass Jozef dauerhafte Sandkastenfreundschaften knüpfte – Oma Natalykas gnadenlos anfeuernde Fanfaren, ihre Schlachtrufe, bei denen das Blut in den Adern gefror, hielten die übrigen Kinder auf Abstand, die unter dem Schutz weit schwächerer Gewalten standen (entfernte, halbwüchsige Kusinen; Romane lesende Babysitter; gar schlichtweg niemand). Da ist er: Gräbt mit wutverformter Plastikschippe ein bedeutungsloses Loch, wo doch alle Kinder am anderen Ende des Sandkastens versammelt sind und sich gegenseitig die Eimer füllen. Und da ist Oma Natalyka, ein Schlachtschiff, dräuend am Horizont, und strickt wie versessen einen weiteren warmen Pullover für den kleinen Jozef.

Streng achtete sie auf den Mittagsschlaf, milderte ihre Strenge aber dadurch, dass sie Jozefs Kopf streichelte, bis er einschlief. Nach dem Nickerchen musste Jozef die Anprobe ihrer Strickkollektion über sich ergehen lassen, weshalb er viele lange Minuten in warmen Wollpullovern stillzustehen hatte (die Arme ausgestreckt, als sendete er Signale im Winkeralphabet, Ärmelenden bis über die Fingerspitzen), dazu Handschuhe und eine Mütze mit einem Strauß dämlicher Bommel. Verzweifelt wartete er dann darauf, dass seine Eltern von der Arbeit zurückkehrten, damit er sich in ihrer Aufmerksamkeit sonnen konnte. Während sich sein Vater mit überkreuzten Beinen die Nachrichten anschaute, nutzte er dessen gigantischen Fuß als Schaukelpferd, und er hörte seiner Mutter zu, wie sie beim Bügeln bosnische Lieder sang und sich gelegentlich in schrille Höhen verstieg, die seinen Vater veranlassten, den Fernseher lauter zu stellen. Oma Natalyka zog sich auf ihr Zimmer zurück und tat, was immer alte Frauen so tun.

Zur Schlafenszeit tauchte sie wieder auf, um Geschichten zu erzählen. Er wurde zwischen eine kalte Wand und ihren warmen Leib gezwängt, den Kopf in ihrer Armbeugenbucht, die den Geruch von Zimt und Sauerkrautlake verströmte. Sie vertraute ihm einen Zyklus von Geschichten über eine Galerie von Tieren an, die alle im fernen Land ihrer Kindheit hausten. Da gab es ein tapferes Mutterschaf, das über Eindringlinge, Räuber und Passanten herfiel, dann einen Hund, der Kinder für Schafe hielt, bis er so alt wurde, dass man ihn mit einem Axthieb den Schädel spalten musste. Außerdem war da noch ein Schwarm Bienen, den sich Großvater zum Vergnügen der Kinder wie eine Mähne vom Kopf hängen lassen konnte, selbst einen Delphin gab es, der eines Tages mit einem Wanderzirkus eingetroffen war. Er sollte durch Reifen springen, lag stattdessen aber matt und schnaufend am Grunde einer Senke mit kaltem, schlammigem Wasser, das die (in Bonbon-Währung bezahlten) Kinder eimerweise aus dem nahen Brunnen holten. Ehe er auf weichen Kissen in den Schlaf sank, dachte er über das Schicksal des Delphins nach: Er stellte sich einen Retter vor, der ihn vom Zirkus freikaufte; er stellte sich vor, wie dem Delphin mit Hilfe der anderen Zirkustiere die Flucht gelang; er stellte sich einen gottgleichen Jungen mit wiederbelebenden Kräften vor. Doch nie gelang die Rettung rechtzeitig – der Delphin erstickte trotz aller Mühen, die er sich mit seinen Vorstellungen gab. Oft glitt Jozef in einen Traum hinüber, den der Delphin kein bisschen kümmerte, da er seiner eigenen grausamen, egoistischen Logik folgte – Oma Natalyka oder seine Eltern lagen im Sterben, und er konnte nichts dagegen tun, konnte nur weinen. Oma aber schlief, immer lauter wurde ihr stetes Schnarchgebrumm. Er spürte das Grummeln ihres Schlummers, sah sie die Stirn traumrunzeln und das sanfte Beben von Oberlippe und Nasenflügeln, wenn sie ausatmete.

Ich kann mit Gewissheit behaupten, dass Jozefs bewusstes Leben an jenem Tag begann, an dem er die schlafende Oma Natalyka beobachtete und ihr Gesicht viel zu still und reglos war: kein Schnarchen, kein Nasenhaargezitter. Langsam wich ihre Körperwärme, während Jozef mit dem Gesicht zur Wand lag und sich einzureden versuchte, dass sie, wenn er schliefe und ein wenig später aufwachte, wieder in der Küche sein und mit den Töpfen klappern würde. Doch er konnte nicht einschlafen, da ihn ständig der Gedanke störte, dass der Tod ein Bett mit ihm teilte. Wieder schaute er sie an, und ihre Augen waren nur halb geschlossen; er konnte die glasigen Korneae sehen. Ihm kam es vor, als schaute sie ihn durch die Schlitze von irgendwoher aus großer Ferne an, und ihm fiel kein Grund ein, warum sie nicht zurückkommen sollte. Im Zimmer war es vollkommen still, sodass man meinen konnte, mit Oma wäre alles davongegangen und hätte nur Schatten seiner selbst zurückgelassen.

So kam der Tod in Proneks Leben. Er sah seine Mutter schluchzen, seinen Vater weinen und eine Prozession schwarz gekleideter Menschen, die unnatürlich ruhige Kinder durch ihre Wohnung wie durch einen Bahnhof schleppten. Er hatte ein schlechtes Gewissen, weil er keine respektable Tränenmenge vorweisen konnte. Einer Eingebung folgend, die seine Familie noch nach Jahren in sentimentales Entzücken zu setzen vermochte, halbierte Pronek eine Zwiebel, strich sich die Hälften über die Augen und bewirkte damit mehr Tränen, als nötig gewesen wären, sowie einige Stunden völliger Blindheit.

Proneks frühe Kindheit verging in dem Bemühen, sich vom Stigma der Niedlichkeit zu befreien, das ihm Bommel und Rüschen, runde Wangen und mädchenhafte Locken verliehen hatten. In einem von Großmutters Pullovern kroch Pronek unter Dampflokomotiven, die in dem Bahnhof unweit seines Elternhauses standen, und zog Zapfen heraus, die den Dampf *zischschsch* machen und flauschige Wolken aufsteigen ließen. Unter dem Kommando eines Jungen, der sich nach einer Comicfigur Zagor Te Nay nannte, kämpfte er als Infanterist im Straßenkrieg gegen die Bande vom Tito-Haus (auf dem Dach stand ein riesiges Bild von Tito). Jozef überredete seine Freunde, wild wachsende Früchte zu essen, die wie Trauben aussahen, möglicherweise aber giftig waren und bitter und widerlich schmeckten, wodurch er schon früh die Freuden eines Anführers genoss. Außerdem gewann er das Spiel, bei dem Punkte sammelte, wer die Miniröcke junger, auf den Straßen spazierender Damen anhob. Er steckte Nägel in Steckdosen und warf Steine auf Autos. Und niemand hätte Pronek mehr für einen niedlichen Sechsjährigen gehalten, als er seinen Vater anspuckte und ihm riet, sich zu verpissen, weil Pronek senior eine Entschuldigung dafür forderte, dass die Mutter von ihrem Sohn ein blökendes Schaf genannt worden war. Pronek senior verurteilte Pronek zu fünfundzwanzig Hieben; der Vollzug wurde für die Zeit zwischen dem abendlichen Trickfilm und den Nachrichten angesetzt. Des Weiteren sagte man sich, dass die im Herbst beginnende Schule noch genügend Zeit für Unfug bot, und am nächsten Tag wurde Pronek für den Unterricht in Englisch und Akkordeon angemeldet.

In der winzigen Werkstatt seines Geistes kann Pronek ein Modell des Klassenzimmers für den Englischunterricht im Blagoje Parović, dem Haus der Pioniere, zusammensetzen. Der Raum ist dunkelgrün, denn schwere grüne Vorhänge dämpfen das Sonnenlicht, das durch die Fenster fällt. An der Wand hängt eine Karte von England. London ist eine Wunde in ihrer Seite, und geplatzte Adern schlängeln sich nach Schottland und nach Liverpool. Zwei Witzfiguren (quadratische Köpfe, die Augen Punkte, ihre Nasen spitze Haken) schütteln sich auf einem Plakat die Hände und sagen: *«How do you do? My name is ...»* Der grüne Schimmer lässt die Lehrerin mit ihren hängenden Wangenäpfeln und schmalen, zusammengepressten Lippen wie eine Leiche aussehen. (Mirza, der einmal sein bester Freund werden wird, liest Comics unterm Tisch. Pronek kann sehen, wie Mandrake zwei mit Knarren bewaffnete Ganoven hypnotisiert: Versteinert stehen sie da mit glasigen Augen.) Die Lehrerin hebt die Hand mit ihren violetten Klauen, und alle singen: «*Catch a falling star and put it in your pocket, save it for a rainy day.*»

Dabei war die Englischklasse verglichen mit dem Akkordeonunterricht noch ganz erträglich. Für die Akkordeonquälerei sorgte ein Musiklehrer mit dichtem Bürstenschnäuzer, der seine Schüler offensichtlich nicht ausstehen konnte. Mit den schweren Akkordeons im Schoß saßen sie da, zogen die Biester vor ihren schmalen Brustkörben auseinander und wiederholten endlos simple Melodien *(Little Gypsy Girl Steps into the Water)*, die Pronek im Kopf nach Hause folgten und in seine Träume begleiteten, in denen Oma Natalyka bis zu den Knöcheln in eisigem Wasser stand und Akkordeon spielte.

Der erste Schultag bot eine ausreichende Zusammenfassung von Proneks frühen Bildungserlebnissen: Scharen von Mädchen mit sorgsam gekämmtem, im Sonnenlicht blitzendem Haar; der gefällige Kontrast zwischen ihren marineblauen Schuluniformen und den jungfräulich weißen Kniestrümpfen; eine Meute von Jungen, die sich gegenseitig Beine stellten, was zu verstauchten Gelenken und ernsthaften Ellbogenverletzungen führte; ein Spuckwettkampf, den ein gewisser Amir gewann, da er wie eine Schlange durch eine Zahnlücke spucken konnte; Mirza, der unterm Tisch Comics las *(Prinz Eisenherz)*; ein zarter Junge mit langem, dunklem Haar, der schniefend in der ersten Reihe saß, während seine Mutter den Kopf ins Klassenzimmer steckte und ihm leise Mut zuflüsterte. Die Lehrerin, Typ Tantchen, die einen strengen Ton anschlug und den Füllfederhalter beim Schreiben falsch herum hielt, strich dem Jungen mit knorriger Hand über den Kopf, doch half es wenig – er heulte weiter, und vor ihm auf dem Tisch sammelte sich eine kleine Tränenpfütze.

Am ersten Tag lernten sie, dass die Natur alles war, was sie umgab; dass ihr Präsident Tito hieß; dass im Land nichts wichtiger war, als Brüderschaft und Einheit zu wahren; dass unser

Planet im Sonnensystem lag, welches wiederum zur Milchstraße gehörte, die zum Universum zählte, das, ähnlich wie die Natur, überall war. Dieses vermittelte Wissen schien einzig in seiner kolossalen Nutzlosigkeit bemerkenswert: Als seine Eltern fragten, was er an diesem Tag in der Schule gelernt habe, antwortete er: «Nichts» – ein Wort, mit dem er während der gesamten Schulzeit seine Fortschritte beschreiben sollte.

Pronek zeichnete sich in der Schule allein dadurch aus, dass er nie und niemals etwas freiwillig tat: Keine Frage verdiente eine unaufgeforderte Antwort; keine Aufgabe war so faszinierend, dass er dafür seine Tagträume unterbrach. Auf den Elternabenden sagte die Lehrerin, Pronek habe *Reserven,* und sie verkündete ihr Urteil mit leicht angewiderter Miene, als wäre *Reserve* eine unangenehm riechende Hautkrankheit.

In der fünften Klasse lernten sie mehr über die Natur, doch kam die Gesellschaft schon in der vierten Klasse dazu (Pronek gefiel Gesellschaft besser als Natur); sie lasen Bücher über freiheitsliebende Waldtiere *(Eichhörnchens kleines Haus)* und über einsame Zwerge *(Der Zwerg aus dem fernen Land)*. Auch wurde ihre körperliche Ertüchtigung nicht vernachlässigt: Sie kletterten Seile hinauf und rollten Medizinbälle im Kreis wie verwirrte Mistkäfer. An Feiertagen feierten sie Titos Geburtstag und andere wichtige Jahrestage der stolzen Geschichte des sozialistischen Kampfes und der sozialistischen Unabhängigkeit. Der Schulchor sang dazu angemessene Lieder über Bergarbeiter, die für die Freiheit streikten und starben, und über die Revolution, die einer stählernen Lokomotive glich.

Pronek sang gern, doch waren ihm die Lieder lieber, die sie im Englischunterricht im Haus der Pioniere lernten: «My Bonnie Lies over the Ocean»; «Yellow Submarine», «Everybody Loves Somebody (Sometimes)». Daheim sang er aus Leibeskräften, sehr zum Leidwesen seiner Eltern, die zu erschöpft waren, um genießen zu können, wie Pronek die Tonleiter auf und nieder hüpfte. Außerdem verstanden sie kein Englisch, weshalb sie sich misstrauisch fragten, wovon diese ausländischen Lieder eigentlich handelten: von Drogen? Prostitution? Masturbation? Sie waren so ganz anders als die von den älteren Proneks so gern vorgetragenen Weisen, leise bosnische Lieder, gesungen im Geiste abgeklärten Verstehens, über das Leben, das wie eine Blume im Frühling vergehen und dass sie selbst am Ende nichts anderes als unendliche Dunkelheit erwarten würde. Sie wollten wissen, wovon um alles in der Welt ihr Sohn sang. Anfangs weigerte er sich, ihnen den Inhalt der Lieder zu verraten, doch dann begann er, Geschichten zu erfinden, und er genoss seine Macht über die dummen Eltern. So handelte «Yellow Submarine» von einem Luftballon, der frei sein wollte; in «My Bonnie Lies over the Ocean» ging es um ein kleines Eichhörnchen, das von einem großen, bösen Laster überfahren wurde, dann aber wiederbelebt werden konnte und in Omas Speisekammer leben durfte; und «Everybody Loves Somebody (Sometimes)» erzählte von einem Einbrecher, der reiche alte Leute bestahl, um arme Kinder zu beschenken. «Wie nett», sagten die Eltern, denen die Vorstellung von sozialer Gerechtigkeit behagte. Dennoch blieb sein Vater, ein Polizeiinspektor, skeptisch, und er beschloss, einen Kollegen aufzuspüren, der Englisch sprechen und ihm die Verse entschlüsseln konnte – ein vergebliches Unterfangen, da keiner seiner Bekannten eine fremde Sprache beherrschte.

Es geschah im Sommer nach der fünften Klasse, dass ein kleiner Spähtrupp pubertärer Hormone – die Vorhut einer großen Armee – noch jungfräuliches Pronek-Territorium erkundete. Er verbrachte mit seinen Eltern zwei Ferienwochen in Gradac am Meer, sonnte sich am Strand, schwamm im tiefen Wasser und hoffte, Delphinen zu begegnen. Ihm war zwar auch schon früher aufgefallen, dass es Mädchen gab, die kein Oberteil tragen mussten, und welche, bei denen das anders war, doch begriff er in jenem Sommer zum ersten Mal, welch entscheidender Unterschied zwischen ihnen bestand – eine Erkenntnis, die ihm einen Klaps auf den Hinterkopf eintrug, weil er auf ein Mädchen mit geschwollenen Brustwarzen in rosarotem Badeanzug gestarrt hatte.

Abends, wenn die Kiefern großzügig Harzduft verströmten, die kühle Meeresbriese prickelnde Salzluft brachte und von warmen Körpern kokosnussmilchiger Sonenncremeduft aufstieg, gab es im Hotel Jugendtanz. Am ersten Abend entdeckte Pronek ein langbeiniges Mädchen mit sonnengebleichtem Haar, das eindeutig zur Liga der Oberteilträgerinnen zählte. Sie tanzte mit ihrem Vater, einem stämmigen, dickbäuchigen Mann in weißem Unterhemd, und Pronek umkreiste sie wie ein Falke, bis sie ihn schließlich bemerkte und anlächelte, woraufhin er gleich noch einige Kreise zog, während hormonelle Verstärkung an der Front eintraf. Am zweiten Abend wurden die Kreise enger. Noch schwindlig im Kopf blieb er vor ihr stehen und forderte sie zum Tanz auf, wobei seine Haltung anzudeuten versuchte, dass er nur mit ihr Tanzen wolle, weil er absolut nichts Besseres zu tun habe. Sie tanzten so linkisch wie verknallte Zombies, mieden es, sich zu berühren, und sehnten sich doch danach. Am Ende der ersten Woche gingen sie zusammen baden. Sie hieß Suzana und kam aus Belgrad. Am Strand führten sie komplizierte Blicktänze auf, da sie sich bemühten, die interessanten Regionen des jeweilig anderen zu meiden. Mitte der zweiten Woche konnten sie nicht länger an sich halten: Unbeholfen trafen ihre Lippen aufeinander, die Zähne schepperten. Sie saßen nah am Wasserrand, winzige Wellen umspülten ihre Zehen; Proneks Arm hing über ihrer Schulter wie ein toter Fisch. Die Sonne ging unter und sorgte für einen kitschigen, orangenen Farbton, der oft auf Postkarten zu finden ist und Pronek noch heute Tränen in die Augen treiben kann. Als am Ende der zweiten Woche seine Abfahrt am düsteren Horizont dräute, leckte Pronek ihr Ohr, während seine Hand auf ihrem Bauchnabel ruhte, wie gelähmt in diesem Niemandsland zwischen zwei phantastischen Paradiesen. Fest entschlossen, den Rest seines Lebens mit ihr zu verbringen, machte er ihr im selben Augenblick einen Antrag. Sie musste allerdings erst ihren Vater fragen, einen Oberst der Armee mit beängstigend haariger Brust. Er verbot ihr, Pronek jemals wiederzusehen, ein Befehl, dem sie tapfer trotzte: Sie trafen sich ein letztes Mal im Gebüsch hinterm Hotel. Hockend flüsterten sie Liebesschwüre. Ihren Kopf an seiner Schulter, Tränen, die in seine Achselhöhle rannen, säuselte Pronek: «*My Bonnie Lies over the Ocean*», und bemühte sich krampfhaft, nicht hintenüber auf ein gebrauchtes Kondom zu kippen, während sich seine Kehle vor Kummer zusammenzog.

Als er nach Sarajevo zurückkehrte, war das Pronek-Territorium vollständig erobert. Mirza ließ ihn mit hörbar tieferer Stimme wissen, dass er daran denke, sich die Beine zu rasieren, da sie viel zu haarig seien. Kurz nach Beginn des neuen Schuljahres erhielt Pronek einen Brief von Suzana, der ihre ewige Liebe kaum erwähnte, dafür aber ein Bild von ihrem «Freund» enthielt, einem schlaksigen Pickelkopf mit Sex-Pistols-T-Shirt und dem hübschen Namen Tadija.

Das Schwierige an der Niederschrift eines Lebens ist die Wahl aus der Fülle an Details und Mikroereignissen, die allesamt gleichermaßen bedeutsam oder unbedeutend sind. Entschließt man sich, nur das Wichtigste zu verzeichnen, Geburten, Tode und Verliebtheiten, Niederlagen, Rebellionen, Enden und Anfänge, leugnet man die wahre Substanz des Lebens: das Flüchtige, die Unmomente, die zu belanglos sind, um festgehalten zu werden (der Zug, der in einen Bahnhof einfährt, in dem niemand auf ihn wartet; eine Spinne, die an unsichtbarem Faden herabgleitet und gerade noch rechtzeitig auf dem Boden landet, um zertreten zu werden; eine Taube, die dir direkt in die Augen schaut; der verhaltene Schluckauf eines Menschen, der vor dir in der Warteschlange um Brot ansteht; das unverständliche Wort einer flüchtigen Bekannten, die nackt und namenlos neben dir liegt). Doch man kann nicht einfach alle Momente auflisten, in denen die Welt unsere Sinne kitzelt, bloß um sie zwischen Fingern und Augenlidern zerrinnen zu lassen, weshalb es dir allein obliegt, die Geschichte deines Lebens einem Publikum zu erzählen, das sich ausschließlich für ein Feuerwerk universeller Erfahrungen interessiert, für die Achterbahnfahrten von Sympathie und Richterspruch.

So bin ich gezwungen, jene bedeutsamen Ereignisse zu beschreiben, die sich nach Proneks erstem Liebesdrama zutrugen: Er schloss sich in sein Zimmer ein und weigerte sich drei Tage lang, wieder hervorzukommen. Seine Mutter stellte das Essen vor die Tür und nahm es unangetastet wieder mit. Er gab seinen Entschluss bekannt, den Akkordeonunterricht aufzugeben; mit Mirza soff er den billigen Fusel aus Vaters Schrank (auf den Etiketten prangten betrunkene Matrosen oder Speere werfende Ritter); er wurde ertappt, wie er onanierend am Tisch saß, statt Natur und Gesellschaft zu studieren; er forderte barsch, man möge ihm die Mittel für den Erwerb einer Gitarre bewilligen, was erst hauptsächlich wegen seines unverschämten Tons abgelehnt, schließlich aber doch gutgeheißen wurde, da man hoffte, er würde sich dann nicht länger wie ein Esel benehmen; er erwachte mitten in der Nacht, randvoll mit grundloser Wut, streifte durch die Wohnung und hoffte, seine Eltern aus ihren friedlichen Träumen aufzuschrecken.

Lasst uns trotzdem einen unbedeutenden Augenblick näher heranholen: Pronek ging die Štrosmajerova entlang, blieb vor einem Musikgeschäft stehen und entdeckte ein Songbuch der Beatles. Betrachten wir mit ihm das Schaufenster, und vergessen wir nicht: Neben ihm steht ein alter Mann mit knorriger Hand, die zitternd auf einem Spazierstock ruht. Drehen wir uns zur Kathedrale um und sehen wir, wie die Straße zur Treppe ansteigt. Hören wir die Kirchenglocken. Und glauben wir einen Moment lang, dass Ringo ihm vom Cover zublinzelt. Wenn wir all das getan haben, bleibt uns noch ein letzter Schritt: Sehen wir eine Zukunft vorher, in der Pronek von Mädchen umgeben ist, die alle den Kopf im zauberhaften Rhythmus seiner Gitarre wiegen, deren Locken erzittern – belohnen wir uns mit dem angenehmen Prickeln einer berauschenden Epiphanie.

Von da an begann für Pronek das heimliche Unterfangen, sich dieses Songbuch zu besorgen – Wochen, in denen er Mutters Portemonnaie nach Kleingeld durchstöberte oder Vaters Taschen filzte, in denen er manchmal eine Banknote und gelegentlich auch ein Kondom fand, doch gelang es ihm, die Operation nicht preiszugeben.

Der Tag, an dem er das Songbuch erwarb, gehört zur Kategorie der bedeutsamen Ereignisse: Ich brauche den jugendlichen Überschwang nicht zu schildern, muss aber erwähnen, dass er zu seinem Freund Mirza stürzte und dabei seine Anschaffung schützte, als wäre es ein hochheiliges Manuskript. Fieberhaft schlugen sie die Seiten um – Pronek versuchte, ein oder zwei Songs zu singen, war ihm doch (auch wenn er sich bei einigen Noten vertat) die Sprache der Musik so vertraut wie ein heller Wintertag, an dem man die schneebedeckten Gipfel rund um Sarajevo sehen und spüren kann, wie grenzenlos das Leben ist.

Im Wohnzimmer von Mirzas Eltern – an der Wand das Bild eines Jungen mit rosigen Wangen und einer glitzernden Träne im unschuldigen Auge; eine Sammlung Kristallgläser im Schrank, die klirrten, sobald sich Pronek und Mirza im Zimmer bewegten – wurde beschlossen, dass sie eine Band gründen und Beatles-Songs spielen wollten. Pronek würde John sein, Mirza Paul, also brauchten sie noch einen George und einen Ringo. Dann begannen sie, einen Namen zu suchen – Beatles war natürlich schon vergeben – und schlugen Gospoda vor (was sich mit Herren übersetzen ließe), KGB (was im Westen gewiss nicht gut ankam), FBI (eine Abkürzung für Fucking Boys International, die wiederum im Osten nicht gut ankommen dürfte) und Los Bosancheros. Schließlich aber entschieden sie sich für die einfache Übersetzung von Beatles – «Bube». Am Ende der Woche hatten sie bereits das Cover ihres künftigen Albums entworfen (sie beide plus George und Ringo in einem sinkenden Boot, eine Luftbildaufnahme von Sarajevo mit vier Sternen, die in vier verschiedenen Stadtteilen glitzerten, nämlich in Čengić Vila, Baš Čaršija, Koševo und Bistrik).

Kaum hatte Mirza seine Gitarre geholt, fanden sie George: ihren Klassenkameraden Branko, der Geigenstunden nahm, schüchtern und sensibel war und Noten lesen konnte. Anschließend rekrutierten Pronek und Mirza ihren englischen Mitschüler Faik, Besitzer eines Tamburins mit kleinen, rasselnden Beckentellern und, weit wichtiger, Ringo ein wenig ähnlich: Knollennase, Hängemund und ungehobelte Manieren. «Bube» probten hauptsächlich in Mirzas Wohnzimmer und spielten den Beifall klirrenden Gläsern und dem Tränenjungen «She Loves You (Yeah Yeah Yeah)», «Girl», «Nowhere Man» und «Help!» vor.

Ihren ersten Auftritt hatten sie vor ihrer Musikklasse; das Publikum warf sich verstohlene Blicke zu und kicherte. Der entsetzte Lehrer, ein alter, tattriger Mann mit Haaren in den Ohren, fand, ihre Musik sei Dschungelgetöse. Doch war zu merken, dass sie nach ihrem Gig mit anderen Augen angesehen wurden – trotz einiger katastrophaler Schnitzer, die verschwitzten Händen zu verdanken waren, hatten «Bube» etwas getan, was noch von keinem der Klassenkameraden gewagt worden war.

Nach dem Erfolg ihres ersten Auftritts – der triumphal unter halbherzigem Applaus zu Ende gegangen war – erklärten sie sich bereit, bei einer Schuldisko zu spielen, zu der scharenweise Achtklässlerinnen kommen sollten, die tief genug in der Pubertät steckten, um wohlgeformte Anblicke vorweisen zu können. Der Auftritt war für den 4. Mai 1980 geplant, doch war der 4. Mai natürlich der Tag, an dem Genosse Tito starb: Die Nachrichten zeigten weinende Fußballspieler, hysterische Mütter und Menschen, die wie erstarrt auf den Straßen standen, als wären ihre Batterien plötzlich leer. Bei «Bubes» Ankunft in der Turnhalle, in der die Disko stattfinden sollte, hing bereits ein Tito-Bild unterm Basketballkorb, umrahmt von schwarzem Trauerflor. Also standen sie da mit ihren Gitarren und den Radios, die als Verstärker dienen sollten, und sahen dem Hausmeister zu – einem fiesen, feisten Kerl –, der Buchstabe für Buchstabe I POSLIJE TITA TITO an die Wand klebte. Pronek fürchtete, dass sie die Bereitschaft, auftreten zu wollen, irgendwie verdächtig machen könnte, weshalb sie still und heimlich die Turnhalle wieder verließen, in die leere Eingangshalle zurückkehrten und stinksauer auf Tito und dessen egoistische Sterblichkeit waren. Als sie sich Tage später flüsternd an diesen Augenblick erinnerten, waren sie ausnahmslos der Meinung, dass sie einige Tränen hätten vergießen sollen, was sie aber unpatriotischerweise nicht getan hatten.

«Bube» sollten nie in Proneks und Mirzas Schule auftreten, sehr zur Erleichterung des Direktors, dem die in diesen Tagen ihres großen Verlustes doch so offensichtlich unangemessen englischen Songs nicht ganz geheuer waren. «Bube» kamen über ihren Verlust rasch hinweg, da sie vom nahen Ende ihrer Schulbildung auf andere Gedanken gebracht wurden. Ihre Abgangszeugnisse erhielten sie im Rahmen einer gedrückten Feierstunde (das Land trauerte noch immer um das vorzeitige Ableben seines Führers), die nichtsdestotrotz Gelegenheit für einen letzten Blick auf all die in ihren Pionieruniformen knospenden Mädchen bot.

Den Sommer 1980 verbrachten sie damit, weitere Beatles-Songs einzuüben. Dann traten erste Unstimmigkeiten auf. Ringo schleuderte sein Tamburin zu Boden und erklärte, es langweile ihn, ständig bloß die Beatles zu spielen – ein Vetter aus München hatte ihm eine Platte von Clash geschickt, und seitdem trug er Buttons von den Vibrators und Buzzcocks an seinem (absichtlich) zerrissenen Hemd. Er begann, das Tamburin weit härter als nötig zu schlagen (was bei den wütenden Nachbarn ein Echo hervorrief, das manchmal zu recht interessanten Synkopen führte), und kicherte spöttisch, als Pronek mit unüberhörbar viel Gefühl «Yesterday» sang. Zum offenen Krach kam es schließlich, als Pronek einen eigenen Song mitbrachte. Mit hochrotem Gesicht, die Stimmbänder zum Quieken gespannt, was er als sinnliches Geflüster zu kaschieren suchte, sang Pronek, sanft die verstimmte Gitarre schrummelnd: «*If you know her name, tell her I love her … If you know her name, tell her I'll never forget her …*» Mitten in dem Song, der Proneks noch unbekannter ewiger Liebe gewidmet war, prustete Ringo los.

Pronek verstummte, Blut schoss ihm bis in die Ohrspitzen, und einen Moment lang dachte er daran, Ringo die Gitarre in die verdammte Fresse zu donnern. Das ist doch blöd, sagte Ringo. Warum musste es erstens unbedingt Englisch sein – warum nicht die eigene Sprache? Und zweitens, wer war eigentlich diese *sie*? Kannte er sie denn, wenn er nicht mal ihren Namen kannte? Hast *du* sie je gekannt? Gibt es überhaupt jemanden, der ihren Namen kennt? Ringo überschüttete ihn mit einer Flut scholastischer und rhetorischer Fragen, und die Übrigen sahen zu, wie Proneks ewige Liebe sich in schlichten Unsinn auflöste. «Bube» sollten sich davon nie erholen. Ringo nannte sich von nun an Sid und wurde der Drummer einer Punkband mit Namen «Depresija». Kurz nach Ringos Abgang gab George bekannt, dass sein kurzes Leben als George in dieser Welt zu Ende sei, weil sein Geigenlehrer ihm befohlen habe, die Gitarre aufzugeben, da sie seinem Spiel schade.

Pronek selbst durchlebte eine Phase ernster Selbstzweifel, als John Lennon ermordet wurde, sodass er an einem Abend im Dezember stundenlang am Fenster saß und in den um einen Lichtmast wirbelnden Schnee starrte. Er stellte sich vor, wie er tödlich verwundet in einem rasenden Krankenwagen dem Tod entgegenfuhr und versuchte, für diesen tragischen Moment die passenden Worte zu finden: «Passt mir gut auf meine Welt auf.» Oder: «Es muss hinter dieser Wand noch etwas geben.» Er bastelte an einem Song, der diese Zeilen enthielt, und begann, Verse und Reime zu schmieden, doch fiel ihm dann ein, dass er, dessen Leben mit «Bube» in einem parallelen Unteruniversum das Leben von John und den Beatles spiegelte, auch bald sterben könnte. Die endlose Traurigkeit, die von der Dunkelheit und dem einsamen Lichtmast ausging, von den glitzernden Schneeflocken in seinem kummervollen Blick, ängstigte ihn. Er floh aus dem Zimmer und sah sich mit seinen Eltern *Sherlock Holmes* an. Während er schweigend neben ihnen saß, fragten sie sich mit wachsender Bestürzung, aus welchem Grund er freiwillig Zeit mit ihnen verbringen mochte.

Pronek und Mirza trauerten einige Wochen um John Lennon und um ihre Band, fanden dann aber heraus, dass Mirzas Eltern einen Stapel Zeitschriften mit nackten Frauen im Sofa versteckten. Tagelang studierten sie deren Anatomie und lasen Leserzuschriften, in denen es stets um spontane geile Begegnungen im Kinodunkel oder an einsamen Stränden ging, die von leicht erregbaren deutschen Hausfrauen aufgesucht wurden. Kein Wunder also, dass Pronek die Sommerferien damit verbrachte, sein Verlangen in den heißen Sand zu drücken und sich von der Sonne den Rücken verbrennen zu lassen, während fremde Frauen auf ihrem Weg zum Ehebruch durch sein verschwommenes Blickfeld schlenderten.

Der Leser mag das Leben dieses Helden nicht besonders ungewöhnlich finden, da sich wohl mancher Junge Phantasien hingibt, in denen die Bereitwilligkeit einer unbekannten Frau, einen schlaksigen Teenager leidenschaftlich und aufklärend zu lieben, sich unmittelbar umgekehrt proportional zu der Wahrscheinlichkeit verhält, die dieses Szenario je wahr werden lassen könnte. Welcher junge Mann und welche junge Frau schwankte nicht zwischen der Überzeugung, dass niemand, der bei klarem Verstand ist, *diesen* Körper berühren möchte, und dem Wissen um die eigene jugendliche, unfassbare Schönheit? Gibt es irgendwen, der sich nicht an die ersten schüchternen Augenblicke der Zärtlichkeit erinnert, an jene Momente, in denen all die idiotischen, pornographischen Phantasien angesichts eines Menschen verschwinden, der eine Stimme, einen Geruch, eine besondere Unvollkommenheit besitzt – sagen wir, ein halbmondförmiges Muttermal –, die erst sichtbar wird, wenn die Lippen an ihrem Hals entlanggleiten und man die bebende Lust in ihrem Leib spüren kann? Ehe der Leser die Gewöhnlichkeit solcher Erinnerungen verurteilt, sollte er bedenken, dass sie an Wert gewinnen, wenn der entsprechende Mensch tot ist (wie die Besitzerin des Halbmondes, 1993 durch eine Bombe getötet). Kann man seine Erinnerungen nicht teilen, werden sie zu Phantasien, und das Leben in all seiner Trivialität wird zur Legende.

Fremd in Chicago fragte sich Pronek Jahre später oft, ob es wirklich eine Karen gegeben hatte, die in einem Trabant aus Ostdeutschland gekommen und in eine Wohnung in den ersten Stock gezogen war; ob ihre langen, seidigen Zöpfe beim Seilspringen wirklich wie Vögel an der Leine um ihren Kopf geflattert waren; ob er in der flachen Miljacka tatsächlich einen Toten mit dem Gesicht nach unten treibend gesehen hatte, dem im Nacken ein Stück Fleisch fehlte; ob ihm die einzelne Träne seines Vaters aufgefallen war, die unter seiner Sonnenbrille hervortröpfelte und jener Träne des Jungen im Wohnzimmer von Mirzas Eltern glich, damals, als sein Vater ihm die Geschichte von der Schulfreundin erzählte, die von ihrem Rad gefallen und an einer Hirnblutung gestorben war; ob er wirklich je von alten Hemden die Knöpfe abgeschnitten und auf dem Flur so angeordnet hatte wie die Sternzeichen in seinem Himmelsatlas.

Doch schalten wir die Zeitmaschine ab, und eilen wir nicht weiter der unausweichlichen Zukunft entgegen. Wischen wir über die beschlagene Windschutzscheibe der Erinnerung, und sehen wir Pronek zu, wie er sichtlich beeindruckt vor dem Bienenkorbgebäude der Prva gimnazija steht. In einer jener zähen, ernsten Unterhaltungen über das Leben, die ihm gelegentlich von Mutter und Vater aufgedrängt wurden, hatte er den Wunsch geäußert, Musiklehrer werden zu wollen, ein Einfall, den er seinen besorgten Eltern gleichsam spielerisch vorgesetzt hatte, während er zugleich seine wahren Pläne verfolgte, die vor allem bezweckten, nicht von Mirza getrennt zu werden. Künftige Musiklehrer (wie Mirza) gingen zur Prva gimnazija, die, so wurde behauptet, *kulturell* orientiert sei, und diese Aura der Kultur zog gescheite, großstädtische Mädchen an, die knappe Röcke und aufgeklärte Langeweile zur Schau trugen. Im Handumdrehen machte sich sein Gitarrenspiel und sein Repertoire an Beatles-Liedern bezahlt – die kulturell gebildeten Mädchen sprachen alle Englisch und himmelten ausländische Rockstars an. Ohne das Pronek-Mirza-Tandem gab es bald keine Party mehr – das Verhältnis Mädchen zu Jungen lag bei glückseligen fünf zu eins –, auf der sie beide nicht «Yesterday», «Hey, You've Got to Hide Your Love Away» und «Michelle» vor einem Publikum aus lauter triefäugigen, weichhäutigen Schulfreundinnen spielten. Sie erweiterten ihr Repertoire um heimische Lieder (*Sevdalinke* und sentimentale Hits aus der Grundschulzeit), die den späteren Stunden zunehmender Trunkenheit etwas angemessener waren, Lieder, die man noch spielen konnte, wenn man nur sanft über die Saiten strich, während eine warme Stirn gegen den müden Arm drückte. Zu noch späterer Nachtzeit deckten sie sich dann gegenseitig – einer sorgte unablässig für romantische Kerzenlichtatmosphäre, während der andere süßes Gift in ein hübsches Ohr träufelte und säuselte, heute sei «Yesterday» allein für sie.

Es scherte sie einen Dreck, was sie sich an kulturellem Wissen aneignen sollten. Mirza und Pronek wurden aus einem Literaturseminar geworfen, als ihnen der Lehrer – ein junger, schwärmerischer Mann, der bestimmt zahllose Gedichte unter seinem Bett liegen hatte – einreden wollte, dass der Fisch in *Der alte Mann und das Meer* das Leben verkörpere. Aus einem Philosophieseminar wurden sie geworfen, weil sie zu kichern anfingen, als der Lehrer von einem Philosophen erzählte, der, nachdem ihm eine verblüffende Offenbarung zuteil geworden war, laut ausgerufen hatte: «Was ist *ist*!» Sie lernten neue Songs für die späten Partystunden und pflegten jenes Gefühl, das die Bosnier *sevdah* nennen – einen angenehmen Seelenschmerz, wie er aufkommt, wenn man mit seinem traurigen Leben Frieden geschlossen hat, sodass man *eben diesen Augenblick* hemmungslos zu genießen vermag.

Und was gab es für Augenblicke! In den achtziger Jahren war Sarajevo eine schöne Stadt für junge Menschen – ich weiß es, ich war damals jung. Ich erinnere mich an Linden, die blühten, als wäre es das letzte Mal, und die einen Duft verströmten, den ich heute noch riechen kann. Die jungen Männer waren attraktiv, die Mädchen hübsch, die Sportmannschaften erfolgreich, die Bands gut, die Straßen fühlten sich weich wie Perserteppiche an, und die Winterolympiade sorgte dafür, dass wir alle glaubten, im Mittelpunkt der Welt zu leben. Ich erinnere mich an den Geruch in Mietshausfluren, in denen ich mich verabredet hatte, ein Auge auf den Lichtschalter, der uns aus dem Dunkeln heraus anfunkelte. Dann ging das Licht an – eine Nachbarin kam die Treppe herunter –, und wir fuhren auseinander. Ich erinnere mich auch an einen Ganoven mit Spitznamen Nikson, der mir erst Dope verkaufte und mich dann vor meiner Freundin verprügelte. Ich erinnere mich, dass in unsere Wohnung eingebrochen wurde, an die Fußspuren auf dem Bett meiner Eltern. Ich erinnere mich an die verhassten Augenblicke in vollen, verrauchten Bars, in denen ich es nicht länger ertrug, die Gesichter der Leute anzustarren, die ich seit meiner Geburt kannte. Ich erinnere mich an den Typen im Krankenhausbett neben mir, der Schnittwunden an Hintern und Beinen hatte, weil eine Toilettenschüssel unter ihm zusammengebrochen war. Doch ich beschloss, meine Erinnerungen nicht für wichtig zu halten, waren sie doch unwiderruflich in Lindensirup getaucht.

Kehren wir zu meinen Freunden zurück.

Pronek und Mirza machten Winterurlaub in den Bergen von Jahorina und fuhren wochenlang Ski, faulenzten und krochen in der Familienhütte von Freunden oder bei irgendwem im Hotelzimmer unter – all das nur dank ihrer Unterhalterqualitäten. Im Folgenden das Inventar des Wintervergnügens: blauer Himmel, weißer Schnee, gebräunte Gesichter, frostklare Luft, Tempo, Abfahrten, Kamine, warme Zimmer und das Knirschen der Schritte in eisiger Nacht, der Mond eine Silbermünze. Es geschah in einer Hütte in den Jahorina, nach einer besonders gelungenen Wiedergabe einiger Beatles-Lieder, unter die heimlich auch «If You Know Her Name» gemengt worden war, gekrönt von einer Runde *sevdah*, plus – als die Party ihren Höhepunkt erreichte – einigen Pseudo-Zigeuner-Liedern, die für einige Juchzer reinen Pseudo-Entzückens sorgten ... es geschah (lasst mich noch einmal von vorn beginnen) in einer Hütte in den Jahorina, dass Pronek mit Aida nach oben auf ein Zimmer ging. Sie war bereit, ihn «den Dschungel unterhalb des Äquators» erkunden zu lassen, doch sollte sich Pronek in diesem Dschungel völlig verirren. Immer wieder stieß er mit den Knien gegen die Bettkanten, sein Kopf schlug an die Wand. Er hatte größte Mühe, Aidas enge Jeans abzustreifen, schaffte es schließlich, sie zu den Fußknöcheln herabzuziehen, und kroch zwischen ihre Beine. Die eigene Unterwäsche in der Antarktis seiner Füße gestrandet (im Zimmer gab es keine Wärmequelle außer ihrer unbeholfenen Leidenschaft), versuchte er, ihren Schlüpfer zu durchstoßen, fest davon überzeugt, es mit einem kräftigen Hymen zu tun zu haben. Es war das absolute Fiasko – und als Pronek mitten im Durcheinander auch noch sagte: «Ich will dich doch nur lieben», begann sie hemmungslos zu lachen.

Sie brauchten länger, sich zu entwirren, als sie gebraucht hatten, sich kennen zu lernen. In jener Nacht gestand Pronek seinem Freund Mirza, der eine Geschichte ähnlich den Leserzuschriften in den Zeitschriften seiner Eltern erwartete, dass er einfach nicht begreife, wieso die körperliche Liebe etwas Angenehmes sein solle. Als Beweis verwies er (rhetorisch gesprochen) auf die Beulen am Kopf, die Kratzer am Knie und die blauen Flecken auf seinem Penis.

Einige Tage später ging Pronek mit Aida unter sternenklarem Himmel spazieren. Trotz dicker Handschuhe hielten sie sich an den Händen und landeten auf ihrem Zimmer, wo Pronek – wenn auch nur pro forma – einige Songs spielte, Aida aber, die vorsorglich einen Rock trug, den Saum stetig ein wenig höher rutschen ließ. Kurz, es folgte ein vierminütiges Kuddelmuddel der Leidenschaft, und Pronek hatte im gesegneten Alter von fünfzehneinhalb Jahren die Blüte der Unschuld verloren. Aida dagegen begann gleichsam erst unter seiner Dankbarkeit zu erblühen, hatte er doch rücksichtsvoll gefragt, ob es ihr gefallen habe, woraufhin sie, deren gütige Seele in ihren grünen Augen schimmerte, sagte, ja, das habe es.

Schwer zu sagen, ob Proneks und Mirzas Entschluss, noch einmal eine Band zu gründen, mit Proneks Entree in die Welt der Sexualität zusammenhing, doch setzten sie ihn jedenfalls kurz darauf in die Tat um.

Sie benötigten elektrische Gitarren – ihre seit langem ungestimmten akustischen Gitarren waren nur noch eine peinliche Erinnerung an die unschuldigen Tage der Präadoleszenz. Den Sommer des Jahres 1983 brachten sie folglich damit zu, für kümmerliches Geld Zementsäcke zu schleppen, vor allem, um ihre Eltern davon zu überzeugen, wie ernst es ihnen mit den Gitarren war. Noch grau von Zementstaub und zum Spielen oder Denken zu müde, tranken sie nach der Arbeit Bier und waren sich durchaus darüber im Klaren, dass sie unentbehrliche Lebenserfahrungen sammelten – es war zwar nur für einige Wochen, aber sie schufteten für einen Traum –, die sich gar nicht sonderlich von den echten Lebenserfahrungen eines Rockstars unterschieden. Schließlich hatten die Beatles begeistert (doch fälschlicherweise) immer wieder daran erinnert, wie sehr sie sich auf den Docks in Liverpool abgerackert hatten. Sie malten sich eine Zukunft aus, in der sie auf riesigen Bühnen spielten, über sich das Firmament der Bühnenlichter, und der Drummer ließ die Schlagzeugstöcke wirbeln. In einem Bus mit Kühlschrank reisten sie um die Welt – London, Amsterdam, Chicago. Und sie besaßen zig Millionen Dollar: Pronek kaufte sich ein Haus in Liverpool, in dem die Beatles (minus John) wohnten, und Mirza besaß einen Reitstall mitsamt Reitbahn.

Im Herbst 1983 hatten sie ihre elektrischen Gitarren (Harmonia, die billige ostdeutsche Marke). Sie übten ihre Songs und tranken dazu humpenweise verdünnten Himbeersirup, als wäre es der Wein göttlicher Inspiration. Pronek schrieb die Texte auf Englisch (der Bus mit einem Kühlschrank lockte) und hoffte, sie fänden weltweit Anklang, erklärte aber zugleich jener einen die Liebe, die nur für ihn da war (aber nicht existierte – bei Aida meldete er sich nicht mehr, und auf der Straße ging er ihr aus dem Weg). *Die Eine* war metonymisch in allen Songs gegenwärtig, meist durch ihre Augen, manchmal tauchte auch ihr Gesicht auf. Die Texte selbst gingen verloren (vermutlich wurden sie sogar während der Belagerung von seinen Eltern in dem kleinen, gusseisernen Ofen verbrannt), doch blieben die Titel erhalten: «Her Eyes Are Like Stars», «I Could Drown in Her Eyes», «Her Face», «Her Eyes Are Watching You», «Did You See Her Eyes?» Vorlage war «Yesterday», und seine Songs glichen einander so sehr, dass Pronek oft phantasierte, er habe einen eigenen Stil. Trotzdem quälten ihn jene Zweifel, die das Herz so manchen Künstlers heimsuchen: Dass nämlich die aus den tiefsten Tiefen seines Herzens ausgegrabene Kunst der reinste Mist war. An manchen Tagen schämte er sich derart, dass er die Proben absagte. Er konnte den Gedanken an seine eigenen Texte nicht länger ertragen, und seine Talentlosigkeit dehnte sich vor ihm aus wie die Sahara vor einem müden Reisenden auf einem stinkenden Kamel. An anderen Tagen dagegen übte er seinen Bühnenauftritt vor dem Spiegel, bewunderte sein Können und entdeckte sogar Spuren seines unfassbaren, wahren Selbst in manchen seiner Songs, vor allem in «Her Eyes Are Watching You».

Lechzend nach Anerkennung und in der Hoffnung, die Ausgaben für die elektrische Gitarre rechtfertigen zu können, beging Pronek den Kardinalfehler, vor seinen Eltern aufzutreten. Er spielte den kompletten «Eyes»-Zyklus, aber nach etwa der Hälfte begann der bequem im Lehnstuhl sitzende Pronek senior zu schnarchen, und was anfangs wie ein beifälliges Summen klang, war eine Illusion, die bald von lauten Grunzgeräuschen zerstört wurde. Mutter Pronek hatte eine Miene wohlwollenden Interesses aufgesetzt, und ihre Hände hielten sich im Schoß umklammert, als könnten sie sich nur mit Mühe einen spontanen Applaus versagen, doch ihre Blicke schweiften unruhig durch den Raum. Den Dolch ins künstlerische Herz aber trieb endgültig Vater Pronek, der, von freundlichem Applaus geweckt, aus seinem Sessel aufsprang und blitzschnell die Karate-Grundstellung einnahm, was auf seine Tage in der Polizeischule zurückzuführen war, die ihm tief in den Knochen steckten und immer wieder in seinen Träumen auftauchten.

Wie dem auch sei, Pronek und Mirza brauchten immer noch eine Rhythmusgruppe und einen Namen.

Ihre Pläne mussten jedoch erst mal aufgeschoben werden, da Pronek sich ganz unerwartet verliebte. Sie hieß Sabina und strahlte ihn aus einer Menge vor der Café-Bar Nostalgija an, griff nach ihrem Glas, in dem eine sonnige Zitronenscheibe schwamm, und tat, als unterhielte sie sich mit zwei großen potentiellen Lovern. Schon beim ersten Blick aus ihren riesigen, klaren Augen wich ihm das Blut aus dem Gesicht und schoss in die unteren Körperregionen – und er war wie gelähmt. Als Pronek am Abend nach dieser ersten Begegnung im Bett lag und sich an jenen Moment erinnerte, in dem ihre Blicke sie miteinander vereint hatten, hielt er respektvoll die Hand von seiner Leistengegend fern.

Sabina ging auf dieselbe Schule – er hatte gewusst, dass es sie gab, und er fand sie süß, doch durch diesen einen Blick wurde sie für ihn zur Obsession. Immer wieder kehrte er zum Nostalgija zurück, trieb sich in den warmen Septemberwochen des Jahres 1983 vor dem Café herum und hoffte, sie würde sich wieder blicken lassen. Was sie auch tat: Sie trug ein leichtes Sommerkleid, das Haar zum Pferdeschwanz gebunden, die Lippen karmesinfarben gerötet und leicht im Auge zu behalten, wenn sie den Glasrand berührten, die Zitronenscheibe auspressten. Pronek kam sich einfach blöd vor; ständig überlief ihn eine Gänsehaut, und alle seine Antennen waren auf sie ausgerichtet. Manchmal trug sie eine eng anliegende, weiße Bluse und Jeans, der Raum krümmte sich um ihren Körper. Bevor er zu Bett ging, versuchte er, sie sich mit der Gitarre auszutreiben. *«Yesterday»*, sang er, *«all my troubles seemed so far away.»* Sie ruinierte sein Leben. Er traf sich kaum mehr mit Mirza, telefonierte nur noch sporadisch mit ihm und lieferte ihm frei erfundene Berichte über seine Suche nach einer Rhythmusgruppe.

Beinahe jeden Tag beschloss er, nicht mehr zum Nostalgija

zu gehen, und war doch vor allen anderen da. Er wählte einen Platz, von dem aus er sie die enge Straße heraufkommen sehen konnte, nippte an seinem Gin Tonic, als wäre er sechzig (und nicht sechzehn), und seine Zunge umtänzelte die Zitrone. Wenn sie dann endlich kam, begann der gleiche Blickwalzer, dieselbe Qual, er bebte vor Verlangen. Ihre Fußgelenke waren zierlich, die Hände schlank und elegant wie die einer Klavierspielerin. Beim Lachen beugte sie sich vor, wenn sie eine Frage stellte, lehnte sie sich zurück, und ihre Brustwarzen waren überaus anfällig für Temperaturschwankungen.

Endlich gestand er Mirza seine Not. Wie sich herausstellte, kannte er Sabina gut – ihre Eltern waren befreundet. Also beschlossen sie, an diesem Abend gemeinsam ins Nostalgija zu gehen, damit Mirza sie wie zufällig treffen und ihr Pronek vorstellen konnte. Pronek verbrachte eine schweißgebadete Nacht und duschte mehrmals zu ungewöhnlicher Stunde, sehr zur Verwunderung seines Vaters (seine Mutter schlief tief und fest), der aufstand, um ihn daran zu erinnern, dass der vom Durchlauferhitzer verbrauchte Strom nicht umsonst zu haben war. Während sich Pronek in seinem Bett wälzte, als läge er auf einem Bratrost, stellte er sich der Hässlichkeit seines Körpers; er dachte an sein Gesicht mit den Pickelplantagen, die sich bis zum Horizont seines Haaransatzes erstreckten. Und als rosig die Dämmerung anbrach, war er fest davon überzeugt, dass jeder, dessen Liebesstandard derart niedrig war, dass er sich mit ihm einlassen wollte, ziemlich verzweifelt sein musste und seine Aufmerksamkeit nicht verdiente.

Als er viele Jahre später in Rolling Meadows in Illinois für Greenpeace warb, sollte Pronek einen Moment lang vor einer Frau mit Sabinas Augen stehen. Sie knallte ihm die Tür vor der Nase zu, doch an diesem Abend erinnerte er sich an jene erste Nacht, die damit begonnen hatte, dass ihm ein grausamer Spiegel vorgehalten wurde, der ihn um sämtliche Hoffnung brachte, weshalb ihm alles egal gewesen war. Wie betäubt ging er weiter von Haus zu Haus und verhaspelte sich immer wieder, sodass noch manche Tür einfach wieder zugeschlagen wurde. Später rief er Mirza in Sarajevo an und fragte ihn, ob er wisse, wo Sabina sei. Sie habe beide Beine im Bombenangriff auf die um Brot anstehende Warteschlange verloren, sollte Mirza antworten. Er hatte sie auf dem Fernsehschirm gesehen, wie sie mitten im Chaos lag und ihr Mann sein zerrissenes Hemd auf die blutspritzenden Stümpfe drückte. Er wusste auch, dass sie jetzt mit ihrem Mann und ihrer Tochter in Deutschland lebte.

Zurück ins Nostalgija, wo Pronek ungelenk die Hände hängen lässt, da sie zu verschwitzt sind, um sie in den Taschen zu vergraben, zu schwer, um ausdrucksvoll damit zu gestikulieren. Mirza stellt ihm Sabina vor, die zwei kreischende, immerzu unverständliche Fragen stellende Freundinnen flankieren. Ihr Gespräch lastet unter sperrigem Schweigen, verworrenen Witzen und zähem Gelächter, doch Pronek nimmt nur ihren Duft wahr – ein Anker, der dafür sorgt, dass ihn dieser Ansturm von Unsinnigkeit nicht davonweht –, ihren Zitronen-und-Milch-Duft, der aufsteigt aus den verborgenen Weiden ihrer Haut. Tief atmet er ein, wie ein Bergsteiger, der den Gipfel erklommen hat und unter dem sich nun die Welt ausbreitet.

Er begleitete sie heim, die steilen Straßen von Džidžikovac hinauf. Keuchend kamen sie bei ihr Zuhause an, lehnten sich neben den zerbeulten, geplünderten Briefkästen an die Mauer und sagten kein Wort. Ein Auto fuhr vorbei und beleuchtete ein Pärchen, das sich auf einer Bank im Park umklammert hielt, und sie wandten beide den Blick ab. Pronek wusste, da er so weit gekommen war, musste er sie jetzt fragen, ob sie mit ihm ausgehen wollte, aber er brachte keinen Ton hervor. Schließlich schnappte er sich ohne Vorwarnung ihre Hand und küsste die Mulde zwischen Mittel- und Zeigefinger, sodass ihr Ring seinen Mundwinkel streifte. Sie sagte: «Hat ja ziemlich lange gedauert.» Er sagte: «Bei mir dauert es immer ziemlich lange.» Mit diesen Worten war klar, dass sie nun offiziell miteinander gehen und sich morgen Abend vor dem Nostalgija wiedertreffen würden, um von dort aus ein ruhiges Plätzchen aufzusuchen, an dem sie sich befummeln konnten.

Dann folgten die Tage närrischer Verliebtheit; der eifrigen Zustimmung zu allem, was der andere zu sagen hatte; der vorsichtigen Küsse in dunklen Hausfluren, Proneks Hände, die unter ihrer Bluse über den Rücken glitten; Tage, an denen sie sich als unzertrennliche Einheit durch die Menge im Nostalgija schoben. Danach Monate, in denen sie sich auf Bänken in dunklen Parkanlagen begrapschten, nur hin und wieder von einem Betrunkenen gestört, der sich selig an seine eigenen Grapschereien auf eben derselben Parkbank erinnerte, vor vielen Jahren, um ihnen dann seine Furcht vor jener Medea anzuvertrauen, die nun daheim seiner harrte. Sie warteten darauf, dass ihre Eltern übers Wochenende außer Haus waren, und riskierten in deren Bett die erste Penetration, anschließend hektisches Bettlakenwaschen. Sie gingen auf Partys und tanzten in Clubs und schafften es, im Kreiseln und Schwofen gegenseitig ihre Münder zu erforschen. Sie verbrachten romantische Abende: Kerzen, Wein und lüsterne Lieder, die sie zu sanften Streicheleien verleiteten und dazu, allerlei Körperstellen gleiche Aufmerksamkeit zu schenken, was schließlich im gemeinsamen Liebesspiel gipfelte, nach dem sie sich beide schwindlig fühlten und froh, am Leben zu sein.

Nie würde Pronek den Augenblick vergessen, als er Sabina im Fernsehen sah, wie sie bei der Eröffnungsfeier für die olympischen Winterspiele in Sarajevo in einem schneeweißen Anzug gleich vor der Nationalmannschaft der Chinesen marschierte, groß gewachsen, rank und elegant. Und immer würde er sich an die Wärme und die Ruhe erinnern, die er in jenem Moment fühlte, den er für eine Epiphanie hielt, einen Moment, der unwiederholbar werden sollte, wenn seine Welt einmal zusammengebrochen war.

Dann einige Jahre Beziehung. Großmütig versuchte er, ihr zu erklären, warum Patti Smith Shit war. In Mirzas Nähe fühlte sie sich nicht wohl, da er sie «abcheckte», wie sie sich ausdrückte. Gemeinsam verbrachten sie Zeit mit den Eltern, ihren wie seinen, und versuchten, respektvoll zu wirken, selbst wenn die Eltern Unsinn redeten und geschmacklose Ehewitze rissen. Im Sommer zelteten sie am Meer und stritten sich oft darüber, wer den Abwasch machen sollte. Sie sagte ihm, dass er Frauen nicht verstünde, nachdem er ihr zu erklären versucht hatte, dass er anderen Frauen zwar gern nachsehe, sie ihn aber eigentlich nicht interessierten. Bisweilen bekam er Wutanfälle und zerstörte das eine oder andere in greifbarer Nähe – einmal zerbrach er sämtliche Stöcke, mit denen seine Mutter Pflanzen und Blumen stützte, und Sabina weinte, als sie sah, dass alle Blumen die Köpfe senkten, als wäre ihnen das Rückgrat gebrochen worden. Und sie beide beschlich die Ahnung, dass Liebe allein nicht reichte, um sie zusammenzuhalten – sie saßen auf einer Bank in der Vilsonovo und sahen schlappe Fußbälle in den Wirbeln der Miljacka kreisen. Sie waren achtzehn und fühlten sich schrecklich alt.

So trennten sie sich: Tränen; sinnlose Telefongespräche spät in der Nacht; ein paar Briefe in der Handschrift der Liebe, der Hilflosigkeit; eine Reihe spätabendlicher Gitarrensessions, nur gestört von Proneks verschlafenen Eltern, die verlangten, dass er sofort mit dem Gejaule aufhöre. Mirza erzählte ihm, dass ihn stärker mache, was ihn nicht umbringe, und gab ihm eine 45er Scheibe mit dem Titel «I'd Rather Go Blind Than See You Walk Away from Me». Ein todtrauriges Lied, das Pronek immer und immer wieder auflegte, um in die blauen Tiefen seines Kummers einzutauchen. Irgendwie ging unterdessen auch seine Schulzeit zu Ende, und er kam zur Abschlussfeier, auf der die trunkenen, zechenden Teenager vor Freude kreischten und ihm entsetzlich auf die Nerven gingen. Er verschwand frühzeitig, wanderte durch die Straßen, landete schließlich auf einer Bank an der Miljacka und sah denselben Fußbällen zu, die immer noch im Wasser kreisten wie Planeten in Aufruhr.

Es folgte ein langer, qualvoller Sommer: Zwei Wochen verbrachte er in Makarska mit seinen Eltern, deren Vorstellung von

Ferien darin bestand, auf einem Kieselstrand zu faulenzen (so mancher Kiesel teerverschmiert), um anschließend Tischtennis zu spielen; sein Vater gewann haushoch jedes Spiel. Am Abend unternahmen sie gemeinsame Spaziergänge. Pronek hielt sich einige Schritte hinter ihnen, um seine Unabhängigkeit zu demonstrieren, und leckte ein Eis, das immer gleich schmeckte, welche Geschmacksrichtung er auch verlangte. Am schlimmsten waren die Anbiederungsversuche seines Vaters, der mit ihm ein Bier trinken ging. «Heute Abend genehmigen sich die Männer ein Bier!», verkündete er Mutter und ließ ihn dann doch nur Himbeersaft trinken. Vater Pronek erzählte seinem Sohn endlose, sinnlose Geschichten über ihre ukrainischen Vorfahren, darüber, dass er barfuß und arm aufgewachsen war. Es sei wichtig, dass er verstehe, sagte Vater, aus welcher Armut seine Familie sich emporgearbeitet habe, und dass sie heute Bier und Himbeersaft trinken könnten, bloß weil ihnen danach war und nicht, weil sie Durst hatten. Heute könnten sie sich sogar Ferien in Makarska leisten – «Schau dich um!», forderte Vater ihn auf. Pronek tat wie geheißen und sah eine billige Touristenstadt, durch die eine Heerschar krebsroter Leiber drängte, die jammernden Kinder im Schlepptau; hier und da klammerte sich eine attraktive Gestalt an einen haarigen Unterarm, weit außer seiner Reichweite und doch eine schmerzhafte Erinnerung an Sabinas Abwesenheit. Manchmal erzählte ihm Vater Polizeigeschichten, die Geschichte vom Gefängniswärter, der neun Menschen umbrachte, weil er sie mit Mücken übersät sah; von der Mutter, die ihrem Sohn ein Messer in den Rücken rammte, weil er zu spät nach Hause gekommen war; von dem Postboten, der seinen Nachbarn mit einer Kettensäge anfiel, stolperte und sich selbst den Fuß abschnitt.

Pronek verbrachte schlaflose Nächte in dem Zimmer, das er sich mit seinen Eltern teilte, und lauschte dem Gerangel unter der Bettdecke. Ohne seine Gitarre, mit achtzehn Jahren in einem Raum mit seinen geilen Eltern, wäre er fast in Tränen ausgebrochen, riss sich dann aber zusammen und zwang sich, an sein Jahr in der Armee zu denken, das in wenigen Monaten beginnen sollte.

Er malte sich das harte Soldatenleben aus, stellte sich vor, wie er tausend Liegestützen absolvierte, unter Stacheldraht hindurchrobbte, den vorgesetzten Offizier auf dem Schießplatz durch sein scharfes Auge verblüffte. Er sah sich von der Armee zurückkehren – breite Schultern, das Gesicht haarig und hart, eine Narbe über der Wange (vom Stacheldraht). Pronek glitt in die angenehme Welt zwischen Traum und Phantasie, brach zu Aufklärungseinsätzen auf, schlich sich an ahnungslose Feindwachen heran, bereit, ihnen den Hals zu brechen oder eine Klinge in die Nieren zu jagen. Er knipste einen Heckenschützen auf einem hohen Gebäude aus. Proneks Kugel traf ihn genau zwischen die Augen. Mit Mirza verbrachte er Monate im Schützengraben, teilte das Essen mit ihm und wartete darauf, dass der Feind angriff, und kaum strömte der Feind in die Gräben, ließ er eine Handgranate explodieren und starb für die Freiheit. Als er sich in den reinen Traumgefilden aufhielt, standen Pilzwolken am Horizont, feindliche Soldaten waren nackt und erregt, und er saß in einer Höhle voller Mäuse und Frösche fest. Irgendwann hielt ihm sein Vater eine Knarre an die Schläfe und fragte: «Soll ich dich jetzt töten oder erst nach dem Trickfilm?» Schlagartig kehrte Pronek in die Wirklichkeit einer heißen adriatischen Nacht zurück. Zikaden machten ihr stählernes, sirrendes Geräusch, als sägten sie draußen an den Bäumen. Sein Vater schnarchte friedlich, und Pronek sah die Füße seiner Mutter unter der Bettdecke hervorlugen, die mondhellen Hühneraugen.

Proneks Vater hatte Verbindungen zur Armee, und er wollte sie nutzen, um Pronek bei den Feldjägern unterzubringen. Pronek dagegen hoffte, seinem Land im Heeresorchester dienen zu können, irgendwo unweit von Sarajevo, war aber zu verliebt in die eigenen Phantasien, um gegen das männliche Leben, das ihm ein Ausbildungslager der Militärpolizei bieten würde, Einspruch zu erheben. Doch seltsam sind die Wege des Militärs: Pronek landete bei der Infanterie in einer mazedonischen Stadt namens

Štip, die nach Kaugummi mit Kokosnussgeschmack roch, da es dort außer den Kasernen nur eine Süßwarenfabrik gab.

Als wäre sie fest entschlossen, Pronek für seine Phantasien zu strafen, liefen die Vorstellungen der Armee von der Erziehung zum Mann auf ihr genaues Gegenteil hinaus: Ständige Demütigung war dabei das wichtigste Instrument. Als Erstes wurden die Wehrpflichtigen durch eine Kleiderkammer geschleust, in der die Soldaten, die ihnen Uniformteile zuwarfen, ihre ungefähre Größe schätzten oder einfach nur ihren Launen gehorchten. Pronek erhielt ein zu kleines Hemd, ein zu großes Schiffchen, eine Hose, in die außer ihm noch ein schlanker Mann gepasst hätte, und Unterwäsche ohne Gummizug. Dann wurde sein Schädel rasiert, und er wurde mit zweihundert weiteren Soldaten unter die Dusche geschickt, wo einer von ihnen beschloss, Pronek ans Bein zu pinkeln, um ihn so zu taufen. Das Wasser aus den Duschköpfen war kalt, und Pronek verbrachte zu viel Zeit mit dem Einseifen. Das Wasser wurde abgestellt, bevor er den Schaum abspülen konnte.

Schauen wir uns Pronek an, wie er aus der Latrine kommt, ein brandneuer Soldat der jugoslawischen Volksarmee: das Schiffchen auf die Ohren gedrückt, sodass er aussah, als hätte er Henkelohren; die Hose schlotterte um die Beine; die Unterhose hing ihm um die Knie und hinderte ihn am Laufen. Mit den Zivilklamotten in einem stinkigen, weißen Beutel hoppelte er dem gesegneten Land der Männlichkeit entgegen; Tränen in den Augen von der Seife, die ihm über die Stirn tropfte.

Pronek wälzte sich im Schlamm, rannte Hügel hinauf, rannte Hügel hinab, rannte mit Gasmaske durch einen Wald, krachte gegen Bäume, marschierte über mazedonische Weiten, stand vor rätselhaften Lagerhallen Wache und lernte, im Stehen zu schlafen. Auf dem Schießplatz war er schlechter als mittelmäßig, da er beim Abdrücken die Augen schloss. Seinen Kameraden stahl er saubere Socken, und er besah sich die Bilder ihrer Freundinnen, die es angeblich inzwischen mit jemand anderem trieben. Pronek zeigte Sabinas Bild herum – die schöne Sabina im Badeanzug auf einem Segelboot –, was er jedoch bedauerte, als man anzügliche Witze riss.

Stumm ertrug er gellende Unteroffiziere und den lauthals brüllenden Zugführer Hauptmann Milošević, der gern mitten in der Nacht Alarm auslöste und sie stundenlang stramm stehen ließ. Er gab sich Mühe, im Politikunterricht wach zu bleiben, wenn Hauptmann Milošević erklärte, warum der Sozialismus das notwendige Schicksal Amerikas sei. Nie war man allein: nicht im Duschraum, im Schlafsaal, in der Kantine, nachts, morgens, im Traum, überall waren junge Männer – schlaksige, stinkende Männer, stets begierig, über Frauen zu reden, und voller Furcht vor heimlichen Homosexuellen, nimmersatt und allezeit bereit, sich zu besaufen, dazu das stets gleiche Repertoire an Witzen, die sich ausschließlich ums Furzen drehten. Manchmal, wenn neue Soldaten ihr Gelöbnis ablegten oder auch am Jahrestag eines Parteikongresses, trat ein Orchester auf, und Pronek starrte sehnsüchtig auf den Gitarrenspieler, der gedankenverloren über die Saiten strich und ein Lied über den Frohsinn der Menschen klimperte.

Pronek belog seine Eltern, beschrieb die Armee als einen Ort, an dem man freundschaftliche Bande mit anderen jungen Männern aus ganz Jugoslawien knüpfte und Brüderschaft und Gemeinschaft pflegte, was das Land einig machte und stark. Manchmal schmückte er seine Briefe mit wohlwollenden Betrachtungen über das einfache Soldatenleben aus oder gab seinem Stolz darüber Ausdruck, dass die guten Menschen Jugoslawiens, seine Eltern eingeschlossen, ruhig schlafen konnten, weil Pronek persönlich über ihre Freiheit wachte. Allerdings verdankte sich seine Wacht eher dem hektischen, allnächtlichen Onanieren von Spasoje, einem Hirten, der die letzten zehn Jahre allein mit seinen Schafen in den Bergen des südlichen Serbien verbracht hatte und im Gezappel autoerotischer Passion mit den Füßen gern gegen das Gitter der Schlafkoje stieß.

Pronek erzählte Mirza die wahre Version der Geschichte, doch kannte der sie schon, da er in der Marine Schiffsrümpfe geschrubbt und eine vergleichbare Bandbreite an Erniedrigungen durchlitten hatte. Beide kamen zu dem Schluss, dass nur ein Idiot die Zeit beim Militär genießen kann, und sie hatten ein schlechtes Gewissen, weil sie nicht patriotischer gesinnt und auch nicht zäher waren, weil sie ihre Kameraden verachteten, die sich mit den Freuden der Onanie und schlechten Zigaretten zufrieden gaben. Da sie wussten, dass die Zensoren vermutlich ihre Briefe lasen, teilten sie sich ihren unpatriotischen Kummer im Sarajevo-Slang mit, den ich leider nicht so gut wiederzugeben vermag, dass sich ein Eindruck von seiner Undurchdringlichkeit gewinnen ließe.

Nach drei Monaten Grundausbildung war Pronek der verheißenen Männlichkeit keinen Schritt näher gekommen. Er wurde sogar eher einen Schritt zurückgeworfen, als man ihn in die Kantinenküche versetzte. Die Arbeit war erträglich, gerade weil sie vollkommen stumpfsinnig war: Er wusch wolkenkratzerhohe Pfannen- und Tellerberge ab und schälte Kartoffelgalaxien. Die Zeit kroch dahin, und Pronek arbeitete, aß und schlief. Zum Kartoffelschälen bekam er eine Hilfskraft zugeteilt, einen Bosnier aus Banja Luka namens Ahmed. Ahmed war Koch, wurde aber degradiert, weil er seinen Vorgesetzten – laut Ahmed allesamt erstklassige Arschlöcher – mehrfach widersprochen hatte. Er war ein riesiger, haariger Kerl mit einer abrupten, mürrischen Art zu reden, als fände er die unbeirrbare Existenz eines anderen Menschen irgendwie beleidigend. Beim ersten gemeinsamen Kartoffelschälen knurrte Ahmed über Proneks unbeholfene Art, kritisierte, dass die Schalen unnötig dick seien, und zeigte ihm, wie man das Messer richtig hielt. Es dauerte nicht lang, und sie fanden heraus, dass Ahmed Proneks Vetter in Banja Luka kannte, dass er *sevdah* für die bosnische Variante des Blues hielt und dass Pronek sich unbedingt John Lee Hooker und Zaim Imamović anhören müsse, er würde schon sehen. Sie komponierten ihren eigenen *sevdah*-Blues, besangen das Kartoffelschälen, die Schrecken der Armee und die Frauen in der Ferne. Ahmed las gern – er wollte nach dem Militär Literatur studieren – und trug Pronek gekürzte, oft aber auch ziemlich konfuse Versionen der Romane vor, die er gelesen hatte. Knallharte Krimis und Dostojewski gefielen ihm am besten. Er gab Pronek *Der Idiot* zu lesen, doch Pronek fand das Buch geisttötend langweilig und schaffte es nie bis zum Ende, behauptete aber, dass ihm die *Philosophie* gefalle. Als Ahmed einen Monat früher entlassen wurde, schlief Pronek sechzehn bis achtzehn Stunden am Tag und stand nur auf, um zu essen und ein wachsames Auge auf die Kartoffeln schälenden Küchenneulinge zu werfen, deren Hände mit Scharten und Schnittwunden übersät und deren Eimer voll blutgetränktem Wasser waren.

Als Pronek vom Militär heimkehrte, weigerte er sich, die Fragen seiner Eltern zu beantworten und ihnen irgendeinen Grund zu liefern, warum sie auf die neu erworbene Männlichkeit ihres Sohnes stolz sein sollten. Bald darauf begann er, Literaturwissenschaft an der philosophischen Fakultät zu studieren. Er hatte sich für die Literaturwissenschaften entschieden, weil er von Ahmed gehört hatte, dass man für dieses Fach nicht viel arbeiten müsse und dabei jede Menge Scheiß erzählen könne. Nur einen Monat nach Beginn des Studiums hörte er auf, sich in die Seminare zu setzen. Es fiel ihm schwer, morgens aufzustehen und zur Uni zu gehen, weil er wusste, dass er dort eitlen Schlips-und-Anzug-Professoren zuhören musste, die Vorlesungen über die alten Griechen oder das Leben serbischer Heiliger hielten. Außerdem ertrug er den Anblick koketter junger Frauen nicht, die sich auf ein Leben in einer Bücherei freuten, auch nicht den der schmuddligen, jungen Männer mit Zickenbärten und schlechten Zähnen, für die auf immer jede Grenze zwischen Trunkenheit und Inspiration verschwommen war. Pronek brauchte sie nicht zu hassen oder zu verachten. Schaute er sie an, nagte der Kummer an seinem Herzen – kapierten sie denn nicht, wie falsch und sinnlos dies alles war? Die künftigen Bibliothekarinnen, die sich eifrig Notizen machten; die Dichter, die einer eselohrigen Kladde ihre neuesten Bekenntnisse anvertrauten; der Professor, der mit einschläfernder Stimme vom Leiden eines Heiligen auf dem Gipfel eines Berges vorlas?

So ließ Pronek die frühen Seminare ausfallen und verbrachte den Vormittag im Bett, starrte an die Decke – einen Fleck hier, einen da, vor Jahren erschlagene Mücken –, fühlte sich, als säße ihm eine schwere schwarze Katze auf der Brust, die ihm ins Gesicht fauchte und jede Sekunde die Augen auskratzen wollte, sobald er sich bewegte. Er versuchte angestrengt, einen Grund zu finden, warum er gegen die Katze ankämpfen und aufstehen sollte, doch fiel ihm keiner ein.

Es geschah an einem jener Vormittage, dass für Pronek die Phase des Dichtens begann. Die ersten Zeilen Lyrik, die er je in seiner Heimatsprache schrieb, lassen sich etwa wie folgt übersetzen: «Was ist das für ein Ding, das da aus mir herauswächst/ Wie ein Tumor an einem sonnigen Tag?» Das Gedicht handelte von nichts Bestimmtem, ausgenommen vielleicht von seinem Bestreben, das An-die-Decke-Starren loszuwerden. Er nannte das Gedicht «Love and Tumors». Mit dem zweiten Gedicht war es schon schwieriger: Er saß da, starrte das leere, blendend weiße Blatt Papier an und versuchte angestrengt, an etwas zu denken, das er unbedingt mitteilen wollte. Ehe er die erste Zeile niederschrieb, kannte er den Titel: «The Deep Sleep». Und das war's – er stieg aus dem Bett, um Gedichte zu schreiben. Sie reimten sich nie, hatten keine Strophen und ergaben keinen Sinn. Bald fing er an zu glauben, dass das, was er schrieb, keine Lyrik, sondern etwas anderes war, etwas Tiefes, Unaussprechliches, etwas, das sein Lebensgefühl zum Ausdruck brachte: ein bedrücktes Herz, Tränen, die seinen Augen flohen, eine befreiende Hoffnungslosigkeit. Die Gedichte seien der reinste Blues, versicherte ihm Mirza, keine Frage, und Pronek widerfuhr eine Epiphanie: Er sah sich als alten, schwarzen Mann auf einer verfallenen Veranda sitzen, eine wimmernde Gitarre im Arm, und er hörte sich von seinen Leiden und metaphysischen Streifzügen singen. Außerdem war er blind – was er sah, war allein die Dunkelheit seiner Seele.

Rasch wurde aus «Love and Tumors» ein Blues-Song, später folgten «The Deep Sleep», «I Am Hiding Tears from My Eyes» und «Do Not Close Your Eyes». Während sich seine Eltern für seinen Lebensunterhalt abrackerten, verbrachte Pronek Tage damit, in seinem Zimmer zu singen, wie Howlin' Wolf zu heulen oder Screaming Jay Hawkins zu kreischen und Schmerz aus solchen Tiefen aufzuwühlen, dass sein Nachbar, ein Nachtschicht arbeitender Straßenbahnschaffner, wütend mit den Fäusten gegen die Wand trommelte und sich erbot, ihn mit bloßen Händen zu erwürgen.

So wurde aus Kummer und Konfusion der blinde Jozef und die Toten Seelen geboren. Mirza war natürlich die erste Tote Seele. Gemeinsam traten sie im gerammelt vollen Club der Zahnmediziner auf, der keineswegs überraschend Zub (der Zahn) hieß, aber auch im Club der Medizinstudenten, dem Kuk (Hüfte), ein Name, der schon eher verblüffte, und sie spielten vor ihrem Publikum, den besoffenen, geilen und völlig desinteressierten Studenten. Pronek klopf-klopf-klopfte den Takt mit dem Fuß, wie es Blind Lemon Jefferson mit dem Stock tat, und Mirza spielte seine kurzen, herzergreifenden Solos, die selbst über Lautsprecher kaum zu hören waren und im Lärm all jener Studenten untergingen, die sich nur danach sehnten, blutende Gaumen, Gläser mit Feten und verfettete Herzen vergessen zu können. Doch manchmal war alles genau so, wie es sein sollte, dann trieb Rauch aus Nasenlöchern zu ihnen herüber und hüllte sie in eine Wolke, als stiege Nebel aus den Sümpfen am Delta auf. Und Pronek sah gleich über der wogenden Menge ein Augenpaar schweben, das durch ihn hindurch in seine sündige Seele zu schauen schien. Mag sein, dass ich der Besitzer dieser Augen war, wenn ich ins Kuk oder ins Zub ging, aber ich kann mich an keine Blues-Band in diesen Clubs erinnern – vielleicht war ich auch bloß zu betrunken, um darauf zu achten. Am Ende seines Songs schloss Pronek dann gekonnt die Augen, als wollte er andeuten, dass er sich nun in seine eigenen Tiefen fallen ließ. Er fühlte Blicke über Hals und Gesicht wandern wie langbeinige, behende Spinnen.

Schon bald holten sich Mirza und Pronek einen Bassisten namens Zoka und den Schlagzeuger Sila dazu, einen Punk, der im Entbindungsheim beim Wartungspersonal arbeitete und im Kuk soff wie ein Loch. Sila verlangte, dass ihm die Songtexte erklärt wurden – er wollte nicht spielen, was er nicht verstand. Pronek wusste selbst nicht so genau, wovon die Lieder handelten, nur dass es eben um seine Gefühle ging. Doch unter Silas nachdrücklich fragendem Blick musste Pronek mit einer ausführlichen Exegese herausrücken, und so verglich er sich indirekt mit John Lee Hooker und Dostojewski, was nicht das Geringste zur Klärung seiner Lyrik beitrug. Schließlich behalf sich Pronek mit Verweisen auf den Fußball und erklärte, dass «Love and Tumors» von jenem Spiel handelte, in dem man, obwohl man es längst verloren wusste, unbedingt noch ein Tor schießen wollte, während «Do Not Close Your Eyes» erklärte, dass man wissen müsse, in welcher Position man auf dem Fußballplatz des Universums spielte. Sie traten öfter auf, einige Male sogar in Zenica und Mostar, wo sie fast zusammengeschlagen wurden, weil ein Tourist in Bermudashorts «normale Musik» verlangte und Sila daraufhin rhetorisch seiner Mutter zu nahe trat. Wie jedermann wusste, gab es keine Stars in Sarajevo, und niemand vergaß dort die Zeit, in der man im Dreck gesuhlt oder mit Murmeln gespielt hatte, und die Kiezganoven rückten einem den Kopf zurecht, wenn man gar zu aufmüpfig wurde. Doch gab es junge Frauen, die Pronek und Mirza auf der Hauptstraße anlächelten, manche Blicke galten sogar Sila. Ein Schlechte-Zähne-Dichter aus den Literaturwissenschaften sagte, *man* erwarte noch viel von ihm. Der Freund von Mirzas Kusine, der für eine Studentenzeitung arbeitete, fragte Pronek, ob er Musikrezensionen schreiben wolle. «Es gibt zwar nur wenig Geld», sagte er, «aber du hast eine Stimme und wirst gehört.»

«Ich habe schon eine Stimme», erklärte Pronek, war aber einverstanden.

Und einige Jahre nach dem Ende seiner Militärzeit wachte Pronek an einem Dienstagmorgen fröhlich auf, sprang aus dem Bett, lief aus dem Zimmer und sang «Something Stupid» von Sinatra. Er wünschte seinen verblüfften Eltern von Herzen einen guten Morgen – er trank sogar Kaffee mit ihnen und zeigte Interesse an ihrem Befinden. Seine Mutter litt an Gelenkrheuma, und sein Vater war zu Schreibtischarbeit verdonnert worden – es würden neue Leute eingestellt, erklärte er, deren einzige Qualifikation in ihrer ethnischen Zugehörigkeit bestünde. Dann eilte Pronek ins Valter, dem Büro der Studentenzeitung, um eine vernichtende Besprechung des neuen Albums von Bijelo dugme abzugeben, deren Musik er als «niedrigste Form des Balkanbauerntums» beschrieb, «das sich unter dem Lebkuchenmantel eines aus den Arenen Amerikas geklauten Hard Rocks verbarg». Er sagte sich diese Zeile immer wieder auf, als wäre sie ein Gedicht.

Das Problem mit dem Fröhlichsein ist, dass es einfach eine ziemlich miese Grundlage für den Blues abgibt – Pronek wollte eine Coverversion von «Something Stupid» machen, aber dieser Song war nun wirklich kein Blues, selbst in Bosnien nicht, das so weit wie nur irgend möglich vom Mississippi entfernt liegt. Sila weigerte sich schlichtweg, «Something Stupid» zu spielen, und verlangte, dass ihre Songs wuchtiger klangen. Er wollte mehr Stahl, wie er sich ausdrückte – er fuhr auf The Cult ab –, und brachte sogar eigene Songs mit, in denen natürlich kein Wort Englisch vorkam. Ihre Titel ließen sich etwa mit «Grab dein Grab, Diskoschnepfe» oder «Ich schneid der Liebe die Kehle durch» übersetzen.

Das Problem war immer noch nicht geklärt, als Mirza und Pronek im Sommer 1990 ans Meer fuhren. Sie vergnügten sich damit, scharenweise braun gebrannte, blonde junge Frauen aus Ungarn und der tschechischen Republik zu unterhalten, sich flach legen zu lassen und zu träumen, dass ihr Leben niemals enden würde. An einem verregneten Augusttag kehrten sie dann nach Sarajevo heim, verabschiedeten sich voneinander und spürten deutlich, dass irgendwas zu Ende gegangen war. Und das war es auch: Der blinde Jozef Pronek sollte mehrere Monate lang nicht proben, da Zoka sich auf seinen Abschluss in Medizin vorbereitete und Sila Heroin entdeckte und sich im Gebüsch am Miljacka den ersten Schuss setzte. Pronek schrieb weiterhin Rezensionen, spielte gelegentlich noch ein paar alte Beatles-Lieder mit Mirza und nahm sogar sein Studium der Literaturwissenschaft wieder auf – *Die göttliche Komödie* gefiel ihm. Mit seinem Vater, den man pensioniert hatte, ging er öfter in den Bergen wandern. Sein Vater erzählte ihm Geschichten: von dem nie aufgeklärten Mord an einem Schiedsrichter, dessen Leiche mit herausgeschnittenem Arschloch in der Miljacka gefunden worden war; von seinem Urgroßonkel, der die Ukraine verlassen hatte, um nach Chicago zu ziehen und Hoteldetektiv zu werden, und von dessen Bruder, der nach Bosnien gegangen war; von alten ukrainischen Liedern, die seine Mutter gesungen hatte und die er noch Wort für Wort auswendig kannte. Sie blickten auf Sarajevo, das unter ihnen im Bergkessel lag, auf Straßen, die sich wie Furchen in einem riesigen Handteller durch das Tal schlängelten; auf die Menschenmassen, die ameisengleich durch die Straßen strömten; die Gebäude, in denen sich die untergehende Sonne spiegelte, sodass sie aussahen, als stünden sie in Flammen. Einfach unglaublich, sagte sein Vater, dass man sich an Dinge, die so viele Jahre zurückliegen, derart deutlich erinnern kann und trotzdem nicht mehr weiß, was gestern geschehen ist.

Nach sechsmonatiger Pause brachte Pronek seine Band im Winter des Jahres 1991 wieder zusammen, aber die Probe verlief lausig, die Songs klangen nichts sagend und hohl und verrieten überhaupt kein Gefühl. Einige Tage später gingen Pronek und Mirza wieder in den Probenraum – dem Keller im Haus von Zokas tauber Großmutter – und stellten fest, dass ihre gesamte Ausstattung verschwunden war. Erst viele Monate später fanden sie heraus, dass Sila sie gestohlen und für Heroin versetzt hatte, nachdem er zuvor dabei ertappt worden war, wie er im Entbindungsheim Geld aus den Portemonnaies in den Wehen liegender Frauen klaute.

Das Jahr 1991 flog an Pronek vorbei, als schaute er einem Personenzug nach, dessen erleuchteter Fensterstreifen in der Nacht an ihm vorüberhuschte; kaum konnte er die Gesichter der Menschen erkennen, die mit unbekanntem Ziel unterwegs waren. Im März 1991 träumte er, er hätte Heroin gedrückt, und die herrliche Ruhe, die ihn im Traum überkam, war so angenehm, dass er beim Aufwachen fürchtete, ein Junkie geworden zu sein, ohne je Drogen genommen zu haben. Im Mai ertappte er sich, wie er durch Parks und über die Vilsonovo schlenderte, angestachelt von dem erregenden Gedanken, allein auf den Bänken sitzende Frauen aufgabeln zu können – er glotzte sie so lange mit irren Blicken an, bis sie aufstanden und mit raschem Schritt davoneilten. Im Juni fingen die Auseinandersetzungen in Kroatien an – die Nachrichten meldeten Gefechte zwischen kroatischen Freiwilligen, der Armee sowie vagabundierenden Mörderbanden aus Serbien und zeigten Bilder von Leichen mit ausgestochenen Augen und abgeschnittenen Nasen.

Im Juli wurde Pronek zu einem Gespräch mit dem Direktor des American Cultural Center eingeladen. Der junge Direktor sprach ein beklagenswertes Serbokroatisch, weshalb Pronek, der einige Male versucht war, ihn zu berichtigen, seinen Ausführungen nur mit Mühe folgen konnte. Der Direktor erklärte, Proneks Texte hätten wohlwollende Beachtung gefunden, und er fragte ihn nach «Leben und Werk». Pronek hastete mit wenigen, eintönigen Sätzen durch sein Leben, doch kam es ihm wie ein großer Betrug vor, sodass er fürchtete, der Amerikaner würde ihn der Lüge bezichtigen, Dokumente und Fotos hervorziehen und ihm beweisen, dass er Unrecht hatte: Eine Band habe es nie gegeben, er hatte niemals Englisch studiert, er sei nie in der Armee gewesen – *und hier haben wir noch ein Foto, auf dem Sie zur Hochzeit Ihrer Kusine Akkordeon spielen!* Für Pronek war das Gespräch die reinste Katastrophe. Im selben Monat erzählte ihm sein Vater, dass er im Verein Bosnischer Ukrainer einen Mann kenne, der einen Interessenten für eine Sommerschule in Kiew suche, in der er mehr über sein kulturelles Erbe lernen könne. Pronek hatte kein Interesse an seinem Erbe, da er schon genug unter den Geschichten seines Vaters gelitten hatte, doch fand er, dass es ihm und seinem Geisteszustand nur gut tun könne, wenn er Sarajevo und den Krieg in Kroatien für einen Monat hinter sich ließe. Also fuhr er in die Ukraine.

Doch das ist eine andere Geschichte, und ich bin nie in der Ukraine gewesen – jemand anderes wird über diesen Abschnitt seines Lebens berichten müssen. Er traf eine Frau, die er eines Tages in Chicago besuchen sollte, dann, wenn er jenen Ort erreicht hatte, an dem er unglücklich bis ans Ende seiner Tage leben und wo ich ihn in einem Klassenzimmer wiedererkennen würde. Ich wusste, dass er in Kiew gewesen war, als es zum Putsch kam und die Sowjetunion zusammenbrach, was seinen Eltern allerhand Sorgen bereitete – sowohl der Zusammenbruch als auch seine Anwesenheit dort. Er kam ein wenig älter zurück, vielleicht sogar ein wenig reifer, war er doch Zeuge eines historischen Ereignisses gewesen und hatte sich verliebt. Er scherzte, er sei in die UdSSR gefahren, um einige Dinge zu richten, und dass er jetzt bereit sei, sich auch Jugoslawien vorzunehmen.

Bei seiner Rückkehr lag Sarajevo unter einer düsteren Wolke. Mirza, Student der Rechte in rechtloser Zeit, bereitete seine Auswanderung nach Kanada vor, weil er, wie er sagte, hier einfach nicht mehr denken könne – es wäre, als drängten Serben und Kroaten in sein Hirn, um sich dort gegenseitig die Hälse aufzuschlitzen. Pronek trieb sich häufig in Clubs und Bars herum, da er es nicht länger aushielt, seinen Eltern zu Hause zuzuhören, wie sie vom baldigen Tod redeten. Er sah Menschen im Halbschlaf tanzen und jeden aufreißen, der noch auf der

Tanzfläche war. Pronek tat es ihnen nach – wenn es dämmerte, saß er im großen Park und befummelte eine Frau, deren Namen er nicht recht verstanden hatte und von deren Bierfahne ihm schlecht wurde. Später am Vormittag hasste er sich, dachte sich aber, wer tut das nicht? Er hörte auf, Gedichte zu verfassen oder Gitarre zu spielen, schrieb jedoch weiterhin idiotische Rezensionen, die niemand las («Die Gitarrensolos wirken wie die Phantasien eines reichen Jungen, der sich die Schmerzen eines Sklaven ausmalt; sie klingen wie lautverstärkte Onanie.») Eines Abends hielt ihm ein Bekannter Heroin hin, und Pronek nahm an, gab es aber zurück, als er sah, wie sich der Typ übergab, nachdem er sich mit dem Zeug den Gaumen eingerieben hatte – die Spritze habe er verloren, sagte er.

Mit seinem Vater ging er öfter wandern. Es war Herbst, und sie wählten nur kurze Strecken, denn es war kalt und feucht, und sie hatten Gerüchte von Patrouillen gehört, die auf jeden schossen, der ihren Stellungen zu nahe kam. Vater Pronek hatte sogar Einheiten der Armee gesehen, die sich in den Bergen um Sarajevo eingruben, doch dachte er, sie wären gekommen, um die Stadt zu beschützen. Im Oktober, als Pronek zum letzten Mal mit seinem Vater wandern ging, schauten sie auf Sarajevo herab, eingemummt in die Dämmerung. Sie hörten ein Summen, ein gigantisches Summen, das wie der Widerhall des Urknalls klang. Es sei das Summen aller Lebensgeräusche Sarajevos, sagte sein Vater: Scheppern von Bussen und Spülmaschinen, Musik aus Kneipen und Radios, Gekreisch verwöhnter Kinder, zuschlagende Türen, laufende Motoren, vögelnde Paare – und er stupste seinen Sohn in die Seite. Sie schauten zu den teilnahmslosen Sternen am Himmel auf. Manche Sterne existierten längst nicht mehr, sagte Pronek, sie seien zu schwarzen Löchern geworden. Schwarze Löcher, wiederholte Vater, und stupste ihn erneut in die Seite.

Im November erhielt er einen Anruf vom American Cultural Center, und die Sekretärin des Direktors (der Direktor selbst war abgereist, da Sarajevo inzwischen als unsicher galt) sagte, man lade ihn zu einem Besuch in die USA ein, damit er mehr über das Land erfahren könne, schließlich sei er ein junger Journalist und würde sich gewiss für die Werte der Freiheit einsetzen. «Wann kann ich fliegen?», fragte Pronek sofort, obwohl er nicht genau wusste, was er eigentlich für ein Verhältnis zur Freiheit hatte.

Und so stehen wir im Januar 1992 in Sarajevo auf dem Flugplatz. Proneks Vater hat ihn abgesetzt, ohne selbst auszusteigen, da es am Flugplatz keine Parkmöglichkeit gibt. Pronek blickt der alten Klapperkiste und seinem Vater nach, der über dem Steuer hängt, als wäre er in den Rücken geschossen worden. Er sieht die Haare im Nacken und im Rückspiegel auch die Augen, müde und alt. Plötzliche Traurigkeit überkommt ihn, als er den Koffer mit den blockierten Rädern hinter sich herzieht, die eine Spur wie von den Fersen eines Leichnams hinterlassen. Er wartet bis zum Abflug im Flughafenrestaurant, nippt an seinem essigsauren Kaffee und beobachtet ein Familiengetümmel: Tüten, Koffer, Kinder, umgeben von rauchenden Männern und von Frauen, die sich die Augen wischen.

Dann sitzt er im Flugzeug, schnallt sich an, mustert misstrauisch die Berge rund um den Flughafen. Der Sitz neben ihm bleibt leer. Das Flugzeug steigt auf, sein Magen sackt nach unten, und er ist sorgsam darauf bedacht, sich nicht anmerken zu lassen, wie sehr er sich fürchtet zu sterben. Er schaut nach unten und kann eine Reihe Punkte aus dem Flughafengebäude zu einem weiteren Flugzeug tröpfeln sehen.

Einer dieser Punkte ist mein Kopf, in seiner Mitte ein haarloses Medaillon, und wie ein Schatten folge ich Pronek auf dem Weg zu meinem Flugzeug, meinem Schicksal. Ich schaue nach oben und sehe seine Maschine in den Wolken verschwinden. Pronek wirft einen letzten Blick auf die im Tal ausgebreitete Stadt; es ist, als küsste er einen Leichnam; Nebel kriecht zwischen den Gebäuden hervor. Er weiß nichts von mir, so wie eine Wand nichts von dem über sie tanzenden Schatten weiß.

Das Flugzeug stößt durch die Wolken, und Pronek kann nichts

mehr sehen. Als die Maschine die dunkle Wolkenwolle wieder verlässt und in den strahlenden, sternenlosen Himmel eintaucht, kann er sich schon nicht mehr daran erinnern, was gestern noch gewesen war. Die Sonne brennt durch die Fenster, also zieht Pronek die Blende herab.

# 3

# Vaterland

Kiew, August 1991

**Nunmehr ist es Zeit**, unser geheimes Vorhaben zu entdecken. London, Amsterdam, Wien und Warschau. Dort entschied ich mich für einen günstigen Zug in die Ukraine, stieg ein und fand den auf mich wartenden Liegewagen in dichte Schleier Zigarettenrauch und den unbestimmten Duft eines Rasierwassers namens Antarctica gehüllt. Ehe der Zug aus dem Bahnhof fuhr, sah ich, wie sich der Mann auf dem gegenüberliegenden Bett aus einer frostblauen Flasche einige Hand voll ins Gesicht klatschte. Und als führte er mir einen Striptease vor, knöpfte er das Hemd auf, entblößte langsam seine rußige Tapisserie und hielt einen Zentimeter über dem Bauchnabel inne. Das Unbehagen, das ich damals spürte, will mir heute wie ein Gefühl der Bedeutsamkeit erscheinen – eine Auslegung, zu der es fraglos nur im Nachhinein kommen kann. Der Mann zündete sich eine Zigarette an, schlug begierig ein Heft mit einer vollbusigen, sich verführerisch räkelnden Dame auf, dessen Titel ich – ungeübter, nur gelegentlicher Benutzer dieses allmählich außer Gebrauch kommenden ukrainischen Dialekts, der ich bin – als *König der Mitternacht* entzifferte.

Der König der Mitternacht bot mir hin und wieder einen Schluck aus einer schmuddeligen Flasche an. Nachdem er sie schließlich rasch bis auf den letzten Tropfen ausgeschlürft hatte, warf er sich mit solcher Wucht auf sein Bett, dass es in meinem Traum ein Erdbeben gab: Die Erde brach auf, riss die Menschen scharenweise hinab; Straßen wanden sich wie Peitschenschnüre und warfen Autos wie Streichholzschachteln umher; Hochhäuser fielen in nichts zusammen. Während der Zug durch Polen zuckelte, kroch ich durch eine Flucht von Albträumen – allesamt Fortsetzungen des Erdbebendramas –, in denen ein Wal-Mart und der Sears Tower vorkamen, aber auch Mäuse, Zwerge, Besenstiele und noch manch andere freudianische Kinkerlitzchen. Der letzte Alb spielte sich an der sowjetischen Grenze ab: ein Tross schäbig Uniformierter mit riesengroßen Schirmmützen wartete in einem Schwall fahlen, mückenverpesteten Lichts, wich in den Schatten zurück und bestieg den Zug. Abwechselnd musterten sie die Papiere des Mitternachtkönigs und sein verquollenes Gesicht, als wollten sie beides so lange vergleichen, bis das eine zum anderen passte. Meinen amerikanischen Pass blätterten sie nur flüchtig durch, fest entschlossen, sich nicht von seinen üppigen Freiheiten beeindrucken zu lassen, erst recht nicht von der Stempelvielzahl, die sich auf meinen existenzialistischen Wanderungen angesammelt hatten. Sie ließen mich trotzdem ein, wenn auch mit einem einschüchternden Stirnrunzeln, als wollten sie mir sagen, dass sie mich aufhalten, mich gar verschwinden lassen könnten, wenn sie den Wunsch danach verspürten. Doch sie wünschten sich andere, profitablere Dinge und warfen mir den Pass gleichsam vor die Füße. Ich ging in den Speisewagen, um zu frühstücken.

*Speisewagen* ist eine sehr wohlwollende Bezeichnung für einige Tische mit Tischdecken, die aussahen, als wären sie vom Jackson Pollockowitsch des Nachbardorfs. Ein schmerzlich gelangweilter Kellner las Zeitung; sein Körper bat, nein, flehte den müden Reisenden an, gleich wieder zu verschwinden und niemals zurückzukehren. Zwei Männer saßen an einem der Tische; ihre Stirnen trafen sich gelegentlich in der geographischen Mitte über dem Aschenbecher. Sie stritten sich um irgendwas, und zwischen blumigen Eruptionen rhetorischer Zuneigung kippten sie immer wieder ein Glas Wodka (den ich zwei, drei hoffnungsfrohe Augenblicke lang für Wasser hielt). Soweit ich sie verstand, drehte sich die Auseinandersetzung im Wesentlichen um Evgenij, dessen auffälligster Wesenszug offenbar darin bestand, zugleich ein widerlicher Dreckskerl und der freundlichste Mensch auf Erden zu sein. Bei Evgenij wusste man nie, woran man war; er konnte einem ein Messer zwischen die Augen rammen, konnte aber auch das letzte Hemd hergeben, wenn man ihn darum bat: Sie waren einer Meinung, küssten sich und kippten wieder einen Wodka, dann noch einen. Mich traf die Erkenntnis – und wo sie mich traf, habe ich immer noch einen meerförmigen Fleck –, dass es nicht den geringsten Grund gab, sich über mich zu unterhalten, dass ich irrelevant für nahezu alle Gespräche war, die zu irgendeinem Zeitpunkt auf dieser Welt stattfinden mochten. Und ich beneidete Evgenij, diesen nettesten Hundesohn auf Erden.

Ich kehrte in den Schlafwagen zurück, schlief wieder ein und wachte erst auf, als der Zug mit einem ergreifenden Decrescendo in Kiew einfuhr. Grunzend setzte sich der König der Mitternacht auf, kratzte einen Moment seine Brust, räusperte sich und spuckte rücksichtsvoll in die leere Flasche.

Feuchte Abendhitze; dunkle, ölige Plazenta bedeckte die Straßen. Ein Mann namens Igor wartete auf mich, hielt ein Schild mit meinem Namen hoch. Er war blond, blauäugig, sehnig wie ein Marathonläufer, wachsam, gewitzt – ein Mann mit vielen Talenten, wie man so sagt. Ich schildere dies als Tatsache, dabei war es damals kaum mehr als ein flüchtiger Eindruck. Ich stieg aus dem Zug, trat von oben herab in eine Dampfwolke (nur hatte der Zug keine Dampflok – hier haben wir es mit einem Remake jener Szene zu tun, in der Karenina aus dem Zug steigt, um von Karenin mit seinen trivial großen Ohren begrüßt zu werden) und durchquerte langsam den Bahnhof, während ankommende Frauen wartende Männer küssten. Ich stieg in Igors Auto, das nach Erbrochenem und Kiefernharz roch. Vladek saß stumm auf dem Rücksitz und hauste in seinem großherzigen Lächeln. Wir glitten durch die Straßen von Kiew, aus Dunkelheit in Licht, aus Licht in Dunkelheit. Ich brachte kein Wort hervor, ich war müde und verwirrt. Nur mit Mühe konnte ich verstehen, was Igor in seinem gutturalen Ukrainisch vorbrachte, weiß aber nicht mehr, was er gesagt hat. Ich erinnere mich, dass ich mich gelegentlich umsah, weil ich wissen wollte, ob Vladek noch da war, und er grinste mich mit der irren Begeisterung hellwacher Lebendigkeit an, ließ die Augenbrauen tanzen und zwinkerte mir zu, als wären wir bereits Verschwörer in dunklen Machenschaften.

Alles in dem Gebäude war außerordentlich ordentlich, die Flurteppiche schnurgerade, die Wände weiß wie Weihnachtsschnee. Igor sagte, eigentlich sei es ein Schulungsgebäude der Partei, doch hätte man uns erlaubt, es diesen Sommer zu nutzen.

Er öffnete die Tür zu einem Zimmer, das ich zögerlich betrat. Vladek ließ die Koffer fallen und zwinkerte sein letztes Zwinkern. In Shorts mit Ankermuster, der Oberkörper nackt, glättete mein künftiger Zimmergenosse ein Kissen. «Ich heiße Jozef», sagte er dann und hielt mir seine vom Kissen noch warme Hand hin. «Jozef Pronek.» Erlaubt, dass ich mich vorstelle: Ich bin Victor Plavchuk. Offiziell kam ich her, um mehr über mein kulturelles Erbe zu erfahren, aber eigentlich habe ich etwas zu tun gesucht, bis ich weiß, was ich eigentlich tun will. Erlaubt mir nun, Jozefs hängende Schultern heraufzubeschwören, sein kantiges Kinn und die Augen: mandelförmig, dunkel und klaftertief. So erinnere ich mich heute an ihn – die Begeisterung ist *ex post facto* –, damals war es ganz anders: seine Wange eine Karte durchlebter Tage. Einen verlegenen Augenblick lang starrten wir uns an, warteten darauf, dass Igor etwas sagte und uns aus dem Schlamm des Schweigens zog. Danach ein verwirrendes Nichts: Was wir taten oder sagten, nachdem Igor gegangen war, weiß ich nicht mehr.

Als ich am nächsten Morgen aufwachte, lag Jozef noch im Bett, also tat ich, als schliefe ich, um das peinliche Aufstehen vor einem Fremden zu vermeiden. Ich hörte, wie er sich im Bett aufrichtete und sich mit solch entschlossenem Nachdruck kratzte (seine Brust? seine Oberschenkel?), dass ich einen Moment lang glaubte, er würde onanieren. Dann durchwühlte er seine Sachen, schloss die Tür hinter sich und ging – die Schritte hallten über den Flur. Ich stand auf mit einer schweren Eisenkugel im Bauch – der gewohnten Bedeutungslosigkeit am Morgen, wenn der übliche Gebrauch dieser Welt ausgeleiert, lasch, verbraucht und nutzlos scheint. Ich packte meine Sachen aus, hängte die Hemden neben die meines Mitbewohners. Die Farbe seiner Hemden war überwiegend osteuropäisch trostlos, die Turnschuhe im Schrank ziemlich abgelaufen, weshalb ich beschämt meine Ausstattung neben seine räumte: meine Sandalen, meine Turnschuhe und eine breite Palette von Shorts und farbenfrohen Hemden, die dringend gebügelt werden mussten. Einen Moment lang konnte ich mich nicht erinnern, warum ich all diese Dinge besaß: Die Willkür ihrer Auswahl kam unvermittelt zum Vorschein, und all die anderen Entscheidungen, die ich je getroffen hatte, schienen absurd. Mir gefiel (und gefällt auch heute noch) der Geruch seiner Kleider – der muffige Geruch eines gelebten Lebens.

Als mein Zimmergenosse zurückkam, saß ich auf dem Bett, Kopf in den Händen, und starrte auf meine Zehennägel, die dringend der Kürzung bedurften.

«Guten Morgen», sagte er ernst, was mich zu einer Antwort zwang.

«Wie geht es dir?», fragte er. Ich war ziemlich müde.

«Du willst Kaffee?», fragte er. «Bosnischen?» Klar, sagte ich.

«Immer sagt ihr Amerikaner klar», sagte er. Ich sah keinen Sinn darin, ihm zu widersprechen, also sagte ich klar, und er gluckste leise vor sich hin.

Ich heiße Victor. «Ich weiß», sagte er und stellte auf den Tisch zwischen unseren Betten einen kleinen Topf mit langem Griff. Dann tauchte er etwas, das aussah wie zwei mit einem Kabel verbundene Rasierklingen mit einem Knopf dazwischen, in den Topf und steckte die blanken Kabelenden in eine Steckdose. Gelassen begriff ich, dass er damit nicht nur sein Leben, sondern auch mein geistiges Wohlergehen in Gefahr brachte.

«Ich kenn das von Armee.» Du warst beim Militär? In welcher Armee?

«Jugoslawische. Wir mussten. Aber das lange her, ich war achtzehn.» Wie alt bist du jetzt?

«Vierundzwanzig», sagte er.

Er hatte eine rundliche Nase, die wie geschwollen aussah, dazu dicke, fleischige Lippen; der Mund stand meist offen. Er besaß die dunkelsten Augen, die ich je gesehen habe, zwei tadellose Murmeln. Wir nippten am Kaffee, zu stark, zu bitter – ich stellte ihn verstohlen beiseite. Direkt vor dem Fenster trällerten die Vögel; im Zimmer über uns übte jemand Stepptanz. Er kam aus Sarajevo, Jugoslawien. Er hat einmal in einer Band gespielt, und er schrieb für Zeitungen. Sein Vater stammte aus der Ukraine, genau wie meiner, geboren wurde er in Bosnien. Er war in die Ukraine gekommen, um die Heimat seines Großvaters kennen zu lernen, wollte aber außerdem eine Weile den «verrückten Geschichten» in Jugoslawien entkommen. Er war überzeugt, dass sie (wer waren «sie»?) ihm den Kopf mit Sachen voll stopften und dass es wichtig war, den Kopf wieder frei zu kriegen. Ich hatte Magenkrämpfe und musste auf die Toilette.

«Wir müssen los. Frühstücken», sagte er. «Ich warte auf dich.»

Klar.

Während meiner Zeit in Osteuropa hatte ich Unauffälliges schätzen gelernt, und die Cafeteria, die ich Jozef folgend und ihn gelegentlich anrempelnd betrat (noch hatten sich unsere Schritte nicht angeglichen), war einfach unglaublich unauffällig. Das Licht darin war grau; eine Fensterwand wies auf einen Parkplatz, auf dem bis auf einen gigantischen schwarzen Volvo, der wie ein gestrandetes Walross wirkte, keine Autos standen. An einer der Wände waren Männer zu sehen, die sich mit feurigen Blicken vorbeugten, bis sich Muskelberge unter Arbeitsuniformen spannten. Ihnen gegenüber umarmten Frauen in folkloristischen Uniformen hohe Weizengarben, die einstmals golden, jetzt aber nur noch verwaschen gelb waren. In langer Reihe standen die Leute an und schoben auf einer Schiene die quietschenden Tabletts dem Essen entgegen. Manche in der Schlange waren Ausländer, erkennbar an ihren sauberen, zerknitterten Kleidern; sie schauten sich um, versuchten herauszufinden, wo sie angekommen sein mochten. Wir nahmen unsere Tabletts. Sie klebten, waren noch feucht in den Ecken und rochen nach sozialistischem Fett.

Ich häufte mir verschiedene Sorten blasiger Piroggen auf den Teller und stellte eine Tasse mit dünnem Tee aufs Tablett. Die junge Frau vor uns – Jozef stellte sie als Vivian vor – griff mit Armen so dünn wie hautüberzogene Knochen nach einer einzigen Pirogge, die wie ein abgetrenntes, aschfarbenes Ohr aussah. Schlagartig verging mir der Appetit. Ich setzte mich Jozef gegenüber, und er kaute auf seiner Pirogge, während ich vollkommen geschmacklosen Tee schlürfte.

«Was tust du?», fragte er und sah mir dabei in die Augen.

«Ich trinke Tee», sagte ich und fragte mich plötzlich völlig verwirrt, was ich hier tatsächlich trieb.

«Nein. In dein Leben.»

«Ach so», sagte ich, «im Leben.» Mein Leben. Überall Reife, nur nicht für mich. «Ich schreibe eine Doktorarbeit.»

«Ich verstehe. Was studierst du?» Lasst mich klarstellen, dass ich dieses Gespräch nicht wollte. Es sollte nicht bekannt werden, dass ich nicht tat, was ich zu tun behauptete.

«Shakespeare», sagte ich.

«Was ist mit Shakespeare?» Er war ein gnadenloser Hund, ließ mich keinen Moment aus den Augen. Schau woanders hin, Schurke, betrachte die Männer mit den feurigen Blicken, schau dir Vivian an, wie sie an ihrer Pirogge knabbert und sich innerlich gegen den nächsten Anfall von Bulemie wappnet. «Deine Arbeit, wie sie heißt?»

Ich muss rot geworden sein. Ich saß da vor diesem Jozef aus einem zerfallenden Land, bis zum Hals im beschissenen Kiew.

Ich sagte: «Seltsamer Lear». Eigentlich wollte ich sagen: «Kollaps und Transformation performativer Maskulinität in König Lear», doch Jozef warf ein: «Mein Pferdchen, ihm ist's seltsam, diesem Tier, dass da ist nix Haus nirgendwo hier.»

«So seltsam nun auch wieder nicht», sagte ich. Mir kam der Gedanke, dass das, was ich tat, *unzutreffend* war, dass ich ganz umsonst Tage damit zubringen könnte, es Jozef unter diesem trostlosen Wandbild zu erklären, diesem frischen Ornament der Welt. Ich nutzte die Gelegenheit, das Thema zu wechseln. «Magst du Robert Frost?»

«Ich hab ihn auf Fakultät gelesen», sagte er. «Ich studiere auch Literara – Literaru – ich studiere auch Bücher.»

Schon deshalb, weil er über das Wort «Literatur» stolperte, wurde ich sein Freund. Das Wort zu sagen, war auch für mich schmerzhaft, sodass ich ihn voll warmem Verständnis angrinste und ihn wie eine Weizengarbe umarmen wollte. Selbst heute noch habe ich, wenn ich gezwungen bin, das Wort «Literatur» zu sagen, ein merkwürdiges Gefühl – meine Brustwarzen kribbeln, die Augen füllen sich mit Tränen.

Ich gestehe offen, dass es eine Zeit gab, in der ich es edel fand, nicht zu wissen, wohin man wollte. Ich meinte, mich zu verirren bedeute, mitten in einem Kapitel des eigenen Bildungsromans zu stecken, dann aber fühlte ich mich schrecklich einsam auf dem Weg hinauf auf die steilen, zerklüfteten Klippen der Selbsterkenntnis. Ich las und dachte, dachte und las und betrank mich, um herauszufinden, was es mit dem Leben auf sich hatte und wessen Schuld es eigentlich war, bevor ich auch nur zu leben begonnen hatte. Dann wurde ich Doktorand. In einem Seminar voller einsamer, unsicherer Sucher, die in der vor Jahrhunderten geschriebenen Literatur nach Menschen wie sich selbst fahndeten, lernte ich, wie wichtig Verlangen war. (Das Werk, mit dem der Dozent akademischen Ruhm beanspruchte, trug den Titel: *Karaoke und (Re)-Präsentation.*) Mein Vater fragte einmal, was ich vom Leben verlangte, und ich freute mich, dass er von «Verlangen» sprach, denn mittlerweile hielt ich mich für einen Experten auf diesem Gebiet. Vater gehörte zu jenen Männern, die alte Stühle und Magnetophone reparierten und so die ursprüngliche Ordnung wiederherstellten – keine Suche, nur Restauration. Jedenfalls folgte ich dem Pfad des Verlangens, doch führte er mich nirgendwo hin, und ich streifte und wanderte umher, ein typischer, amerikanischer, junger existenzialistischer Tourist – mit Jack Kerouac als Reiseleiter. Doch aus Gründen, die ich damals nicht ganz verstehen konnte, hatte ich, als ich vor Jozef saß und Fragen beantwortete, die zu stellen er kein Recht besaß, das erschreckende Gefühl, die Endstation erreicht zu haben.

«Willst du das essen?», fragte Jozef und zeigte auf die Überreste meines kümmerlichen Frühstücks.

«Nein», erwiderte ich.

«Kann ich das haben?»

«Klar.»

Er griff sich die Pirroge und verschlang sie.

«Immer ist alles klar», sagte er.

«Klar», sagte ich lachend und gluckste vor Vergnügen, denn immerhin hatten wir schon einen Witz, der nur uns beiden gehörte. Er stand auf, nahm sein Tablett und sagte: *«See you later, alligator.»* Ich widerstand der Versuchung, ihm zu folgen, und musterte stattdessen die unterschiedlich geformten Fettflecken auf dem Tisch sowie deren Verbindung zu den geraden, quer verlaufenden Linien – ihr Zusammenspiel ergab plötzlich einen Sinn, als enthielten sie eine verschlüsselte Nachricht. Ich schaute Vivian an. «Hi», sagte sie im Flüsterton und nickte, als wollte sie mir versichern, dass sie es ehrlich meinte.

Vivian machte ebenfalls ihren Doktor, allerdings in slawischen Sprachen, von denen sie fünf sprach, so auch Ukrainisch. Sie ging in Madison zur Universität und erzählte mir, dass noch mehr Amerikaner hier seien. Mit unbestimmter Geste deutete sie auf die immer noch gleich lange Essensschlange. Da gab es Will, einen Tennisspieler irgendwo aus Kalifornien, und Andrea, die aus Chicago stammte, dann Mike und Basil, die aber niemals zum Frühstück kamen. Vivian bekräftigte jedes Satzende mit einem Kopfnicken, und manchmal schob sie sich das Haar hinter die Ohren, über deren Läppchen sich ein Zaun von Ohrringen zog. Da sie unablässig vor sich auf den Teller schaute, konnte ich ihre Augen nicht sehen. Sie trug ein Hemd mit lauter Sonnenblumen und einem weiten, offenen Kragen, der ihre Hühnerbrust und die leichte Schwellung ihrer Brüste entblößte. Sie sagte mir, dass es hier «ganz okay» sei, dass sie viel Zeit in der Bibliothek verbringe, dass wir alle morgen in den Zug nach Lwow steigen würden, sehr frühmorgens, und dass wir einige Tage in Lwow bleiben würden. Ich klagte, dass man mir nichts davon gesagt hätte, was es uns erlaubte, ein bisschen gute, altmodische Solidarität der Amerikaner in feindlich fremden Landen zu pflegen, und verzog mich dann, da ich beschlossen hatte, den Rest des Tages zu verschlafen. Gute Nacht, meine Dame, gute Nacht, liebste Lady, gute Nacht, gute Nacht.

Wir standen in aller Frühe auf – Jozef hatte mich aus schwerem Schlaf wachgerüttelt –, klaubten nächtlichen Schlafsand aus den Augen und verkrochen uns in einen Bus, der nach Maschinenöl und halskratzigen Zigaretten stank. Der Bus brachte uns zum Bahnhof und rollte durch dieselben trostlosen Straßen, die ich schon gestern durchfahren hatte, was in mir das überwältigende Gefühl weckte, mich im Kreis zu bewegen, obwohl doch hier und da ein Früharbeiter auf noch wackligen Beinen stand. Hinter jeder Ecke sprang uns eine Statue Lenins oder irgendeines dieser sozialistischen Helden an, ausnahmslos vornübergebeugt, was wohl auf eine Zukunft verwies. Ich wollte Jozef darauf aufmerksam machen, der einige Reihen vor mir saß, zu weit fort, um sich mit mir unterhalten zu können, doch nahe genug, um meine Anwesenheit zu spüren.

Auf dem Bahnhof wimmelte es von Leuten, die übervolle Taschen und unterernährte Kinder hinter sich herschleppten und an quälende Abschiede dachten. Es findet sich eine Geschichte im Leben aller Menschen, die dem Wesen erloschener Zeiten Gestalt verleiht. So stand ich grübelnd und gedankenvoll da, umdrängt von einer fremden Menge – in Schwaden zogen knoblauchhaltige Dünste von Schweiß und Erschöpfung an uns vorbei. «Sieh uns an, wir sind wie Salz, von Hand verstreut», sagte Jozef. Ich stellte mir identische Salzkörner vor, die aus Gottes runzliger Hand rieselten. Ein demütigendes Bild, gelinde gesagt.

Der Zug war viel zu salzig – überall sowjetische Massen mit den Mienen routinierter Verzweiflung: Frauen, die mit gewaltigen Bündeln am Boden kauerten; Männer, die sich mit rasselndem Atem auf den Gepäckablagen ausstreckten; dazu Schweiß, Hefe, eine allgegenwärtige Zwiebeligkeit; an den Wänden vergilbende Karten sowjetischer Lande; die farblosen Fotos von fernen Seen; das Geratter, Getrappel und Geschnatter; die völlige, absolute Abwesenheit jeden erdenklichen Komforts. Ich sagte mir, wenn in der UdSSR jemals wieder eine Revolution ausbrechen sollte, dann nähme sie in einem Zug oder sonst einem öffentlichen Transportmittel ihren Anfang – von zwei verschwitzten, sich aneinander reibenden Hintern würde der Funke überspringen. Ich überlebte das prärevolutionäre Gedränge bloß, weil ich Jozef folgte, der sich fröhlich so durch die Menge schob, dass das Leibermeer sich vor ihm teilte. Wir fanden einen Stehplatz in einem Abteil mit unseren Studienkameraden – Vivian und Vladek waren die Einzigen, die ich kannte.

Pater Petro war da – Jozef nannte ihn Pater Petroleum –, ein junger, spilleriger, pickeliger Priester aus Kanada, der sich beim Reden unablässig über die linke Brustwarze strich. Ich konnte mir mühelos eine Zukunft vorstellen, in der irgendwo in den Tiefen der westlichen Provinzen Kanadas Pater Petrols Gemeinde eine Zerreißprobe erlebte, weil er ertappt worden war, wie er unschuldig einen sanftmütigen Jungen streichelte. Dann war da noch die junge Tolya aus Toronto. Unablässig rieb sie ihre Melonen an Jozef, der ihre Annäherungen mit belustigter, onkelhafter Miene über sich ergehen ließ. Vladek, der Mann mit dem «Komsomolzgesicht» (Jozef) – weit aufgerissene Augen,

Sommersprossen und einen schelmischen Blick –, nahm Tolya immer wieder in den Arm, um sie von Pronek abzulenken und seine unerschöpfliche Wodkaflasche mit ihr wie mit jedem anderen zu teilen, der sich dafür interessierte, mich eingeschlossen. Doch obwohl ich mich dünkelhaft und prüde gab, gönnte ich mir den einen oder anderen Schluck, der in der Kehle brannte, mir aber die Zustimmung der Meute und ein Lächeln von Jozef eintrug. Dann war da Andrea aus Chicago, mit der ich jeden Blickkontakt vermied, da ich keine gemeinsamen Bekannten entdecken mochte, und sie ging auf mein Spiel ein. Wie alle Touristen wollten wir glauben, allein unter lauter Einheimischen zu sein. Jozef schaute oft zu ihr hinüber, und seine Oberlippe zitterte am Rande eines verführerischen Lächelns. Dann war da Vivian, die in einer Ecke hockte, jeglichen Alkohol ablehnte und – unglaublich, aber wahr – zu lesen versuchte, was sie aber schließlich aufgab, um sich mit Pater Petroleum über – wenn ich mich nicht täuschte – Märtyrer und Heilige zu unterhalten. Im nächsten Abteil – ich streckte den Kopf durch die Tür, weil ich gegen alle Wahrscheinlichkeit auf einen Sitzplatz hoffte – saß Will mit zwei Typen, die ziemlich amerikanisch aussahen in ihren Flanellhemden und mit all dem Reisesammelsurium, den mit Taschen übersäten Rucksäcken, am Hals baumelnden Beuteln und den Digitaluhren mit einer Vielzahl nützlicher kleiner Anzeigen.

Es braucht wohl nicht eigens erwähnt zu werden, dass sich die Fenster nicht öffnen ließen. Nach wenigen Stunden malte die Feuchtigkeit hübsche, schillernde Bilder auf die Scheiben; die Wände waren klebrig, meine Haut juckte, und ich rang immer wieder keuchend nach Luft. Der Zug raste durch einen nebelverhangenen Wald, vorbei an einer Baumarmee in Reih und Glied, ein visuelles Echo des einschläfernden Geratters. Dann wurde der Zug langsamer und hielt mitten in einer Schlucht. In völliger Stille ragten rund herum Bäume über zwei kräftigen, äsenden Rehen auf.

«Sind schön», sagte Jozef.

«Yeah», sagte ich.

«Wie kann man töten? Ich nicht versteh», sagte Jozef.

«Ich auch nicht.»

Die Rehe blickten auf, als spürten sie, dass wir über sie redeten. Jozef sagte nichts, hob aber langsam die Hand und winkte ihnen zu. Eines der Rehe kam einen Schritt näher, als wollte es uns besser sehen – ich schwöre bei Gott, die Rehe wussten, dass wir sie beobachteten, und sie haben Jozef winken sehen. Es wirkte wie eine natürliche, vertraute Geste, nur eine schlichte Bewegung der Hand, doch wagte ich nicht, ihn nachzuahmen, da ich sah, dass Vivian herüberschaute, und ich schämte mich. Der Zug fuhr weiter, das Rattern wurde rascher, die Rehe drehten uns ihre Hinterteile zu und flohen. Wortlos standen Jozef und ich wohl eine Stunde da, die Rücken an die nasskalte Fensterscheibe gepresst. Ich habe noch oft an diesen Augenblick zurückgedacht (der feuchte Morgennebel, die kollektive Klammheit, das Glück, Jozefs Körper zu spüren und so weiter), und ich muss mich zu der Tatsache bekennen, dass ich niemals hatte – und dann wieder verlor –, was Jozef besaß: die Fähigkeit, auf die Welt zu reagieren und mit ihr zu reden. Dann kam Lwow, und wir stiegen zusammen aus dem Zug aus, traten in eine beißend kalte, frische Luft. Tief atmeten wir ein, gleichzeitig, als hielten wir Hände. Was, Freunde, ist dies für ein Land?

Es passierte in Lwow, dass Will, der Tennisspieler, in mein Blickfeld geriet. Er stand vor der tristen Bahnstation, Arme in die Hüften gestemmt, und wies den verschlafenen Reisenden souverän die richtige Richtung. Er hatte durchdringende blaue Augen, sehnige Tennisarme – der rechte asymmetrisch dicker als der linke –, und den kompakten, kräftigen Körper eines ukrainischen Bauern, zweifellos aus dem Bodensatz des genetischen Pools seiner Vorfahren. Umstandslos fügte ich mich seiner weisen Führerschaft – er brachte mich, Vivian, Vladek, Tolya und die anderen zu einem Bus, der genauso aussah wie der, mit dem wir durch Kiew gefahren worden waren. Ich suchte mir einen

Fensterplatz und sah nach draußen, als sich Jozef neben mich fallen ließ. Vor uns saß Vladek und erzählte Vivian einen langweiligen Witz in erbärmlichem Englisch, doch brachte sie es fertig, ihm gnädig ein Lächeln dafür zu schenken.

Ich wachte vor einem miesepetrigen Haus auf, die Wange an Jozefs vorspringenden Schulterknochen gelehnt. Will teilte uns mit – er schien immer zu wissen, warum wir wo waren –, dass dies das Studentenheim sei, das uns für die Dauer unseres Aufenthalts in Lwow Unterkunft gewährte. Die Studenten, die hier aus und ein gingen, zogen den Kopf zwischen die Schultern ein und drückten das Kinn auf die Brust; die Laune war sichtlich nicht besonders. Ich merkte ihnen an, dass die Duschen auf den Zimmern nicht funktionierten.

Jozef und ich teilten uns ein Zimmer, das, zurückhaltend ausgedrückt, recht asketisch war; kahle Wände (auch wenn meine Erinnerung sich immer wieder auf die Zehen reckt, um ein Bild von Lenin aufzuhängen); Eisenbetten mit dünnen, eingesunkenen Matratzen, ein wackliger Stuhl und ein noch wackligerer Tisch, an dessen Hinterbeinen zwei gleich lange Nägel prangten, eine Vorrichtung zur Studentenfolter.

Will platzte ins Zimmer und fragte uns – genau genommen fragte er mich, da Jozef ihn ignorierte –, ob alles in Ordnung sei. Das sei es, sagte ich. Will verkündete, er wolle versuchen, uns bessere Unterkünfte zu besorgen, und stürmte wieder davon.

«Wer ist das?», fragte Jozef. «Der gefällt mir nicht.»

«Er ist in Ordnung», sagte ich. «Er will bloß helfen.»

«Vielleicht», sagte Jozef, wandte sich abrupt um und ging nach draußen. Ich wollte an diesem grässlichen Ort nicht einfach zurückgelassen werden, konnte ihm aber auch nicht folgen. Also blieb ich allein, saß auf einem Bett, das auf die allerkleinste Muskelkontraktion mit heftigem Quietschen reagierte, und starrte an eine leere Wand, der es nach einem Lenin verlangte. Ich legte die Hände zwischen die Knie und presste sie zusammen, bis sie taub und vor lauter Angst beinahe zu Gelee gekeltert waren.

Ich dachte an den Tag, an dem mich mein Vater nach jahrelangem Bitten und wochenlanger Vorarbeit seitens meiner Mutter zum Baseball mitgenommen hatte. Er hasste Baseball – aus unerfindlichen Gründen mit einem Stock nach einem Ball zu schlagen, verursachte seiner Ansicht nach lähmende, lasterhafte Langeweile. Er hatte mir zu verstehen gegeben, dass es für mich weder Hotdogs noch Sprudel geben würde, doch war mir trotzdem ganz schwindlig vor Aufregung. Wir saßen im Wrigley Field auf den billigsten Plätzen, und ich hatte meinen Baseballhandschuh dabei (ein Geschenk meiner Mom), der lange Monate im Schrank gelegen hatte. Ich war mir sicher, dass ich einen Ball fangen würde, dass heute mein Tag war, an dem sich einfach alles perfekt zueinander fügen würde. Da er noch Ukrainer war, weigerte sich mein Vater, beim Abspielen der Nationalhymne aufzustehen. Als ob «The Star-Spangled Banner» seinem Ukrainertum schaden könnte. Doch hieß er mich aufstehen, denn ich sollte Amerika ehren, war ich doch dort geboren. Während des Spiels langweilte er sich über die Maßen, und immer wieder schaute er sehnsüchtig zur Uhr. Es sollte nicht sein, ich fing nichts. Beim sechsten Innings verließen wir den Platz, und ich hasste meinen Vater, weil er ein verfluchter Ausländer war: fremd, schäbig und ewig wütend.

Woraufhin Jozef mit einer hübschen Flasche Wodka hereinspazierte, den Deckel aufschraubte und sagte: «Wie wär's?»

«Na klar!», sagte ich und nahm einen kehleverglühenden Schluck.

«Magst du Baseball, Jozef?», fragte ich.

«Ist blöd», sagte er. «Man haut mit einem Stock nach einem Ball, ist doch blöd.»

«Ja, ich weiß.» Ich erzählte ihm die traurige Geschichte vom ewigen Missverständnis zwischen meinem Vater und dem Baseballspiel. Jozef hörte mir allerdings nicht mit dem obligatorischen Haben-wir-alles-selbst-erlebt-Interesse zu, sondern mit einer distanzierten, geduldigen Aufmerksamkeit, freundlich und leicht vornübergebeugt. Es mag, wie ich heute weiß, daran gelegen haben, dass er meine englischen Worte zu verstehen versuchte, was jedoch keineswegs meine Überzeugung schmälert, dass er mich besser als irgendjemand sonst verstand, eben weil er über meine nichts sagenden Worte hinauszugehen vermochte. Er erzählte mir, wie sein Dad ihn zu bestrafen pflegte: Für eine Verfehlung (Durchsuchen der Anzugtaschen seines Vaters, Stehlen) verordnete er eine Strafe von fünfundzwanzig Gürtelhieben und legte die Zeit der Exekution fest – gewöhnlich, sagte Jozef, nach dem abendlichen Trickfilm. Er sprach sein gebrochenes Englisch, ließ Artikel aus; Subjekt, Verb und Objekt wurden hoffnungslos vertauscht – doch ich verstand ihn genau, malte mir deutlich den Ablauf der Bestrafung aus. Es gab kein Geschrei und kein Gejammer, keine wahllose, unbeherrschte Gewalt – ganz anders als bei meinem Vater, der vom Küchenschrank die Türen abriss und gegen die Wand donnerte. Nach dem Trickfilm gingen sie ins Schlafzimmer, und dann gab es die Prügel, mit roten Hinterbacken und allem Drum und Dran – ich gestehe es nur ungern, aber ich habe ihn um diese Momente beneidet.

«Väter», sagte Jozef. «Die sind seltsam.»

Dann redeten wir über unsere Mütter und ihr häusliches Leid. Jozef erinnerte sich, wie er stets gehofft hatte, dass seine Mutter ins Schlafzimmer kommen und die Prügelstrafe beenden würde, aber das tat sie nie. Ich erzählte ihm, wie meine Mutter Gegenstände aus dem Küchenschrank auf den Boden warf, wie sie Teller zertrümmerte, Topfdeckelfrisbees nach meinem Vater warf, und wie sie von ihm abprallten. Wir unterhielten uns über Frauen, unsere ersten Liebschaften – ein Thema, das meinerseits einige Ausschmückungen und Übertreibungen verlangte. Wir erzählten von unserer Kindheit, von Freunden, die wir gehabt hatten und die es nun nicht mehr gab – das heißt, für Jozef gab es sie noch, sie waren alle in Sarajevo. Die dummen Abenteuer in der Schule: Kool-Aid-Brausepulver schniefen, um in Biologie niesen zu müssen (Jozef), in der zehnten Klasse Gras rauchen, high sein und sich im Sportunterricht fürchten, am

Seil nach unten zu klettern (ich). Die banalen Gesten der Rebellion, die in unserer Jugend so revolutionär schienen: einer Nonne «Verpiss dich, Fotze» zu sagen (ich), einen nassen Schwamm auf ein Tito-Bild zu werfen (Jozef). Wir verglichen Chicago und Sarajevo, wie herrlich hässlich sie beide waren, wie lieblos provinziell. Unsere Münder wurden trocken, Wodka verdünnte das Blut und stieg uns in die Köpfe. Gegen Morgen war ich so betrunken und aufgedreht, dass ich ihn am liebsten umarmt hätte, wollte aber nicht, dass er mich seltsam fand. Als wir schließlich mit der Dämmerung zu Bett gingen, lag ich mit offenen Augen wach, sah, wie das Sonnenlicht hinter Jozefs Bett über die Wände kroch, und während mir das Herz in der Brust raste, entdeckte ich Flecken, die wie pazifische Inseln aussahen. Ich konnte Jozef noch immer die lustige Geschichte vom Verlust seiner Unschuld flüstern hören. Sein Atem kitzelte mich an den Ohrläppchen, auch dann, wenn er sich im Bett herumwarf und die sanfte Schwester nicht kam, um mir über meine Locken zu streichen.

Ach, Lwow, du mit deinen alten, geknechteten Monumenten heimelig bürgerlicher Zeiten, den mitteleuropäischen Ornamenten an Fassaden, die unterm dicken Dreck des Fortschritts kaum sichtbar sind, deinen Plätzen mit namenlosen Statuen unbekannter Poeten und Helden! Vergaß ich zu erwähnen, dass ich nie zuvor in der Ukraine gewesen bin? Was ich weiß, habe ich von meinem Vater gehört, der schon vor langer Zeit von hier fortgegangen ist. Jozef und ich, wir wanderten durch die Straßen der Altstadt, und uns wurde übel beim Anblick der geometrischen Landschaften der Neustadt – für ihn vertraute, osteuropäische Formen, für mich ein von einem anderen Traum geträumter Traum. Irgendwo hier – doch wo, das wusste ich nicht – war das Lwow, in dem mein Vater groß geworden war und das er längst verlassen hatte, doch missratener Sohn, der ich war, dachte ich kaum daran, danach zu suchen.

Jozef brauchte morgens einen Kaffee, also machte er sich auf die Suche: Wir fanden ein armenisches Restaurant, in dem wir jene schlammige Flüssigkeit tranken, die mich so sehr an Jozefs bosnisches Gebräu erinnerte. Ich selbst bin ein Kräuterteetrinker, weshalb ich von einem Kaffee, in dem der Löffel stecken blieb, hibbelig und aufgekratzt wurde und unaufhörlich redete. Alles musste gesagt werden, und zwar so rasch wie möglich. Ich erzählte von meinem Vater, davon, dass er in Lwow geboren war. Ich berichtete von all den Dingen, die er mir nie erzählt hatte, die ich aber, wenn meine Eltern sich stritten, den wütenden Tiraden meiner Mutter abgelauscht hatte. Ich erzählte ihm, dass mein Vater Mitglied einer geheimen ukrainischen Organisation gewesen war – einer sehr geheimen. Sie bereitete einen Befreiungskrieg vor, und ihre Mitglieder hassten Russen, Polen und Juden. Und dann, im Zweiten Weltkrieg, war er als achtzehnjähriger Kämpfer bei Banderas Partisanen, kämpfte gegen die Bolschewisten und mied es, sich mit den Deutschen anzulegen. Bandera selbst wurde von den Deutschen gefangen genommen und nach dem Krieg vom KGB erschossen und ... «Ich weiß», sagte Jozef. Wie dem auch sei, mein Vater und seine Mitkämpfer versteckten sich in den Wäldern rund um Lwow und raubten hin und wieder einen Nachschublaster aus, doch zahlte manch einer von ihnen dafür mit dem Leben. Sie tranken Wasser aus vergifteten Brunnen, aßen Kadaver, die sie in den von Deutschen oder Bolschewisten verbrannten Dörfern fanden, und starben an Tierkrankheiten, Furunkel platzten überall in ihren Gesichtern auf. Das Leben eines Menschen war so billig wie das der Tiere. Nur wenige Überlebende gerieten in das Chaos und Gemetzel der deutschen Niederlage und landeten wohlbehalten in den Kriegsgefangenenlagern der Alliierten. Mein Vater hatte Musik studiert – er war Bariton –, also sang er in den Lagern: alte ukrainische Balladen, italienische Arien und Pariser Vorkriegschansons, die irgendwie bis nach Lwow vorgedrungen waren. Er fuhr nach England, lebte in Liverpool, arbeitete im Hafen, dann verschwand er nach Kanada, wo er dem mitgliederlosen Ukrainisch-kanadischen Opernverein vorstand, und sang auf Hochzeiten und Beerdigungen – meist auf Beerdigungen. Dann fuhr er nach Chicago, wo er meine erbärmliche Wenigkeit zeugte.

Mein Vater berichtete aus der voramerikanischen Zeit lauter zusammenhanglose Details: wie sie sich in Kriegszeiten die Zigaretten teilten, wenn sie welche hatten, und wie sie, wenn sie keine hatten, Fusseln aus ihren Taschen rauchten; dass er der attraktivste, stimmgewaltigste Sänger in Lwow gewesen war; wie die Kriegsgefangenen weinten, wenn er sang: «Noch ist die Ukraine nicht verloren»; wie er im Schnee seinen besten Freund umarmte, um sich gegenseitig am Atem des anderen zu wärmen, und wie sein bester Freund irgendwann zu atmen aufhörte; wie er nur einmal in einer Oper mitgesungen hatte, damals, in Kitchener in Kanada, und zwar in der Rolle des Wotan, eine schreckliche Fehlbesetzung in der städtischen Aufführung der *Walküre*. Daheim stimmte er manchmal den *Feuerzauber* an, mit dem er mir stets eine Heidenangst einjagte.

Mann, war ich überdreht, ich quasselte pausenlos – gut möglich, dass Jozef das meiste von meinem salbadernden Monolog gar nicht verstanden hat. Ehrlich gesagt, war ich ein wenig verschnupft, als er wie aus heiterem Himmel plötzlich sagte:

«Weißt du, Bandera, als er jung war, er wollte stark sein, wollte keine Schmerzen spüren. Hat er also Finger in die Tür gesteckt und dann die Tür zugemacht, weil er wollte wissen, wie lang er Schmerz aushält. Hat er jeden Tag getan.»

Was sollte ich dazu sagen? Ich sagte: «Was für ein Spinner.»

Nach Auflösung des Opernvereins fuhr mein Vater jedenfalls einen Lastwagen – meine Mutter erzählte mir, dass zu der Fracht, die er transportierte, auch Ausländer gehörten, die er über die Grenze brachte. Dann fuhr er seinen Laster in die Staaten und lernte in Chicago meine Mutter kennen. Sie war eine Irin von der South Side, gerade neunzehn Jahre alt. Er schwängerte sie, gewiss absichtlich, weil er die amerikanische Staatsbürgerschaft wollte (mitten in einer ihrer garstigen Streitereien schrie meine Mutter dieses Geheimnis in die Welt hinaus). Und er heiratete sie, möglicherweise aus einem Gefühl väterlicher Verantwortung heraus, doch eher, weil er einen Pass brauchte – ich glaube nicht, dass es Liebe gewesen war, denn Liebe war in den Taten und Worten meines Vaters nur schwerlich auszumachen. Er war, ich gestehe, ein ungefälliger Mann.

«Klingt wie ein amerikanischer Roman», sagte Jozef.

«Tja», sagte ich.

Das mochte aber auch daran liegen, dass mein älterer, nur wenige Monate nach ihrer Hochzeit geborener Bruder in Vietnam getötet wurde («Vietnam – großer Krieg», sagte Jozef). Für mich war er eine ferne, uniformierte Gestalt, jemand, der einen Baseball nach mir geworfen und versuchte hatte, nicht meine Nase zu treffen. Hier auf dem Tisch (bitte, sieh es dir ruhig an!) steht ein Bild von ihm in Uniform, lächelnd, in der linken Hand ein Baseballhandschuh, der gähnend sein Maul aufreißt wie eine Fleisch fressende Pflanze. Mein Bruder wurde von einer Tretmine zerfetzt. Jahre später erhielten wir Besuch von einem seiner Kumpel aus der Armee, der inzwischen für Suffgeld die wahre Geschichte feilbot und in pathologisch grausigen Details den Tod meines Bruders schilderte: verspritztes Gedärm, das noch im Dreck zuckte, tierisches Geheul, ein Scharfschütze, der ihm die Knie wegschoss und so weiter. Meine Mom machte meinen Dad für den Tod ihres Sohnes verantwortlich. Sie warf ihm die verblödenden Kriegsgeschichten vor, diesen Im-Wald-schlafen-Scheiß, der meinen Bruder zu der Annahme verführte, die Armee würde den Charakter eines Mannes formen – sie bringt sie um, schrie meine Mom, ich pfeif auf den Charakter, nicht mal seinen Leichnam habe ich. Mein Vater fand, dass jeder Mann Charakter brauchte – dass ein Leben, das Schmerzen zufügte, den Charakter formte, wie es für Bandera die Tür getan hatte. Doch *meinen* Charakter formte die Abwesenheit meines Bruders, die Farbe seines Todes an den Wänden unseres Hauses. Mein Vater, Gevatter Motherfucker, hat nie darüber geredet, ging immer nur in die Chicago-Avenue-Kirche, sang im Chor, die Kieferknochen pausenlos fest zusammengepresst.

Mein Bruder starb eine Woche vor seiner Entlassung. Er war dreiundzwanzig; er hieß Roman.

«Wie interessant», sagte Jozef. «In meine Sprache das ist ein Buch.»

«Ach, Blödmann», sagte ich, und das war das erste Mal, dass ich sauer auf ihn war, doch hielt mein Ärger nicht lange vor. Wir saßen wieder nebeneinander im Bus, schweigend, und gerade wollte ich ihm sagen, dass es mir Leid tat, als mir auffiel, dass er schlief, der sorglose Bub, den Kopf auf meiner Schulter, Speichel tröpfelte ihm aus dem Mundwinkel auf meinen Ärmel, meine Hand schwebte über seinem Genick, nur einen Hauch entfernt von seinem weichen Nacken.

Die Rückkehr nach Kiew zwei Tage später war, als kehrten wir heim: Der Geruch nach sozialistischem Fett und Essig war so vertraut wie der Geruch in der Küche meiner Mutter; im spartanischen Zimmer wartete ein Paar Seidensocken, das ich bei meiner Ankunft ausgezogen hatte, zerknittert unterm Bett. Jozef ließ seine Tasche fallen, schleuderte die Schuhe von den Füßen und warf sich auf sein Bett, dessen Eisenrahmen eine Narbe in die Wand kerbte. Ich tat es ihm nach, wenn auch ein wenig verhaltener. Und während wir uns auf unseren Betten ausstreckten und schweigend an die Decke starrten, drohte ich an unbestimmten Worten zu ersticken – ich wollte reden, Schweigen schien unsere Freundschaft zu zersetzen.

«Das ist Mikro», sagte Jozef und zeigte mit beängstigender Gewissheit auf den Feuermelder an der Decke. «Vielleicht auch Kamera.»

Das war natürlich nicht von der Hand zu weisen, schließlich befanden wir uns in der Sowjetunion, zudem in einem Zimmer des Schulungsgebäudes der Partei – falls es in Kiew auch nur eine einzige Kamera gab, dann war sie hier. Mir fiel wieder ein, was ich unter dem Feuermelderblick alles getrieben hatte: mit nacktem Hintern gewackelt, in Unterhose getanzt und dabei laut gesungen, auf Jozefs Bett gelegen, an seinem Kissen gerochen, seinen Koffer inspiziert, seine Sachen berührt. Ich stellte mir den Mann vor, der mich beobachtete: ein gelangweilter Mensch mit Schnauzbart und fleckigem Schlips, die Achselhöhlen schweißverklebt. Er spielte Schach mit seinem von Magengeschwüren geplagten Kollegen und achtete nicht auf die flackernden Bildschirme, bis beiden plötzlich auf einem davon die Bewegungen eines ausgeflippten Amerikaners auffielen. Also ging es ho-ho-ho und ha-ha-ha, bis sie ihren väterlichen Offizier riefen, der makel- und humorlos zu ihnen ins Zimmer trat. Ihm war egal, dass ich Jozefs Hemd trug, dass ich noch immer durchs Zimmer rockte. Er würde meine Schwäche verabscheuen – so wie es mein Vater getan hatte, als er mich beim Onanieren erwischte – und ihnen befehlen, die Kamera laufen zu lassen und ihm jeden Tag das Band zu bringen.

Die Kamera machte mir schrecklich zu schaffen, denn das Gefühl von Souveränität, von der Unversehrtheit des eigenen Körpers hängt ausschließlich von der Illusion ab, dass niemand in einen hineinsehen kann, dass der einzige Mensch, den man jemals in sich einzudringen erlaubte, ein Mensch sein würde, den man liebte und gut kannte.

Jozef dagegen winkte der Kamera zu und rief: «Hallo, Genossen. Ich heißen Jozef Pronek, und ich bin Spion.»

«Sag so was nicht», sagte ich. «Bitte nicht.»

«Und das hier mein Freund Victor, auch Spion. Er ist Amerikaner und arbeitet für CIA.»

«Sag so was nicht.»

«Kommt bitte und verhaftet ihn. Er war böse. Ich sag alles, was ich weiß über ihn.»

«Hör auf!», schrie ich. «Hör auf!»

Also hörte er auf – wieder peinliches Schweigen –, doch dann erhob er sich und ging aus dem Zimmer, ließ mich allein mit der surrenden Kamera über meinem Kopf.

Trotz des Zwischenfalls mit der Kamera verliefen die Tage nach unserer Rückkehr aus Lwow recht angenehm. Oft wachten mein geliebter Zimmergenosse und ich morgens in seligem Sonnenschein auf. In der Erinnerung zeigte der Blick aus unserem Zimmer ein schier unfassbares Schneelaken, das unten den Parkplatz und an seinem Rand die Baumspitzen bedeckte, schnurgerade aufgereiht wie Bleistifte (dahinter lag, erfuhr ich, Babi Yar), und das nur, weil überreichliches Sommersonnenlicht alles weiß tünchte. Jozef gehörte zu jenen Menschen, die am Morgen fröhlich sind: Zu Tagesbeginn summte er ein Lied, den Soundtrack seiner Träume (ich erkannte unter anderem «Something Stupid» und «Nowhere Man»), außerdem stolzierte er unentwegt quasselnd in seiner Unterwäsche umher. An einem solchen Morgen erzählte er mir von seinen zahlreichen Freundinnen, davon, dass er scharf auf Andrea war (die, wie er freimütig zugab, heftige Erektionen bei ihm auslöste); von seiner Band (Der Blinde Jozef Pronek und die Toten Seelen) und seinem besten Freund, der die Rhythmusgitarre spielte; von seinen Vorfahren (ein Großonkel, von Stalin erschossen, ein anderer hatte für die österreichische Eisenbahn gearbeitet, wieder ein anderer war Dirigent in der Tschechoslowakei gewesen, wenn auch vor langer Zeit); und auch von seiner unmittelbaren Familie (Eltern, Tanten, Onkel, es war nicht leicht, den Überblick zu behalten).

Ich weiß noch, wie mein Bruder immer auf dem Boden neben meinem Bett mit bloßem Oberkörper Liegestütze machte. Sein Keuchen und Japsen, sein auf die Brust Geklatsche weckten mich. Manchmal fuhr ich erschreckt auf, und mein Bruder beruhigte mich, strich mir über das Haar, lächelte. Dann machte er seine Bauchübungen – mir kam es vor, als schüttelten ihn schmerzhafte Krämpfe, doch nichts konnte meinem Bruder die morgendliche gute Laune verderben. Ich bin da ganz anders: Vor langer Zeit – warum weiß ich nicht – habe ich all meinen Frohsinn verloren. So fand ich mich lethargisch mit Jozefs Fröhlichkeit ab, reagierte nicht darauf, wollte oft nur, dass er endlich Ruhe gab, denn ich wusste, dass er mit demselben morgendlichen Überschwang auch zu einer Ritterrüstung reden würde.

Ich wollte allein sein, aber mit Jozef konnte man nicht allein sein – er brachte eimerweise kaltes Wasser in mein Leben und goss es mir über den Kopf, bis ich keuchend nach Luft rang.

Wir gingen frühstücken, eilten im synchronen Schritt die Treppe hinunter, seine Hand auf meiner Schulter, federleicht auf dem Schlüsselbein ruhend. Nur selten saßen wir allein am Tisch – urplötzlich hatte er eine Armee von Freunden –, was mich zwang, stumm zu sein oder, schlimmer noch, unsinnige Bemerkungen von mir zu geben, die alle wie großmäulige, aber falsche Zitate klangen: «Jeder kennt wen, der gestorben ist», «Worte sind so falsch, dass ich es hasse, mit ihrer Hilfe über Vernunft argumentieren zu wollen.» Jozef huldigte derweil der Tändelei und tauschte Blicke mit Andrea aus («Schöne Träume gehabt?»), was mich immer an seine Erektionen denken ließ; er stichelte, wenn er Pater Petroleum sah («Schöne Frauen geträumt?»), woraufhin Pater Petroleums Pickel sündhaft rot anliefen; er grüßte die polnischen Zwillingsbrüder, die Pater Petroleum wie eine Verlockung im Zweierpack folgten («Letzte Nacht Namen vertauscht?»); er brachte Vladek auf, wenn er ihn fragte, welche Informationen er an den KGB weiterleite («Sag, ich Spion»); er machte zu Vivian, die er offenbar nicht leiden konnte, weil sie Vegetarierin war, eine unanständige Bemerkung («Ich hab Wurst für dich»); er sprach sogar Will an, der die mitgebrachte *International Herald Tribune* las («Was Neues gibt's?»), und er brachte Tolya und mich in Verlegenheit, wenn er vorschlug, dass wir nach dem Frühstück miteinander «vögeln» sollten. Wie um eine Achse kreisten wir alle um Jozefs morgendliche Lebensfreude, und von den Drehungen konnte einem schlecht werden.

Man erwartete von uns, dass wir nach dem Frühstück am Unterricht teilnahmen und unser Wissen über ukrainische Geschichte und Kultur vermehrten. Den ukrainischen Sprachunterricht ließ ich meist ausfallen, aber ukrainische Geschichte machte ich mit, zum einen, weil ich dafür etwa dasselbe Interesse aufbrachte, mit dem ich einen entgleisten Zug angestarrt hätte, zum anderen aber, weil Jozef in dieser Klasse saß. Wir hockten hoch oben im Hörsaal, fast auf Augenhöhe mit den weihevollen Bildnissen von Marx, Engels und Lenin, schauten auf den mageren Rücken der mitschreibenden Vivian, auf Wills unablässig hochschnellende Hand und auf einen mickrigen Professor aus Toronto, der ein tausend Seiten umfassendes Buch über die Geschichte der Ukraine geschrieben hatte. Ich machte mir hin und wieder einige Notizen, vor allem wohl aus alter Studiengewohnheit, während Jozef wie besessen Schwärme von Schmetterlingen und Scharen verquere Rechtecke zeichnete. Ich war mit meines Vaters Version ukrainischer Geschichte aufgewachsen, derzufolge häufige, ja regelmäßige Niederlagen eigentlich wahre Triumphe des Märtyrertums gewesen waren, kraftlose Intellektuelle und zögerliche Politiker den Mann der Straße in die Irre geführt und die Helden verraten hatten, Pogrome bloße Selbstverteidigung und Ukrainer die Retter des orthodoxen Christentums vor Polen und Kommunisten gewesen waren. «Nutzlose Geschichte, ja?», fragte Jozef. Ihm gefiel die nutzlose Geschichte von den Kosaken, die ihren gewählten Anführer im Rahmen seiner feierlichen Amtseinführung mit Schlamm bewarfen. Er fand, das sollten alle machen und gleich noch etwas Scheiße unter den Schlamm mischen. Einmal, als die ukrainische Division der SS in ihrer ersten und einzigen Schlacht von der Roten Armee ausgelöscht wurde, berührten sich unsere Knie, und ein kleines pelziges Tier verwirrenden Wohlbehagens regte sich zum ersten Mal in meinem Bauch, doch erstickte ich es gleich wieder mit dem weichen Kissen der Unterdrückung.

Abends gingen wir am Dnjepr spazieren und wurden dabei vom größten Mückenschwarm attackiert, der sich je versammelt hatte. Angriffswelle auf Angriffswelle stürmte auf uns ein, manche Insekten groß wie kleine Störche – es fiel nicht schwer, an Tschernobyl zu denken und daran, dass die Entwicklung in diesem Teil der Erde einen anderen Verlauf genommen haben mochte. Wir machten uns auf die Suche nach einem Glas Bier, stromerten die Andriivski Uzhvis hinauf und hinab und landeten meist in einem armenischen Restaurant, das auch von den übrigen Ausländern in Kiew frequentiert wurde. Einmal ging unsere ganze Klasse in dieses Lokal und bestellte ein Spanferkel – Jozefs grandiose Idee. Begeistert knabberte er an den Knochen, leckte sich das Fett von den Fingern und forderte jeden auf, vom Hirn zu probieren, doch brachte außer Andrea niemand den Mut dazu auf. (Vivian am anderen Tischende wurde aschfahl im Gesicht.) Allein schon bei dem Gedanken an Ferkelhirn wurde mir schlecht, doch die beiden stopften sich voller Entzücken einander die dekadenten Krumen in den Mund. Seltsam sind die Vorlieben der Begierde.

Später kehrten wir dann ins Heim zurück, zechten auf irgendeinem Zimmer, gaben lustige Anekdoten zum Besten und tratschten jeder gegen jeden, doch kann ich mich nicht mehr erinnern, was wir uns genau erzählten. Jozef verschwand meist, um es mit Andrea zu treiben, und ich saß mit dem Russisch schwatzenden Vladek fest, dessen Vorstellung von einem schönen Abend darin bestand, Wodka aus einer Vase zu saufen; mit Pater Petroleum, der (meist den Zwillingen) von der Erbauung der Bienenzucht predigte; mit Vivian, die irgendwie immer neben mir hockte und ein Zwiegespräch über schlechtes Essen oder die allgemeine Wasserknappheit beginnen wollte. Ich ging meist erst dann, wenn ich mir sicher war, dass Jozef nicht länger auf unserem Zimmer mit Andrea war, sie nicht mehr lautlos im Dunkeln pimperte, während ein Mondstrahl sich durch das Fenster stahl und seinen nackten Delphinrücken kitzelte.

Eines Tages wurden alle Amerikaner der Sommerschule in Igors Büro gerufen. Ich kann nicht leugnen, dass mir die Möglichkeit einer Massenerschießung des imperialistischen Feindes in den Sinn kam, doch ging ich trotzdem hin. Wir waren zu sechst: Will mit seinem strohblonden Haar, dem halb offenen Mund und dem Unterholz blonder Haare auf muskulösen Unterarmen – er kam natürlich mit einem Tennisschläger; Mike aus Schenectady, mit dem ich noch nie ein Wort geredet hatte und den es ständig in der Schamgegend juckte, weshalb eine Hand unablässig im Schwanzbereich weilte, und der auf seinen Schultern einen mächtigen slawischen Schädel trug («Spielst du Tennis?», fragte er Will); Vivian, die Vegetarierin, mit durchscheinender Haut und knochigen Gelenken; Andrea, diese langgliedrige Chicagoer Schönheit mitsamt Sommersprossen («Kommst du auch aus Chicago?», fragte ich. «Yeah», antwortete sie, und das war das Ende unserer Unterhaltung); Basil aus Baltimore, auf der Nase eine Brille mit dünnem Stahlgestell, der achtsam gleiche Distanz zu allen hielt und ein Bündel Geldscheine bei sich trug, das ordentlich von einer silbernen Klammer zusammengehalten wurde – er war ein Banker («Ich bin ein Banker», sagte er.) Und dann gab es noch mich, einen Doktoranden, der mitten in einem Projekt mit dem Titel «Seltsamer Lear» feststeckte.

Folgendes teilte uns der radebrechende Igor in geschwätzigem Englisch mit: Der amerikanische Präsident George Bush komme zu einem Freundschaftsbesuch nach Kiew. Das Volk der Ukraine möchte ihn willkommen heißen und den amerikanischen Präsidenten auf das Herzlichste bewirten, denn das ukrainische Volk hege größte Achtung für den amerikanischen Präsidenten und wolle die Freundschaft mit dem amerikanischen Volk fördern und so weiter und so weiter in hochtrabendem Ton. Er sagte, wir würden als Dolmetscher gebraucht, da wir sowohl Ukrainisch als auch Englisch sprächen. «Klar», sagte Will sofort. «Ich bin stolz darauf, meinem Land dienen zu können», antwortete Basil. «Bush ist ein Arsch», sagte Andrea. «Kommt nicht in die Tüte.» Dann stimmten Vivian und Mike zu, nur ich blieb noch übrig. So wie ich mich erinnere, was gewiss nicht ganz korrekt ist, wandten sich alle wie in Zeitlupe zu mir um, die Köpfe leicht geneigt – ich brauchte einen Moment, um mich zu entscheiden. Ich gehöre zu den Leuten, denen es immer ein wenig peinlich ist, wenn sie bei einem Baseballspiel aufstehen und sich zur Flagge umdrehen sollen, auch wenn ich unweigerlich mitmache, als ob mich die unsichtbare Hand meines Vaters dazu drängte. Allerdings habe ich nie geglaubt, dass sie den Tod meines Bruder wert gewesen ist. Doch das hier war etwas anders: Da waren diese Leute in einem fremden Land, ich kannte sie – wir waren «wir». Ich hatte genug von all den verwirrenden, radikalen Ansichten und Gefühlen. Ich wollte mich an einen vertrauten Ort begeben. Ich sagte «Okay» und mied Andreas Blick.

Ein Bus sollte uns am Donnerstag abholen. Jemand aus dem Konsulat würde uns begleiten. Igor dankte uns überschwänglich und sagte, wie wichtig es doch sei, dass unsere Schule ihren Anteil an diesem historischen Besuch trage. Igor hatte keine Schuhe an, bloß schneeweiße Socken, doch war am linken Fuß ein roter Fleck, der verriet, dass sein großer Zeh schmerzhaft blutete.

Es galt, Ärmel aufzukrempeln und Arbeit zu erledigen: Wir bestiegen einen schäbigen Bus, dessen Dreck auf den Fensterscheiben vermutlich noch aus der Ära vor Breschnew stammte. Und in dieser klapprigen Arche segelten wir mit anderen, unbenannten Amerikanern davon, die überall in Kiew eingesammelt worden waren und auf den vorderen Sitzen saßen. Wir seien auf dem Weg zum Flughafen, erzählte uns eine rothaarige, junge Frau in neonblauem Kostüm. Sie sei vom Konsulat, sie heiße Roberta, und sie sagte, sie sei entzückt, uns kennen zu lernen, um uns danach schlagartig wieder zu vergessen und sich beharrlich auf die mit Schlaglöchern übersäten Straßen Kiews und auf ihre Ziele zu konzentrieren – etwa eine Stelle in der Moskauer Botschaft und eine Affäre mit einem gut aussehenden CIA-Mann. Mir gefiel es, wie sie ihr flauschiges Haar mit karmesinroten Klauen strählte.

Ich saß neben Vivian, angezogen von ihrem nach Kokosnuss duftenden Schweiß und der schimmernden Haut – sie umklammerte die Rückenlehne des Vordersitzes, und ich konnte sehen, wie ihre blauen Adern anschwollen. Ich konnte sie außerdem Luft holen hören, die Lockenspitzen bebten in ihrem Atemwind. Unter der Gänsehaut wiesen die nackten Beine hier und da blaue Flecken auf. Entsetzt bemerkte ich, wie zart sie war. Ich glaube, Vivian wusste, dass ich sie ansah, denn sie blickte stur geradeaus. Nur manchmal lächelte sie und entblößte dabei widerstrebend ihr Zahnfleisch.

Dann warf Will seinen Tennisleib auf den Sitz vor uns und sagte: «Roberta meint, dass wir vielleicht den Präsidenten sehen.»

«Super», sagte Vivian.

Am Flughafen hielten wir auf einem abgelegenen Parkplatz, kein Mensch in der Nähe, nur ein breitschultriger Mann in dunklem Anzug mit quadratischem Kinn, schwarzer Sonnenbrille, am Ohr ein kleines Gerät, die Hände tödliche Waffen – genau wie ich mir den Leibwächter eines Präsidenten immer vorgestellt hatte. Ich finde es klasse, wenn ich einem Fleisch gewordenen Klischee begegne. Das gibt mir das angenehme Gefühl, die Welt wäre vollendet und alles regelte sich ohne mein Zutun, liefe aber doch nicht aus dem Ruder. Eine zwergenhafte Vivian spiegelte sich in seiner Sonnenbrille. Er führte uns in einen Warteraum, erklärte uns mit künstlich klingender Stimme, dass wir zu warten hätten, und verschwand.

Also warteten wir.

Wir schlugen die Zeit tot, mordeten jede kleine Minute mit den muskulösen Händen sterbenselenden Ennuis. In dem Zimmer war absolut gar nichts: keine Bilder an den Wänden, keine Zeitschriften, kein Papier und kein Stift, keine obszönen Schnitzereien an den Stühlen, nicht mal tote Fliegen in den Lampenschalen. Ich tauschte unbedeutende Informationen mit Vivian aus: unsere Lieblingssorte Donuts (dieselbe: Boston Kreme); unsere liebste Fernsehserie *(Stalak 13)*; unsere liebsten Beatles-Lieder («Yesterday», «Nowhere Man»); unser liebstes Salatdressing (sie hatte keines, mir fiel keines ein). Wir waren fast immer einer Meinung, und das munterte Vivian ein wenig auf. Doch ich muss gestehen – und wenn du irgendwo da draußen bist, Vivian, und diese wunderbare Geschichte liest, gib deinem Herzen einen Stoß und verzeih mir –, ich habe fast jedes Mal gelogen und ihr nur zugestimmt, weil das viel einfacher war, als mich zu jenen flatterhaften Ansichten zu bekennen, von denen ich doch nie überzeugt gewesen bin; außerdem war es schön, sie lächeln zu sehen.

Wir verstummten, und die Zeit köchelte und verdampfte schließlich. Man brachte uns zurück, sagte uns aber, dass der Präsident am Abend in Babi Yar eine Rede halten wolle, weshalb unsere Hilfe vielleicht noch einmal benötigt würde. 's ist der Fluch der Zeit, dass Tolle Blinde führen!

Die Schlucht von Babi Yar war voller Menschen, die sich vor dem Hintergrund grüner Bäume zusammendrängten. Sie quollen aus den Gräben hervor, die ehedem mit Menschenfleisch gefüllt gewesen waren, was in mir das verstörende Gefühl weckte, zu Unrecht am Leben zu sein. Präsident Bush betrat die Bühne mit den langen, trägen Schritten eines Mannes, dessen Weg stets sicher gewesen war – um ihn herum ein Gefolge stahlharter Scheißkerle, die regelrecht aufgeplustert wirkten vor lauter versteckten Waffen und der Bereitschaft, für den Präsidenten ihr Leben hinzugeben. Wir standen nah an der Bühne, über der das Denkmal aufragte – was es war, konnte ich nicht genau erkennen: eine zusammengeballte Masse aus geschwärzter Bronze. Wir – Will, Mike, Basil, Vivian und ich – sahen den Präsidenten vor der ukrainischen Menge auftauchen, die jede seiner Bewegungen mit kühlem Staunen verfolgte, wie ein Hund mit Blicken eine Maus verfolgt: Erst vor ihnen wurde er Wirklichkeit. Mit ausdruckslosen Knopfaugen suchte der Präsident die Menge nach einem getreuen Gesicht ab – eine Gewohnheit von daheim, wo Wähler wie Unkraut wucherten. Er schaute auf die Uhr, sagte etwas zu einem Mann mit Klemmbrett, gab sich resolut und geschäftsmäßig. Der Mann nickte, also ging der Präsident ans Mikrofon. Das Mikrofon kreischte, dann klirrte die Stimme des Präsidenten über die Lautsprecher. Er berührte den Mikrofonkopf mit den Lippen und erhielt einen leichten Schlag. Als würgte er eine Schlange, versuchte er daraufhin, sich das unnachgiebige Mikrofon zurechtzubiegen, ohne dabei seine Rede zu unterbrechen. Gleich darauf ertönte seine Stimme von einem Tonband tief in seinem Innern, das mit dem elektrischen Strom seiner Seele verkabelt war. Keiner übersetzte.

«Abraham Lincoln sagte einmal: Wir können der Geschichte nicht entkommen ...» Er sprach mit feierlichem Ernst, plagte sich aber immer noch mit dem Mikrofon ab. Unter dem Bühnenboden waren Männer in Uniformen, hockten auf dem Boden, stützten sich auf ihre Gewehre. Ihre Köpfe berührten die Holzbalken. Unter den Uniformen trugen sie gestreifte Matrosenhemden, was bedeutete, dass sie vom KGB waren. Sie rauchten, und was sich direkt über ihnen abspielte, schien sie völlig kalt zu lassen.

«Heute stehen wir in der Schlucht von Babi Yar und ringen mit einer schrecklichen Wahrheit.» Er sprach Yar wie das amerikanische *year* aus. Die Männer unter der Bühne lachten über irgendwas, einer schüttelte offenbar ungläubig den Kopf.

«Und wir legen einen heiligen Eid ab», fuhr der Präsident fort, seine Stimme wurde tiefer, das Mikro machte ouiiiii. Ich entdeckte Jozef in der Menge dicht vor der Bühne, die Hände in den Taschen, Andrea an der Seite, und sein Gesicht funkelte im allgemeinen Grau.

«Wir schwören, dass niemals wieder solch ein Mord geschehen wird.»

Unter der Bühne ließen die Männer vom KGB gleichzeitig ihre Zigaretten fallen und traten, immer noch hockend, die glühenden Stummel aus, was aussah, als tanzten sie *hopak*.

«Wir schwören, dass wir niemals wieder die Mächte der Bigotterie und des Hasses walten lassen werden, ohne uns ihnen entgegenzustellen.»

Ich merkte, dass mich Präsident Bush an einen gewissen Myron erinnerte, der, als wir noch Kinder waren, für einen Vierteldollar Regenwürmer gegessen hatte: Er legte sich ein paar Regenwürmer zwischen zwei Scheiben Brot und biss zu. Manchmal konnte man sehen, wie sich ihre Enden zwischen den Brotscheiben wanden, während er auf ihren Köpfen herumkaute. Mit dem Vierteldollar kaufte er sich was zu trinken – Colt 45 oder Cobra oder etwas Ähnliches.

«Und wir schwören, falls unser Glaube an diese Prinzipien je wanken sollte [das Mikro verstummte plötzlich], wenn aufrechte Frauen und Männer sich weigern, die Tugend zu verteidigen [Stille], jedes erschossene Kind [ouieee, Stille, ouieee] werde ich niemals vergessen. Werden wir alle niemals vergessen.»

Die untergehende Sonne lugte über die Baumwipfel und blendete Bush, der für einen Moment die Augen zukniff, einen feuerroten Flecken im Gesicht. Jozef flüsterte Andrea etwas ins Ohr, und sie legte die Hand vor den Mund und begann zu kichern. Auf der Bühne wurden die Leute hinter dem Präsidenten allmählich unruhig. Die Männer unter der Bühne lagen jetzt auf dem Rücken und starrten den Holzboden an, ihre AK-47 neben sich. Vivian rückte lautlos von mir ab – der Kokosnussduft verschwand aus ihrem Schweiß. Der stämmige Typ mit dem Klemmbrett rüttelte das Mikrofon, als läge es allein an seiner Widerspenstigkeit, dann gab er auf.

«Möge Gott euch alle segnen [… ouieeeeeemm …] zur mahnenden Erinnerung an Babi Yar.»

Dann verließ Bush die Bühne, und nach einer Abfolge von Miniereignissen, an die ich mich nicht genau erinnern kann – man darf nicht vergessen, was für ein Schock das Folgende für mich war –, befand sich Jozef hinter dem Ringwall der grimmig blickenden Leibwächter und unmittelbar vor dem Präsidenten, das Gesicht überraschend schön, gleichsam als läge ein engelhaftes Licht auf seinem Antlitz. Zugleich grinsend und stirnrunzelnd starrte Jozef ihn an – eine Miene, der ich im Nachhinein ablese, wie herrlich absurd er diesen Augenblick fand, doch muss Bush etwas anderes gesehen haben, vielleicht Jozefs himmlisches Gesicht, vielleicht jemanden, der seine präsidiale Gestalt auf einem Foto gut zur Geltung bringen würde (und die Kameras klickten), jemanden, der slawisch und exotisch, doch eigentlich ganz vernünftig aussah – das gesamte Reich des Bösen in einem fotogenen Kummerblick gebündelt. Also richtete er sich an Jozef, starrte aber zugleich den Dicken an, da er erwartete, dass der für ihn übersetzte: «Wie heißt du, junger Mann?»

«Jozef Pronek», antwortete Jozef, während der Dicke, dem Speichelbläschen in den Mundwinkeln hingen, eine Übersetzung der Frage formulierte.

«Dies hier ist heiliger Boden. Möge Gott dein Land segnen, mein Sohn.»

«Das ist nicht mein Land», sagte Jozef.

«Doch, das ist es», behauptete Bush und hieb Jozef auf die Schulter. «Das ist es, darauf kannst du dein Leben verwetten. Es ist so sehr deines, wie du es willst.»

«Aber ich komme aus Bosnien ...»

«Ist doch alles eine große Familie, dein Land hier. Und wenn es Missverständnisse gibt, solltet ihr sie ausräumen.» Bush nickte und stimmte sich begeistert zu. Jozef rührte sich nicht, stand angespannt da, ein Lächeln im Gesicht, völlig verstört von diesem unheimlichen Augenblick.

Im selben Moment wusste ich, dass ich in Jozef verliebt war. Ich hoffte, dass Bush ihn umarmte, dass er seine Wange an ihn presste, ihn zu schätzen wusste, ihn vielleicht sogar küsste. In dieser Sekunde wollte ich Bush sein, wollte lustgestärkt vor Jozef stehen. Doch Bush wandte sich ab, und seine Körperhaltung zeigte seine Zufriedenheit darüber, dass er zu jedermann Kontakt zu finden wusste. Wäre ich doch ein Fels – ich bebte vor Verlangen und betrachtete Jozef, dem die Sonne im Rücken stand. Wie ein Videoband lasse ich die Szene immer wieder aufs Neue ablaufen, spule zurück, versuche, den Moment zu bestimmen, an dem unsere Freundschaft in Begierde überging – der Wandel ist flüchtig wie der Augenblick, in dem die Sonnenstrahlen ihren Einfallswinkel ändern, in dem das Licht um Haaresbreite weicher wird und die Welt mit kaum einem Blinzeln vom Sommer in den Herbst übergeht.

«Ist das nicht dein Mitbewohner?», fragte Will.

«Ja», sagte ich. «Ja.»

Dann entdeckte mich Jozef, winkte und zuckte zugleich die Achseln, als wäre all das nur Zufall und nicht Schicksal gewesen. Ach, schlag flach das mächt'ge Rund der Welt, auf dass wir uns niemals wieder trennen müssen.

Natürlich hielt ich mich seither von Jozef fern. In derselben Nacht aber gab ich Vivians steter, stiller Gegenwart nach und lud sie auf mein Zimmer ein – Jozef schwarwenzelte anderweitig herum –, wo wir es auf meinem Bett miteinander taten. Sie presste ihre Lippen auf meine und saugte daran. Ich ließ die Hände über ihre Rippen, ihre Brüste wandern und versuchte, ihr die Zunge in den Mund zu schieben. Es war ein strapaziöser Protokoitus: Ständig schlug ich mit den Knien gegen das eiserne Bettgestell, während sie – meine schlanke Ophelia – immer wieder in die Lücke zwischen Wand und Bett rutschte. Letztlich kam es zu keiner Penetration, dafür aber gab es allerhand angestrengtes, nervöses Petting. Muss ich erwähnen, dass mich Jozefs abwesende Anwesenheit irritierte, dass ich seine Kleider roch und dass, als ich den Liebesakt aus neuer Stellung angehen wollte, mein Fuß vom Bett glitt und in seinem Schuh landete? Das, was mir gefiel, war das Reden, sobald wir unseren glücklosen Semiverkehr unter dem Vorwand aufgegeben hatten, dass es dazu einfach viel zu früh sei. Wir schauten uns an, nahmen gegenseitig unseren Atem in uns auf und berichteten flüsternd von jener Zeit, als wir noch Kinder und unsere Freuden zahlreich und schlicht gewesen waren. Sie erzählte, eine Hand auf meiner Hüfte, sie sei so klein gewesen, dass sie sich an die Tür vom Küchenschrank hängen und hin und her pendeln konnte. Ich erinnerte mich, wie mein Bruder mich zwischen seinen Beinen hin und her geschwungen hatte, um mich dann über seinen

Kopf zu hieven und auf den Rücken zu setzen. Ich wollte nicht mit Vivian vögeln, ich wollte sie einfach nur im Arm halten und mich mit ihr unterhalten. Und selbst während sie redete, stellte ich mir Jozef vor, wie er in Shorts auf seinem Bett saß und geistesabwesend die Haare um seine Brustwarzen wickelte. Ach, geh in ein Kloster!

Von da an verbrachte ich viel Zeit mit Vivian: Im Grunde waren wir ein Paar. Wir gingen gemeinsam zum Unterricht und saßen nebeneinander – Jozef hoch über mir, in meinem Rücken, außerhalb meines Blickfeldes. Wir fragten uns: «Was hast du heute Abend vor?», und antworteten: «Nichts Bestimmtes. Und du?» Es lief immer auf dasselbe hinaus: Wir gingen spazieren, dann ins armenische Restaurant, dann auf Vivians Zimmer – ihre Mitbewohnerin, eine gewisse Jennifer aus Winnipeg, schlief irgendwo mit Vladek –, machten ein bisschen herum, arbeiteten uns näher an die stets gleich ferne Penetration heran und tauschten Erinnerungen aus. Inzwischen waren wir zu unserer späten Jugendzeit vorgedrungen, in der ich Drogen und sie es mit einem Leben ohne Fleisch probiert hatte. Manchmal beschloss sie, auf ihrem Zimmer zu bleiben und über ukrainische Geschichte zu lesen oder irgendein grässliches ukrainisches Gedicht zu übersetzen. Und ich spielte Tennis mit Will. Er schlug mich jedes Mal ohne Mühe und riet mir großmütig zu einigen Übungen, die meine beklagenswerte Beinarbeit verbessern könnten. Oder wir spielten ein Doppel: Will und ich gegen Mike und Basil. Will bestand nach jedem Gewinn auf einem ziemlich komplizierten Handschlag, doch schlug ich nie ein. Dann spielten wir Poker und tranken mörderisch starken Wodka. Will schien alles über die laufende Baseballsaison zu wissen, und wir diskutierten die Details mit den Mienen von Kennern, denen klar war, dass außer ihnen kein Mensch im ganzen Land darüber Bescheid wusste oder sich auch nur dafür interessierte. Außerdem redeten die Jungs gern über Frauen: Sie fragten nach Vivians Vögelvorlieben (von denen ich nur wenig zu berichten wusste), während sie selbst Informationen über Andrea zu besitzen schienen (Mike behauptete, es gefalle ihr, unbeschnittene Schwänze zu lutschen), über Jennifer aus Winnipeg (sie bezahlte Vladek für jeden Fick) und Pater Petroleum (der auf der Toilette beim Wichsen ertappt worden war). Das ekelte mich natürlich an, doch war mir ihr idiotisches Gebrabbel zugleich auch vertraut und angenehm – eine Erinnerung an das Sommerferienlager.

Oft kehrte ich auf mein Zimmer zurück und fühlte mich schuldig, als hätte ich nicht nur Vivian, sondern auch Jozef verraten. Manchmal war er noch wach, wenn ich betrunken hereinkam, und wir plapperten bedeutungsloses Zeug. Er erzählte mir von seinen kleinen Abenteuern in Kiew: Auf der Post hatte ihm ein Mann Geschichten aus Stalins Zeiten vorgeflüstert, als Menschen einfach verschwanden, man aber Wurst in den Läden kaufen konnte; er hatte Kwass probiert, und es hatte so abscheulich geschmeckt, dass er froh war, davon gekostet zu haben, da er nun jedermann davon erzählen konnte. Andrea hatte eine Uniformmütze von einem Soldaten der Roten Armee gekauft, der auch ein Nachtsichtglas verscherbeln wollte – Jozef dachte daran, sich morgen das Fernglas zu besorgen. Immerzu lachen und freundliche Stimmung, doch mir war, als hätten wir uns getrennt und wären nur noch Freunde, das Verlangen verbannt aus unserem Land, in dem es doch nie heimisch gewesen war.

Hellwach starrte ich zur Deckenkamera hinauf und wünschte mir, ich könnte die Videobänder in die Finger bekommen, könnte Jozef sehen, wie er am Morgen aufwachte, die Haut so weich, die nackten Schultern von Abdrücken zerfurcht, diesen Fossilien des Schlafs, könnte ihn sehen, wie er es mit Andrea trieb. Ich schloss die Augen, und in Gedanken wanderte meine Hand über seine Brust hinab zu seinem Schoß. An der Unterhosengrenze machte ich Halt und zwang mich, an Vivian zu denken – ihr müsst verstehen, dass ich mich nie zuvor zu einem Mann hingezogen gefühlt habe. Es ängstigte mich, und manchmal fiel es schwer, zwischen Angst und Erregung zu unterscheiden. Um mich herum pulsierte die Dunkelheit im Takt meines Herzens.

Manchmal fühlte ich den Drang, mich Vivian anzuvertrauen, ihr zu sagen, dass ich nur aus einem Bedürfnis nach Sicherheit und Vertrautheit heraus mit ihr zusammen war, dass ich nicht aufhören konnte – Gott weiß, ich habe es versucht –, an meinen ausländischen Zimmergenossen zu denken, selbst dann nicht, wenn sie mich berührte und mir ihren Atem ins Gesicht blies. Doch statt mich zu bekennen, hielt ich Vorträge über meine Doktorarbeit, über die homosozialen Beziehungen in *König Lear*, darüber, dass die Verweichlichung den Zusammenbruch des Learschen Hofes herbeiführte, dass König Lear, als er vor Cordelias Tod mit ihr allein war, die Grenzen seiner Maskulinität überwand und zu einer neuen Identität fand. Ich quasselte pausenlos und begriff dabei, wie wenig ich begriffen hatte. So unglaublich es war, sie fand interessant, was ich sagte: in Wahrheit, seltsam! Wunderseltsam! Und rührend war's! Unendlich rührend war's! Doch was sie genau sagte, werde ich wohl erst im nächsten Leben erinnern.

Jozef hegte natürlich keinerlei Verdacht: Fröhlich spazierte er halbnackt herum und war überzeugt, dass diese neue Distanz unseren jeweiligen Freundinnen zuzuschreiben war. Ich schlug den falschen Ton männlicher Solidarität an – einen Ton, wie man ihn meiner Meinung nach oft in Kasernen und Schützengräben vor nächtlichen Onanieorgien hörte –, während wir hübsche Schätze miteinander teilten, Tand, der nur in den Augen leicht erregbarer Männer glitzerte: eine lebhafte Beschreibung von Vivians Brustwarzen; einen Witz über Andreas orgiastisches Japsen; die übliche Phantasie, es nicht nur mit einer einzigen Frau im Bett zu treiben, und Ähnliches mehr.

Ich erinnere mich, wie mein Vater als Sicherheitsbeamter gefeuert worden war, wie er oft daheim saß, soff, unzusammenhängende Geschichten über seine Zeit mit Bandera erzählte und Schranktüren abriss. Doch manchmal versank er in schwärzeste Launen, lungerte auf dem Sofa im dunklen Wohnzimmer, Jalousien herabgelassen, und schaute sich mit abgeschalteten Ton eine Talkshow an. Ich war um die sechzehn und ging meinem Vater möglichst aus dem Weg, doch wirkte er damals so hilflos und bedürftig, dass ich mich einfach zu ihm setzte und in völliger Stille mit ihm fern sah. Ich brachte den Mut nicht auf, ihn zum Reden aufzufordern, und er wollte niemals reden. Wir konnten Mutter durch die Wohnung trotten hören, ihr Ton so abgeschaltet wie der Ton der Talkshow. Als schließlich irgendein abgehalfterter Pornostar interviewt wurde, sagte mein Vater langsam, als hätte er länger darüber nachgedacht, dass er einige Pornovideos habe und wir sie uns irgendwann zusammen ansehen könnten. Mir wurde übel – ich schwöre bei Gott –, so unvorstellbar war dieser Gedanke. Also rief ich: «Verdammt, bist du verrückt?» und stürmte aus dem Zimmer. Doch trotz meiner Übelkeit glaube ich noch heute, dass dies die letzte Gelegenheit war, bei der mir mein Vater etwas anvertrauen wollte, und ich habe abgelehnt. Männer sind gestorben – Würmer haben sie gefressen –, aber nicht aus Liebe.

Die Tage nach Babi Yar waren Tage der Qual. Ich verbrachte viel Zeit mit Menschen, die mich letztlich nur schrecklich einsam fühlen ließen. Immer häufiger durchstreifte ich allein die Straßen von Kiew und sammelte Bruchstücke fremder Leben: ein Meer verwelkter Nelken, verkauft von einer tatterigen *Baba*; eine Frau, die unter der Last der Tütensträuße in ihren Händen dahintaumelte; eine nackte Schaufensterpuppe hinter staubbedecktem Fenster in einem leeren Laden; ein Junge, der vor einem Kwass-Stand auf seinen Vater wartete, während sich über die Lippen ein Chenillefaden aus grünlichem Rotz bis hinab auf das Kinn spannte; die knorrigen Gitterstäbe vor dem Postfenster, von Rost zerfressen; neben einem Schalterbeamten der Post namens Oksana, der mir zu einer Telefonverbindung nach Chicago verhalf, der von Zigaretten überquellende Aschenbecher, Lippenstiftmonde auf ockerfarbenen Filtern.

Meine Mutter nahm ab. Ich konnte das Echo meiner eigenen Stimme hören, und die zeitliche Verzögerung verwirrte sie, sodass unsere Worte sich vermengten.

«Mom? Wie geht …»

«Victor, wie ...»
«... es dir?»
«... dir?»
«Mir geht es ...»
«Alles ...»
«... Mom.»
«... in Ordnung?»
«Wie ...?»
«Ist alles ...»
«... geht's Dad?»
«... in Ordnung?»
«Alles ...»
«Er ...»
«... in Ordnung.»
«... in Ordnung.»
«Prima.»
«Er ist nur ...»
«Geht es ...»
«... ein bisschen schwach.»
«... ihm gut?»
«Hallo?»
«Gut?»

Er war krank, so viel verstand ich trotz des Echos. Zu hoher Blutdruck, sagte meine Mutter. Er aß nichts, konnte nichts verdauen, aber meine Mutter nannte dafür keinen Grund, und ich wusste, er würde zu keinem Arzt gehen, würde behaupten, ihm gehe es gut, was heißen sollte, dass er hart im Nehmen sei. Ich wollte es auch nicht genauer wissen, wollte so tun, als läge all dies in der Ferne, viele Echos weit fort, da ich nicht damit umgehen konnte. Zum Schluss wünschte ich alles Liebe, eine Liebe, die meine Mutter mit meinem Vater teilen sollte, ein Wunsch, dessen Erfüllung höchst unwahrscheinlich gewesen sein dürfte. Das war 1991, Mitte August.

Ich ging nach unten, immer noch verkatert und in der vagen Angst, mir den Fuß zu verstauchen und die Treppe hinabzustürzen, nur um mir so den Hals zu brechen. Als ich in den Saal niederschwebte, sah ich Natalyka, die Putzfrau, die oft in unser Zimmer kam und über unsere Unordnung schimpfte; ich sah Natalyka verzagt vor dem Fernseher sitzen, den Kopf an die fettgepolsterte Schulter einer anderen Putzfrau gelehnt, die baumdicken Beine mit den geschwollenen Fußgelenken übereinander geschlagen. Sie hielt die Hände in den Taschen ihrer einstmals blauen Jacke vergraben, als wäre Verzweiflung eine Murmel. Nie hatte jemand im Saal fern gesehen, erst recht nicht so früh am Morgen – es war Frühstückszeit. Eine Menschenmenge hatte sich angesammelt, deren Gesichter ich während meines Aufenthalts in diesem Gebäude vage wahrgenommen hatte, deren Gesichter von Furcht und Verzweiflung gezeichnet waren.

Der 21. August 1991 wird immer Natalykas bekümmertes Gesicht tragen.

Ich schlich mich von hinten an die Menge heran und linste auf den Fernseher, als stellte ich mich zu Zuschauern, die gelassen die Folgen eines Unfalls betrachteten. Ein Breschnew-Klon, dessen Schlips sich über seinen Bauch ergoss, hockte unbequem mitten in einem grässlichen, purpursamtig ausgeschlagenen Studio, und verlas mit Bassstimme eine Proklamation. Ich brauchte eine Weile, meine Benommenheit abzustreifen und seine Worte zu begreifen. Um mich herum scharrten die Leute mit den Füßen, als rasselten sie mit ihren Ketten. Sie murmelten und seufzten: Jemand, so begriff ich, hatte die Macht übernommen und wegen Anarchie und Chaos das Kriegsrecht ausgerufen.

«Gorbatschow wurde geschasst», sagte Will, der plötzlich neben mir stand. «Ein Staatsstreich.»

«Scheiße, Mann!», sagte ich.

«Ganz genau», erwiderte Will.

Ich muss es erwähnen: Plötzlich und gleichsam gegen meinen

Willen schien mir Will sehr nah – auf einmal war er jemand, dem ich vertrauen konnte. Doch ich spürte den krampfhaften Drang, Jozef zu suchen und ihm die Neuigkeit zu überbringen, Staunen in seinem Herzen zu wecken und ihn erschüttert zu sehen. Von Natalykas gequältem Seufzer gefolgt flog ich also nach oben, verschwendete keinen Gedanken an Hals oder Füße und platzte ohne anzuklopfen ins Zimmer. Jozef war nackt. Unwillkürlich sah ich – und war viel zu aufgeregt, um meinen Blick abzuwenden – die Haarranke, die aus seinem rußfarbenen Schoß zum Bauchnabel aufstieg, die Locken, die sich um seine Brustwarzen kringelten.

«Es hat einen Staatsstreich gegeben!», brüllte ich ihn geradezu an.

«Einen was?»

«Einen Staatsstreich!», brüllte ich.

«Was ist ein Staatsstreich?» Sie war schon ziemlich empörend, diese ignorante Gleichmut; die Boxershorts glitten seine Alabasterschenkel hinauf.

«Ein Staatsstreich eben, eine gewaltsame Machtübernahme.»

«Und woher wurde sie übernommen?»

«Du weißt schon, eine verdammte Revolution.» Was war bloß mit ihm los? Der verstand nicht, worum es ging, ahnte nicht mal was von meinen Ängsten. Was hatte ich hier nur verloren?

«Revolution?», fragte Jozef mit hoch gezogenen Brauen, während die Sonne des Verstehens hinter dem dunklen Berg seiner Begriffsstutzigkeit aufstieg. «Wo ist Revolution? Wer organisiert Revolution?»

«Verdammt, ein Putsch. Man hat Gorbatschow aus dem Amt gejagt.» Das war mein letzter Versuch. Er hatte keine Haare auf der Brust, und sein Nabel besaß einen Satelliten, ein Muttermal in Gestalt einer Maus.

«Putsch.» Endlich begriff er. «Vielleicht will man uns jetzt verhaften.»

Nun, ich muss gestehen, daran hatte ich noch nicht gedacht – warum sollte man uns verhaften wollen?

«Oje, das gibt Ärger», sagte er.

Ich musste mit Will reden, also ließ ich Jozef weiter in trügerischen Weisheiten schwelgen, in seiner seltsamen Sprache vor sich hin brummeln, und rannte nach unten. Im Saal war niemand mehr, nur Natalyka saß noch auf demselben Platz, wenn auch ohne Schulter zum Anlehnen, die Hände reglos im Schoß wie nackte, aufgeplusterte Hamster, ihr kleiner, runder Leib müde dieser wundersamen Welt. Sie hörte dem Chor der Roten Armee zu, ansehnlichen Männern mit markanten Kiefern, die ein Siegeslied schmetterten.

Ich rannte in die Cafeteria, in der eine vom unerschütterlichen Vladek angeführte Schlange hoffnungsvoll auf Nachschlag wartete, als wäre nichts geschehen, doch Will war nirgendwo zu sehen. Ich rannte zu seinem Zimmer, stürmte die Treppe hinauf, war rasch außer Atem und fand ihn, das Ohr an ein Transistorradio gepresst.

«Was Neues?», stieß ich keuchend hervor, wodurch sich eine gewisse Panik angedeutet haben mochte.

«Hab noch keine Nachrichten gehört», sagte Will. «Ich suche immer noch Voice of America.»

Ich war noch nie in Wills Zimmer gewesen – seine Kleider lagen sorgsam gefaltet im Schrank, und wie kleine Wachtürme hatte er überall im Zimmer röhrenförmige Schachteln mit grün fluoreszierenden Tennisbällen verteilt. Auf dem Nachtschränkchen stand ein Familienfoto: Sie waren fünf, Will in der Mitte, flankiert von seinen Schwestern, Mom und Dad dahinter, und sie waren ergreifend schön, blond und vorstädtisch. Sie ähnelten einander, als wären sie Varianten derselben Person, eine Familie, die eher durch Kernspaltung als durch Fortpflanzung entstanden zu sein schien.

«Was machen wir jetzt, Will?»

«Tja, *uns* können sie nicht verhaften. Und selbst wenn wir verhaftet werden, wird man uns austauschen. Wir Amerikaner lassen keinen Mann in Feindesland zurück.»

«So habe ich das noch nie gesehen.»

«Ich meine, wenn die amerikanische Botschaft weiß, dass wir hier sind, wird man dafür sorgen, dass wir abgeholt werden. Vielleicht schicken die sogar einen Trupp Marines los. Schließlich kümmern wir uns um unsere Leute, nicht?»

«Wissen die denn, dass wir hier sind?» Ich stellte mir einen Unteroffizier vor, der «Marsch! Marsch!» brüllte, eine Schar stämmiger Marines, die das Gebäude stürmten, über den Haufen schossen, wer sich ihnen dämlicherweise in den Weg stellte, geduckt an Mauern entlangschlichen, geheimnisvolle Fingerzeichen austauschten und sich patriotische Farbe in die liebenswert vertrauten Gesichter geschmiert hatten.

«Weiß nicht», sagte Will. «Ich hoffe es jedenfalls. Ich will nämlich nach Hause.»

«Aber was machen wir, bis sie kommen?»

«Wir rühren uns nicht vom Fleck. Pack deine Sachen für den Fall, dass wir schnell verschwinden müssen. Ich rede mit den anderen. Wir sollten eine Versammlung einberufen.»

Ich rannte zurück auf mein Zimmer, aber Jozef war nicht da. Dieses ständige Gerenne. Vielleicht bin ich überhaupt nicht gerannt, doch heute kommt es mir so vor; alles schien beschleunigt, dazu jede Menge Schnaufen, Prusten und drängende Eile. Doch ich war müde, und das Gerenne (falls ich überhaupt gerannt bin) schien sinnlos. Das Bett lockte, also streckte ich mich darauf aus und zog mir die Decke über den Kopf. Ein Geständnis: Wenn die Zukunft ungewiss ist, wenn im Mutterleib der Zeit viele Ereignisse darauf warten, geboren zu werden, mache ich ein Nickerchen. Ich lasse die Rollladen herab, krieche unter die Decke, vergrabe den Kopf und versuche, mir einen sicheren, warmen Ort vorzustellen – ein Tipp von meinem Therapeuten. Meist ist es mein Zelt. Wir campen in Wisconsin, irgendwo an einem glitzernden See. Die Zeltwände flattern ein wenig. Ich kann die Zikaden in den wohlriechenden Kiefern hören, meine Mutter, die ein irisches Lied summt. Über meinem Kopf zittern die Schatten der Kiefernäste, und es platscht, als mein Vater einen sich windenden Fisch aus dem See holt.

Eine kalte Hand auf meiner Stirn weckt mich, und noch ehe ich ihr vom Gegenlicht verdunkeltes und umrahmtes Gesicht sehen kann, erkenne ich den Geruch: süßlicher Schweiß und Kokosnuss.

«Schläfst du?»

«Was glaubst du denn?»

«Hast du es schon gehört?»

«Klar.»

«Wie kannst du jetzt bloß schlafen?»

«Wie könnte ich jetzt nicht schlafen?»

«Darf ich zu dir ins Bett?»

«Sicher.»

Vivian zog ihre Sandalen aus, nahm die Nadeln aus dem Haar, und schwerelos landete ihr Körper an meiner Seite. Sie trug ihr Blumenkleid, das bis zu den Schenkeln hochglitt, die ich neben mir spüren konnte. Sie küsste meinen Nacken, und ich kraulte ihr Haar hinter den Ohren. Sie legte eine Hand auf meinen Bauch, die sich sacht auf meine Unterhose zuschob.

Vergessen wir die Details: Es kam zur Penetration, zu Schmerzen, sie war eine Jungfrau; hinterher gab es Schuldgefühle und ausweichende Blicke, doch gab es auch Berührungen, die die gebotene postkoitale Nähe voraussetzten; Schweiß vermengte sich. Und es gab Verlegenheit angesichts der reichhaltigen Vielfalt körperlicher Unvollkommenheiten: ein auf meiner Brust reifender, einsamer roter Pickel; ihr asymmetrischer, schieläugiger Busen; meine Nasenhaare; der Kohlenstaubflaum auf ihrem Wangenrand. Wir säuselten uns bedeutungslose Worte zu, nicht gerade gelogen, aber auch nicht ganz wahr, während sich mein Körper verspannte und verkrampfte und sich aus ihrer Umarmung sehnte. Ich stellte mir vor, wie ich Will, Mike und Basil von diesem ganzen planlosen Vorfall berichtete, hörte ihre Lachsalven und wusste gleich, dass ich ihnen niemals davon erzählen würde. Und ich sorgte mich, dass Jozef ins Zimmer kommen könnte, überlegte, was ich ihm sagen wollte, um den vorwurfsvollen, fragenden Blick zu beschwichtigen, doch die einzige – außerordentlich nutzlose – Bemerkung, die mir einfiel, lautete: «Wir sind bloß Freunde.» Gott helfe mir. Viel einfacher, als auf Jozef zu warten, war es, sich wieder dem Schlaf hinzugeben, und das tat ich dann auch.

Dann wurde mit einem entsetzlichen Krachen die Tür zu unserem Zimmer eingetreten und eine Horde KGB-Typen, Tarnfarbe im Gesicht, platzte herein, riss uns aus den Betten und warf uns zu Boden. Einer von ihnen trat auf meinen Nacken und drückte mir gewaltsam seinen Stiefel ins Genick. Der Schmerz war heftig, mein Nacken wurde steif, doch fühlte es sich zugleich auch angenehm an, und als sie mich mit Handschellen an Jozef fesselten, merkte ich, dass ich von diesem Schmerz noch einen Nachschlag wollte. Sie stießen uns die Treppe hinab, und ich verstauchte mir den Knöchel, aber Jozef sorgte dafür, dass ich nicht fiel und mir den Hals brach. Dann trieben sie uns mit ihren Gewehrkolben in eine schwarze – sehr schwarze – Minna. Als wir einstiegen, sah ich nichts, und ich wusste nicht, lag es an der Augenbinde oder an der tiefen Dunkelheit, dass ich Jozefs Gesicht auch dann nicht sehen konnte, als unser Atem sich umschlang. Allerdings fühlte ich sein blutiges Handgelenk an seinem Ende der Handschellen zerren. Als wir hielten, um weitere Häftlinge aufzunehmen – ich konnte Mike und Vivian erkennen und fragte mich, wo Will war –, flohen wir aus der schwarzen Minnanka. Jozef rammte einer Wache seinen Schädel in den Leib und stürmte davon. Wir hörten Geschrei, Schüsse, Stiefelgetrappel, doch verbarg uns die Dunkelheit. Ich lief Jozef einfach hinterher, und wir rannten und rannten, aber es war, als schlitterten wir über die Oberfläche eines still ruhenden Sees. Ich ließ alles mit mir geschehen, glitt über das Wasser, dann versteckten wir uns in den Wäldern der Ukraine. Wir gruben ein Erdloch und wachten eisüberzogen auf. Wir bissen Hühnern die Köpfe ab und tranken ihr Blut direkt aus den Hälsen. Wir sprangen auf einen Zug auf, und Jozef erwürgte einen Polizisten, während meine von Handschellen gefesselte Hand wie eine Rassel vor den Gauneraugen des sterbenden Polizisten zitterte. Wir überquerten Grenzen und noch mehr Grenzen, manche davon nur Hecken mit Wachtürmen und überall verteilten Scharfschützen, die uns durchwinkten, um uns in den Rücken schießen zu können. Und sie schossen, und ich fühlte die Kugeln durch mich hindurchgehen. Dann schliefen wir wie Hobos im Zug auf dem Boden. Niemand sonst war im Waggon, doch während wir schliefen, füllte er sich mit Möbeln und Leuten, die in Sesseln und auf Sofas saßen, und Jozef und ich hockten nebeneinander, und irgendwie waren unsere Hüften aneinandergekettet, doch wo mir die Kette ins Fleisch schnitt, da war ein Loch, und ich lief aus, vergoss eimerweise Galle.

Es war Will, der ins Zimmer platzte, und es war wieder ein Morgen. Wir hatten uns im Schlaf die Rücken zugedreht, sodass Vivian nackt der Tür zugekehrt lag.

«Wahnsinn», sagte Will, und Vivian bedeckte sich. Jozef war immer noch nicht zurück. Will zückte seinen Tennisschläger, als wäre es ein Schwert, beugte sich über uns – wir konnten unsere verzerrten kleinen Köpfe auf seinen Brillengläsern erkennen – und sagte: «Versammlung. Auf meinem Zimmer. In einer Viertelstunde.»

Ich mag dies sein, ich mag jenes sein, aber wenn man mir sagt, dass Versammlung ist, dann stehe ich auf und gehe zur Versammlung.

«Ich muss noch auf mein Zimmer», sagte Vivian, die blass im Gesicht war und eine Karotte oder Ähnliches brauchte.

«Okay.»

Die Versammlung, ach, die Versammlung: Vivian und ich saßen nebeneinander auf Wills Bett, Mike und Basil auf dem anderen, und Will stand zwischen uns – seine Familie lächelte begütigend auf uns alle herab. Andrea war nicht da, bestimmt rekelte sie sich neben Jozef auf ihrem Bett. Will erzählte, was er wusste: Es hatte einen Staatsstreich gegeben; Gorbatschow befand sich unter Hausarrest auf der Krim; Kommunisten,

Hardliner und Generäle hatten die Macht übernommen; überall kam es zu Verhaftungen. Leute verschwanden, in Leningrad fanden Straßenkämpfe statt. Es floss Blut, und Panzer rollten durch die Stadt; große Truppenverbände bewegten sich aus der westlichen Ukraine und aus Weißrussland auf Kiew zu. Er hatte in Igors Büro einen Anruf von seinem Vater erhalten, der sich aus irgendeinem Grund in München aufhielt. Will sagte, daheim sei alles in Ordnung. Mag sein, dass ich mich fälschlich an einen allgemeinen Seufzer der Erleichterung erinnere.

«Wir müssen zusehen, dass wir von hier verschwinden», sagte Basil.

«Nein, wir müssen bleiben», sagte Will, «bis wir wissen, was los ist. Ich schätze, wir sind hier sicher.»

Er befahl uns, das Heim nicht zu verlassen und ihn ständig über unseren Aufenthaltsort zu informieren. Während seines Auftritts runzelte er ernst die Stirn, schob sich stets aufs Neue die Brille auf die Nase und war so rücksichtsvoll, uns alle in gleichem Maß mit seinen Blicken zu bedenken. Vivian trug er auf, Andrea über unsere Versammlung und ihre Ergebnisse zu informieren, und Mike und Basil sagte er, dass er nach der Versammlung noch mit ihnen reden müsse – irgendwie schien ich ausgeschlossen zu sein, ahnte aber nicht, wovon ich eigentlich ausgeschlossen war.

Jozef war wieder auf dem Zimmer, hockte strahlend auf seinem Bett und konnte ein Grinsen nicht unterdrücken, während er eine Hand unter sein Hemd schob und sie Kussspuren und Zungenpfaden folgen ließ.

«Sieht aus, als wäre es gestern Abend schön gewesen», sagte ich.

«Liebe ist schön», erwiderte er, wobei er *schön* wie *scheen* aussprach.

«Das ist sie tatsächlich», sagte ich und hegte einen Moment lang den Gedanken, ihm von meinem *scheenen* Abend zu erzählen.

«Sie demonstrieren auf Khreschatek», sagte er. «Viele Leute, ganze Nacht. Überall Polizei. Ich geh jetzt hin, wieder. Willst du auch?»

«Ach, ich weiß nicht. Ich muss mit Will reden.»

«Wieso?»

«Na ja, weil wir heute Morgen eine Versammlung hatten.»

«Was für Versammlung?»

«Eine Versammlung eben. Wir haben uns organisiert. Und für den Fall, dass es Schwierigkeiten gibt, sollte jeder von uns jederzeit wissen, wo die anderen sind.»

Er legte das linke Bein auf das rechte Knie, sodass mich seine Fußsohle anschaute, und fuhr fort, an seinem Hühnerauge herumzupicken und Schicht um Schicht tote Haut abzuziehen, wobei ihm seine Zehen wie fünf zurückgebliebene Hillybillybrüder zuschauten.

«Du bist wie Kind. Musst deine Eltern sagen, wo du bist.»

«Quatsch, Mann. Ist bloß gesunder Menschenverstand.»

«Sagste deinen Eltern nichts, bist du böser Bub. Böser Bub», sagte er und musterte seine Hacke mit finsterem Blick.

«Das ist doch blöd», schimpfte ich. «Weißt du, dir brauche ich überhaupt nichts zu beweisen.»

«Klar. Ich geh jetzt.»

«Was zum Teufel glaubst du eigentlich, wer du bist?», rief ich und warf ein Kissen auf das Kissen in meinem Bett.

«Ich geh jetzt», sagte Jozef. «Kommst du mit?»

Ich kam mit. Wir gingen los: Es war ein langer Weg durch größtenteils verlassene Straßen, nur hin und wieder ein konspirativ dahinschlendernder Spaziergänger oder ein unheilvoller, mit Soldaten beladener Lastwagen, der unter einem Dach sich über der Straße berührender Baumkronen an uns vorbeidonnerte. Wir redeten nicht viel; wir hörten Vögel zwitschern und im Laub über unseren Köpfen rascheln; der Asphalt war warm, und das Licht weich, gefiltert von klammer Luft und vom Schatten der Bäume; der Herbst war nicht mehr weit. Wir kamen an offenen Fenstern vorüber, die teigigen Kochdampf verströmten, an

Kellertüren, aus denen der Geruch nach feuchtem Kohlenstaub aufstieg, an zuckenden Stores, hinter denen für einen Augenblick der Schatten des Gesichts einer alten Frau sichtbar wurde. Eine Katze lief mit hängendem Bauch und eingezogenem Kopf vorbei und blieb dann mitten auf der Straße stehen, um uns mit beleidigtem Staunen nachzuschauen. Die Sonne blinzelte von den Baumkronen herab, wenn ein Windwirbel für einen Moment das Laub teilte. Doch dann bogen wir um die Ecke, und vor uns war Khreschatek: Riesige, erzbraune Männer ragten über kargen Betonstufen auf, zu groß, um menschlich zu sein, den Blick auf den Dächerhorizont über unseren Köpfen gerichtet. Am Fuß der Treppe hatte sich eine große Menschenmenge versammelt, darüber stand auf einer Plattform ein Redner, der etwas ins kreischende Mikro donnerte, das ich nicht verstehen konnte. Ein wenig unterhalb der Riesenfüße sahen wir eine Reihe Polizisten stehen, einige Stufen die Treppe hinauf, feierlich postiert wie ein Chor, Hände auf den Hintern. Und hinter dem Redner, im Schatten der Bäume, eine zweite Reihe. Wir mischten uns unter die Menge – ich folgte Jozef, der zum Redner vorrückte –, und schließlich standen wir da und wussten nicht, was wir anderes machen sollten, als zu klatschen, wenn die Menge klatschte. Neben mir sah ich einen Kerl mit Schnurrbart und einer ungebärdigen, schuppigen, die Augenbraue kitzelnden Locke, der zu niemand Bestimmtem sagte, dass die Polizei kommen und die Demonstranten niedermähen würde. Überrascht starrte ich ihn an, denn er war der König der Mitternacht höchstpersönlich; bei seinem Gesicht war ich mir zwar nicht sicher, doch sein Antarctica erkannte ich wieder. Ich weiß nicht, ob er sich an mich erinnerte, aber er zeigte auf die tiefer im Halbdunkel wartenden Laster im Rücken der schattenverhafteten Polizisten.

«Lass uns dichter ran. Ich will hören», sagte Jozef und schob sich weiter zum Redner vor.

«Ich glaube nicht, dass das eine gute Idee ist», sagte ich, aber Jozef drängte sich bereits durch das Gewühl, also folgte ich ihm. Wir blieben direkt vor dem Redner stehen, vor uns nur noch einige breitschultrige Sicherheitsbeamte, und schauten zu ihm auf. Der Redner hatte Tränen in den Augen, umklammerte einige Schwarzweißfotos und schimpfte über Massenvernichtung, Russen und die Pest und zeigte dabei die Fotos vor: ein Brachland namens Tschernobyl; krumme, knorrige Äste mit deformierten Monsterblättern; eine zweiköpfige Maus mit nur zwei Augen, deren beide Schnauzen in unterschiedliche Richtungen wiesen.

Mein Verstand war glasklar, und ich nahm alle Dinge um mich herum deutlich wahr: das Jaulen und Summen der Transistorradios; die haarigen Fettwülste im Nacken des Mannes vor mir; den Zitronenduft von Jozefs Haut; die zweifellos schon oft blutig geschlagenen Seehundhautknüppel der Polizisten; die KGB-Männer mit ihren gestreiften Hemden, die aus den Lastern stiegen, rauchten und zu uns herüberstarrten; die Unruhe unter den Polizisten, das Scharren ihrer Füße; die Menge, die zurückwich und sich zusammenzog, bis die Polizisten innehielten; die Frau oben am Fenster eines Gebäudes, die sich vorbeugte, gelassen eine Zigarette rauchte und ohne sonderliches Interesse das ganze Gewusel beobachtete.

Jozef legte sanft eine Hand auf meine Schulter und flüsterte mir ins Ohr, sodass seine Lippen mein Ohrläppchen berührten: «Wenn Polizei angreift, müssen wir laufen; verlieren wir uns, müssen wir dahin laufen» – er zeigte auf einen roten Kwass-Kiosk –, «unser Treffpunkt.»

«Okay», sagte ich, wollte eigentlich aber nicht fort, denn ich wusste, dass uns heute nichts geschehen konnte, dass wir, selbst wenn man uns verhaftete, zusammen davonkommen würden, dass dies der Hochzeitstag unserer Seelen war; eine Woge euphorischer Gelassenheit überkam mich. Ich wollte mich nicht vom Fleck rühren, wollte Jozefs Hand auf meiner Schulter spüren – ich kann noch immer ihr Gewicht fühlen, seinen Atem, der meinen Hals streift. Jenseits dieses Augenblicks gab es nichts, wohin ich gehen wollte. Ich sollte ihn so lang wie möglich auskosten, das wusste ich. Es gab nichts zu verlieren, doch alles zu gewinnen, wenn ich so gegenwärtig wie möglich blieb.

Also drehte ich mich zu ihm um, hielt sein Gesicht mit beiden Händen, presste meine Lippen auf seinen Mund und fühlte den Atem aus seiner Nase auf meiner Wange. Für die Menschen um uns herum mochte es wie der für Slawen so typische Überschwang brüderlicher Gefühle wirken, doch Jozef wusste, was ich tat, denn ich versuchte, ihm meine Zunge in den Mund zu schieben. Er öffnete die Lippen, ließ meine Zunge herein und behielt sie drinnen. Dann küsste er mich in den Nacken, biss sanft in meine Schulter und ließ eine Hand unter mein Hemd gleiten. Ich packte ihn bei den Schultern, zog ihn enger an mich. Wir küssten uns eine Ewigkeit und konnten uns nicht voneinander lösen.

Ein Vogel prallt gegen das Fenster meines Büros und schreckt mich auf – wie irrsinnig rast mein Herz im Kreis. Der Vogel – ein komatöser Spatz – liegt rücklings auf der Fensterbank, die kleinen Krallen greifen nach den Nuggets des Nichts. Ich habe diesen Kuss in der kryogenischen Kammer meiner Seele für eine Zukunft aufgespart, deren Perspektive sich täglich verengt, doch manchmal hole ich sie hervor und reize mich mit dem Gedanken, sie aufzutauen. Von draußen kann ich den Lärm der wartenden Studenten hören: einige junge Frauen mit ihren feministischen Essays über den *Sommernachtstraum*; ein attraktiver junger Bursche, der über Hamlet und Kurt Cobain schreiben will. Um mich herum stapeln sich kenntnisreiche Bücher, von denen ich in den letzten Jahren so manches auf der Suche nach ein wenig Weisheit oder doch zumindest auf der Suche nach Verweisen auf meine eigenen Publikationen durchgeblättert habe. Ich habe Jozef Pronek geliebt, denn ich hielt ihn für eine einfachere Version meiner selbst, für den Menschen, der ich gewesen wäre, wenn ich gewusst hätte, wie man lebt, wie man einen Platz in dieser Welt einnimmt. Heute habe ich mich durch den Unterricht gehangelt, durch *Lear*, habe meine Studenten

Gedanken zu der Frage entlockt, wie Lears Macht *destruiert* wurde und was das für diesen Mann bedeutete. Doch wie stets war es absurd – alle hatten was zu sagen, alle vertraten halbgare Ansichten, die auf den Gefühlen basierten, die sie zu diesem oder jenem hegten –, und ich hätte ihnen am liebsten die Stelle vorgelesen, in der Lear und Cordelia ins Gefängnis wollen und Lear sagt: «Komm fort! Zum Kerker fort!» Und er erzählt Cordelia von alldem, was sie in der Haft unternehmen können: Sie werden leben und beten, singen und sich alte Geschichten erzählen, über goldne Schmetterlinge lachen und armes Volk vom Hofe plaudern hören, auch mit ihnen schwatzen – wer da gewinnt, wer verliert, wer in, wer aus der Gunst, und tief geheimnisvoll werden sie tun, als wären sie Propheten der Gottheit. Und Cordelia sagt danach nichts mehr, kein Wort, man bringt sie beide in den Kerker, und Cordelia wird ermordet, Lear stirbt. Das wollte ich mit ihnen lesen und dann schweigend mit ihnen sitzen, damit sie sich fragten, was Cordelia gesagt haben könnte, damit ich an all das dachte, was ich hätte sagen können, damit mich der einfache, unkomplizierte Kummer überkam und wie ein Freund aus Kindertagen bei mir blieb.

Wir standen dort, seine Hand in meinem Nacken, und wir hörten aufgeregte Reden über die Größe dieses Augenblicks, über die Zukunft, die hinter jenen dunklen Wolken leuchtete, die unseren Horizont verdunkelten. Die Menschen jubelten, applaudierten und sangen Freiheitslieder. Die Polizisten rührten sich nicht, der KGB rührte sich nicht, die Riesen rührten sich nicht, und ich habe Jozef nie geküsst. Ich tat, als lauschte ich aufmerksam, während ich eine Entscheidung zu fällen versuchte, einen Augenblick nach dem anderen, ob ich mich zu ihm umdrehen, sein Gesicht halten, meine Lippen auf seinen Mund pressen sollte, und war mir allzeit doch schwindelerregend bewusst, wie unmöglich dies war. Jozef stand neben mir, ungerührt von meinem Verlangen, unversengt vom Feuer meiner Hölle.

Mein Magen verkrampfte sich, und eiserne Fäuste pressten sich an meine Schläfen, bis die Stirnhöhlen pulsierten. Vielleicht hat er was gesagt, vielleicht habe ich geantwortet. Vielleicht hat er mich einige Male angefasst, vielleicht bin ich zusammengezuckt. Doch ich habe ihn nicht angesehen, habe ihn nicht berührt, und so ging es Jahre. Endlich kehrten wir zum Schulungsgebäude zurück. Jozef machte sich auf die Suche nach Andrea. Ich ging auf mein Zimmer und schlief.

Als ich aufwachte, hatte sich Vivian neben mir zusammengerollt, ihr Gesicht ruhte auf ihrer Hand. Einen Moment lang dachte ich, ich hätte alles nur geträumt: den Putsch, den Nichtkuss, mein Leben. Vivian streichelte meine Wange und sagte mir, dass die Ukraine nun unabhängig sei. Doch ich sagte, sie solle gehen, ich wolle sie nicht mehr sehen, es läge an mir, nicht an ihr. «Warum? Warum?», rief sie. Das Bild, wie sie den Hals reckte, den Rücken durchdrückte, als sie aus meinem Zimmer ging, lässt mich oft über meine Grausamkeit nachdenken, bis mich ein Schniefen heftiger Trauer überkommt. Doch dann greife ich nach meinem Taschentuch und putze mir die moralintropfende Nase.

In den Tagen nach Beginn der Freiheit kroch ich bloß aus dem Bett, um daheim anzurufen. Begeisterte Banden frisch unabhängiger Ukrainer zogen mit blau-gelben Fahnen durch die Straßen. Ich redete mit meinem Vater, der mit erschöpfter, heiserer Stimme krakeelte: *«Shche ne vmrela Ukraina!»* Noch ist die Ukraine nicht verloren! Doch er lag im Sterben, bekannte Mutter ohne Umschweife, zu müde, um zu lügen. Alles in ihm, sagte sie, wurde vom Krebs aufgefressen – es sei nur noch eine Frage von Tagen.

Ich fand Jozef bei Andrea, er spielte Schach mit ihr. Andreas Sachen: Unterwäsche, Blusen, BH und zerknüllte Taschentücher lagen im Zimmer verstreut, als wäre eine Handgranate explodiert. Ich machte es kurz und bündig. Ich erzählte Jozef, ich hätte gerade erfahren, dass mein Vater aufgrund einer zu spät festgestellten Krebserkrankung im Sterben läge. Er umarmte mich, sein Atem glitt meinen Hals entlang. Andrea umarmte mich ebenfalls, küsste mich auf die Wange, ihre Lippen fest und warm. Damals dachte ich, ich würde sie in Chicago besuchen, doch daraus wurde nichts. Ich habe sie nie wieder gesehen, und ich habe Jozef nie wieder gesehen. Doch hat es Fremde und Passanten gegeben, die grausamerweise sein geliebtes Gesicht trugen, und manchmal habe ich ihn in einem langweiligen Hollywoodfilm unter den Komparsen erkannt. Einmal sah ich ihn im Fernsehen in einer Schar Greenpeace-Protestierer vor einem Kernkraftwerk irgendeinen Unsinn singen. Mittlerweile bin ich diese Phantasien gewohnt, so wie man sich daran gewöhnt, dass die Toten mit einem reden.

Ich packte und verabschiedete mich von Will – er hatte tatsächlich Tränen in den Augen, als er sagte: «Ich weiß bestimmt, dass dein alter Herr es schafft.» Ich nahm den Nachtzug nach Warschau und flog via Frankfurt nach Chicago, betäubt von dumpfem Schmerz, die einzige Ablenkung Albträume voller Reue. Die Beerdigung fand am Tag meiner Ankunft statt – er verschied, als ich in Frankfurt im Duty-free-Shop war und vorsorglich einige Flaschen Wodka Absolut kaufte, die wir nun bei seiner Totenwache trinken würden. Vom Flughafen kommend setzte ich mich in der Muzyka-Leichenhalle in die erste Reihe neben meine schluchzende, zitternde, tiefschwarz gekleidete Mutter. Mein Vater lag im offenen Sarg, und seine Kriegskameraden – alte Männer in graubraunen Anzügen, die ihnen zu groß geworden waren und nach Prostataproblemen stanken – umklammerten ukrainische Fahnen und hielten Reden über die Loyalität und Großmut meines Vaters, über seine Liebe zur Ukraine, über seine letzten Augenblicke reiner Freude, hatte er doch noch erleben dürfen, dass seine Heimat ein freies Land wurde. *Pan* Bek weinte, als er ein Gedicht von Taras Shevchenko las, in dem unsere Weizenfelder sich bis in die Ewigkeit erstreckten. Dann sangen alle «Shche ne vmrela Ukraina», den Blick nach oben gewandt, als versteckte die Freiheit ihr missratenes Gesicht hinter Rauchmeldern und abgedunkelten Deckenlampen. Schließlich standen Mutter und ich auf und gingen zu meinem Vater, um ihn zum Abschied zu küssen, ehe sich der Sargdeckel für immer schloss. Sein Gesicht war gehärtet und wie aus Plastik, die Augenlider steif wie Kronkorken. Als ich mich über ihn beugte, konnte ich die Spitzen seiner gestutzten, aus dunklen Löchern hervorlugenden Nasenhaare sehen, die sich nicht regten, da sie kein Atem mehr kitzelte. Ich gab meinem Vater einen sanften Kuss: Die Lippen waren straff und kalt. Ich weiß jetzt, wann man tot ist und wann man lebt.

# 4

## Übersetzt von Jozef Pronek

Sarajevo, Dezember 1995

*Lieber Jozef,*

*heute ich schreibe dir. Hast bestimmt gedacht, ich bin tot, bin ich aber nicht. Ist schwer hier, aber wir sind froh, dass Krieg vorbei ist. Wie geht es dir? Wie ist Amerika? Wann kommst du zurück?*

*Ich bin bisschen traurig. Gestern hab ich erinnert, dass ich hab gesehen Pferd bei Kosovo und muss ständig dran denken. Weiß nicht, warum, aber ich muss dir einfach paar Sachen erzählen. Das Pferd also, das ist auf Straße gegangen, frei, dabei fallen noch fünf Minuten vorher Bomben, überall Staub und Glas. Ich hab auf Krankenhaus aufgepasst, und Pferd stand vor großem Fenster, das nicht kaputtgegangen ist. Es hat sich selbst angesehen wie im Spiegel. Hat sich hierhin gedreht, dahin gedreht und hat gedacht, was bin ich schön. Hat sich gedreht und sich gemocht. Dann kracht die Bombe, Explosion zerbricht Fenster, und Pferd läuft weg. War es ein schönes Pferd, große Augen, hübsches Gesicht, war weiß und groß und hatte schwarzen Schweif. Ist weggerannt wie Pferd in amerikanischem Film.*

*Ich hab in diesem Krieg kein Gewehr abgeschossen. Ich hab Leute geholfen im Krankenhaus beim Sterben. Manchmal musst ich gehen an die Front, und man hat mir gegeben Gewehr, aber geschossen hab ich nie. Ich hab gewartet im Dunkeln, und du guckst ins Dunkel, und du weißt, Tschetniks sind da, und sie dich bestimmt beobachten. Einmal war ich mit mein Freund Jasmin (kennst du nicht), und wir reden, und ich seh roten Punkt auf seine Stirn, und eine Sekunde später Kopf explodiert wie Granatenapfel. Diese Sekunde, wenn ich seh, aber nichts kann sagen, weil der Tod sehr schnell ist, diese Sekunde ist die schlimmste Sekunde in mein Leben. Ich war auch in die Žuč. Ich weiß nicht, ob du weißt, wo die Žuč ist, aber da sind viele Menschen gestorben. Ich hab viel Schlimmes gesehen. Schlafen ist schwer. Ich hab Schlimmes gesehen auf unsere Seite. Einmal, ich hab geredet mit Mann, der war unser Heckenschütze, seine Stellung war auf Hotel Bristol. Und jeden Tag der Mann hat gesehen diesen Soldaten, der traf seine Frau. Sie kam von Zuhaus, und er kam aus seine Stellung, sie haben geküsst und Hände gehalten. Dann geht sie wieder nach Haus, und er geht zurück zu seine Einheit. Dieser Heckenschütze sagt, er denkt, das ist nett, weißt du, diese Liebe, also beobachtet er sie jeden Tag. Er kann sie töten, aber ist nett, diese Liebe. Die Frau war hübsch. Aber eines Tages sie kommt und bleibt stehen etwas weiter weg, und er kann Soldaten auf Platz stehen sehen wie immer, und sie sagt ihm mit Hand, er soll kommen, aber er will nicht, und dann hat sie ihn gerufen, und dann kommt er. Und der Heckenschütze schießt. Er sagt mir, wenn Frau ihm sagen kann, was er tun soll, kann er nicht leben, also bringt er ihn um. Weißt du, das Schlimmste war, ich fand es ganz lustig, wir haben gelacht wie verrückt. Wir waren damals bisschen verrückt, die Tschetniks haben uns ganze Zeit umgebracht. Du hast nichts gesehen, wenn du nicht gesehen hast, wie Granate die Wasserschlange trifft. Leute müssen warten, weil das ist das einzige Wasser, was es gibt, und sie wissen, die Tschetniks beobachten, und dann schlägt Granate ein, und du siehst Hirn und Gedärm und Rückgrat, Kinder, Frauen, alle tot, kleine Fleischbrocken.*

*Aber ich red zu viel. Verstehst du, ich weiß nicht, worüber ich kann reden. Krieg ist alles für mich. Ich will über anderes reden, aber für mich gibt's keine Filme, keine Musik, keine Bücher. Halt, stimmt nicht, ein Buch hab ich gelesen, eins aus unserer Kindheit:* Die Helden aus Pavlos Straße. *Du kennst das Buch, ist über Jungs, die eine Burg bauen und gegen andere Kinder kämpfen. Als ich ins Gebirge Treskavica bin, hab ich das Buch mitgenommen. Du kennst Treskavica nicht. Wir sind groß geworden in Sarajevo, sind Asphaltkinder. Treskavica kannst du dir nicht vorstellen. Die Berge sind so wild, das glaubst du nicht: Steine und Felsen und Schluchten und Höhlen, drei Million Jahre alt. Hundert Jahre lang ist da kein Menschenfuß gegangen. Letzter Krieg war in Bergen von Treskavica, weiß nicht, ob du gewusst hast. Bosse waren in Dayton, haben geredet wie Freunde, und wir mussten hin und um diese Ödnis kämpfen. Und weißt du, was ich hab getan? Ich hab Verwundete und Tote getragen. Wir sechs, wir mussten eine Trage mit einem Verwundeten tragen und uns abwechseln. Manchmal hat der Verwundete keine Beine, blutet bloß, und die haben ihm Morphium gegeben. Aber wir müssen ihn sechs Stunden über Steine und Felsen und durch Schluchten schleppen, und wenn wir fallen, dann fallen wir in Abgrund. Nach zwei Stunden Morphium hilft nicht mehr, Schmerz kommt zurück, und er zappelt wie Ferkel und haut uns Hände an den Kopf, als wären wir schuldig an sein Schmerz. Manchmal er stirbt, und das gefällt uns, weil dann keine Eile mehr. Wir setzen uns hin und rauchen, und irgendwer hat was zu trinken. Aber der Verwundete hat einen Bruder, einen Freund, der kommt hinter uns her, und er sagt: Wenn er stirbt, bring ich euch um, und er macht, dass wir rennen, wir müssen Berg runterrennen, der ist so steil und so hoch, da wird dir schwindlig. Wir rennen sechs Stunden, wir denken, wir sterben. Treskavica ist sehr weit weg von Rest der Welt. Manchmal wir rennen sechs Stunden, um den Mann ins Krankenhaus zu bringen, und er stirbt nach fünf Minuten, und wir haben nichts gewusst. War verrückt. Ich hab Pferd gesehen in Treskavica, das hat sich umgebracht. Wir haben diesen Mann getragen, der hat mit Hand gehalten seinen Bauch, damit nichts rausfällt. Er hat geschrien, immer, und wir mussten laufen. Wir rennen an eine Einheit vorbei, die lagert an einem steilen Abhang – man guckt runter und sieht aus wie ein großes, tiefes Loch in der Erde. Dieser Mann ist dann gestorben, also halten wir wegen ein bisschen Wasser, und wir sitzen, weil wir kriegen keine Luft. Das ist da so hoch, da gibt's keine Luft. Wir haben Pferd gesehen, Munitionspferd, ziemlich klapprig und hungrig und traurig. Das Pferd geht langsam bis an den Rand, wir denken, es will grasen. Ein paar Soldaten schreien: Komm zurück! Aber es geht langsam weiter, und dann bleibt es am Rand von Abgrund stehen. Wir gucken zu aus drei Metern. Pferd dreht sich um, schaut uns direkt an, wie ein Mensch, große, feuchte Augen, und dann springt es – hopp! Es springt einfach, und wir hören schwaches Echo, als Pferd auf Steine schlägt. Nie hab ich was so Trauriges gesehen.*

*Tut mir Leid, ich red zu viel. Wir in Sarajevo, wir haben keinen, mit dem wir reden, bloß uns, aber keiner will diese Geschichten hören. Ich kann nicht mehr reden. Jetzt redest du. Ich wart auf dein Brief. Du musst schreiben. Schick mir ein Buch. Ich kann ein bisschen englische Sprache, vielleicht ein Krimi, vielleicht was über Kinder. Hab ich doch gesagt, ich bin verrückt. Schreib mir.*

*Dein Mirza*

*P.S.: Frohes neues Jahr!*

# 5

# Der tiefe Schlaf

◆

Chicago,
1. September–15. Oktober 1995

**Der dösende Wachposten**, Finger am Revolverhalfter, drohte vom Stuhl zu sacken. Pronek ging an ihm vorbei, schob die Gittertür auf und betrat den Fahrstuhl, den noch die wohlriechende Abwesenheit einer Frau erfüllte: Pfirsichnote, hautwarm, schwer. Pronek malte sich die Frau aus, die diesen Duft verströmt haben mochte, und sie war wirklich einen Blick wert: groß, langbeinig und hinreißend, das Haar drahtig und schwarz, in der Mitte gescheitelt, die Augen dunkel, die Lippen mit Schmollmundschwung. Sie fischte eine Zigarette aus ihrer Handtasche, die schwerer als nötig schien, wandte sich zu ihm um, als erwarte sie, dass er ihr freundlich sein Feuerzeug anbiete, und sagte: «Ich war auf der Suche, aber ich schätze, ich habe ihn gefunden.»

Mit zusammengekniffenen Augen musterte Pronek die Stelle, an der die Frau gestanden haben mochte, und er sah sich, wie sie ihn gesehen haben würde: Groß, früher schlaksig, weshalb seine lässigen Bewegungen nicht mit seiner fettgepolsterten Figur übereinstimmten, den Kopf fast kahl rasiert, verunziert von einigen helleren Flecken (er schnitt seine Haare selbst), ein graues Sweatshirt, auf dem quer über die Brust ILLINOIS stand, verschlissene Jeans mit einigen Spritzern Granatapfelsaft und Stiefel, die einen militärischen Eindruck machten, wenn man vom Riss in der linken Sohle absah – der Septemberregen hatte schon seine linke Socke durchweicht. Als er aus dem Fahrstuhl trat, folgte ihm ein Hauch Parfüm. Ein leerer Flur: Nach links und nach rechts standen reihenweise die Türen stramm. Über einer der Türen in der rechten Hälfte leuchtete das Schild EXIT. Pronek merkte sich die Tür – nur für den Fall, dass er es zu eilig haben sollte, um auf den Fahrstuhl zu warten. Er suchte das Büro 909 und beschloss, nach rechts zu gehen. Der farblose

Teppich dämpfte seine behutsamen Schritte. Der ellbogenförmige Flur roch nach Toilettenammoniak und süßlichen Zigarren, und der Parfümduft verflog. Pronek versuchte, die Toilettentür zu öffnen – grün, robust, darauf die Kontur eines Mannes –, doch sie war verschlossen. Als er mit der Schulter dagegendrückte, bebte der Rahmen: Die Tür ließe sich ohne große Mühe aufbrechen. Er stellte sich vor, dass hinter dem milchigen Toilettenfenster fünf Feuerleitern nach unten führten und er durch die Gasse zurück zur Michigan Avenue kam, auf der er wohlbehalten in der Menge untertauchen konnte.

Plötzlich hörte Pronek ein Geräusch, das ihm schon eine Weile in den Ohren geklungen hatte, aber noch nicht bis zu seinem Hirn vorgedrungen war: ein gedämpftes Plopp – erst eins, dann zwei – am Ende ein Klicken. Fast wie eine Waffe mit Schalldämpfer. Alles in Pronek verkrampfte sich, das Herz wummerte wie eine Dschungeltrommel – er war überzeugt, dass sein beschleunigter Puls im Flur laut widerhallte. Er spürte, wie sich Schweißtau in seinen Brauen sammelte, wie sich dicke Schmerzknoten in seinen Schenkeln bildeten. Auf Zehenspitzen schlich er an den Türen vorbei: 902 (Sternwood Stahlexport), 904 (Marlowe Van Buren Software), 906 (Bernard Ohls Rechtshilfe), 908 (leer), 910 (Riordan & Florian Zahnlabor) – das Ploppen drang, zusammen mit trübem Licht, hinter der abgedunkelten Glasscheibe von 910 hervor. Pronek sah Menschen aufgereiht auf dem Boden liegen, Gesicht nach unten, manche schon tot, Blut und Haar an der Wand, Hirn blubberte auf dem Teppich. Sie zitterten, warteten darauf, dass der lautlose Mann mit marmorgrauem Gesicht eine Kugel in ihr Genick ploppte, und wussten, dass sie in namenlosen Gräbern enden würden. Auf den überraschenden Schuss reagierten sie mit heftigem Zucken, dann das Erschlaffen im Tod, ihr Blut, das friedlich den Teppich durchnässte. Wieder ein Plopp. Pronek hatte mindestens sechs gezählt und nahm an, dass dem Killer langsam die Munition ausging. Es war riskant, es ging ihn nichts an, also drückte er die Klinke nach unten und streckte den Kopf durch die Tür.

Ein groß gewachsener Mann mit gelbem Schutzhelm drückte einen orangefarbenen Tucker an die hintere Wand. Er spürte Proneks Anwesenheit und drehte sich langsam um. Seine Haut war blass, er hatte eine Rasur bitter nötig und trug einen schmutzigen Overall mit winzigen Golfballknöpfen, darunter ein grünes Hemd. Entschlossen starrte er Pronek an, das Kinn vorgereckt, als rechnete er mit einem Fausthieb, der Tucker zeigte zu Boden. «Kann ich Ihnen irgendwie helfen?», fragte er und runzelte unter seinem Helm die Stirn. Pronek sah, dass seine Brauen über der Nase fast zusammenstießen. «Entschuldigen Sie», sagte Pronek, «ich suche Büro 909.»

Auf dem Schild von Büro 909 stand GREAT LAKES EYE, und darunter prangte ein schwarzweißes Auge mit langen, aufwärts gebogenen Wimpern. Pronek zögerte einen Augenblick, ehe er anklopfte – die Hand erhoben, die Finger vor dem Auge gekrümmt, dann klopfte er, schlug mit drei Fingerknöcheln an, sodass das Glas bedrohlich bebte, öffnete die Tür und betrat ein leeres Wartezimmer. Er sah eine zweite Tür – geschlossen – und Zeitschriften, die auf den wenigen Stühlen und selbst auf dem schmuddeligen Boden verstreut lagen, als wären sie durchsucht worden. Das Wartezimmer wurde von einer Ecklampe mit schlankem Hals erleuchtet, die sich leicht vornüberbeugte und sich offenbar jeden Augenblick das Genick brechen wollte. In der oberen linken Zimmerecke klebte ein unterentwickeltes Spinnennetz ohne Spinne, und an der gegenüberliegenden Wand hing ein Meerbild mit dramatischem Sonnenuntergang – als hätte jemand unter Wasser ein Streichholz angezündet. ACAPULCO stand unten rechts, WO MAN INS TRÄUMEN GERÄT. Pronek besah sich das Bild, malte sich aus, wie er am Strand von Acapulco Gitarre spielte, und spürte, wie ihm die Tränen kamen.

Die Tür ging auf, und ein Mann und eine Frau kamen heraus. Sie lachten jemandem freundlich zu, der selbst unsichtbar blieb. Der Mann – groß und schwarz – setzte einen Filzhut mit kleiner, bläulicher Feder auf, die nicht nur perfekt zu seinem feschen marineblauen Anzug passte, der sich bequem um seine breiten Schultern schmiegte, sondern auch zu seinen Krokodillederstiefeln mit den kleinen Explosionen auf den Zehen. Die Frau war blass und schlank mit blondem, jungenhaftem Haar und spitzem Kinn. Sie hatte die straffe, muskulöse Figur einer Langstreckenläuferin, einen schönen, grazilen Hals, und sie legte die Spitze ihres Zeigefingers ans Kinn, während sie dem Mann drinnen zuhörte, der sagte: «Was ihr braucht, das sind ein paar Bilder.» Pronek stellte sich vor, wie er sanft ihren Nacken unter dem kleinen Haarschweif berührte, und er dachte an den Schauder, der sie überlaufen würde. «Darauf kannst du wetten», sagte die Frau, trat ins Wartezimmer und schenkte Pronek kaum Beachtung. «Du hast hier einen Kunden, Owen», rief der fesche Mann, als er der Frau folgte, und ein Kopf schoss hinter der Tür hervor und hielt mit Stielaugen nach Pronek Ausschau. «Meine Güte, ein Kunde», sagte der Kopf, und das Paar schloss kichernd die Tür. «Warum kommen Sie nicht herein?»

Pronek folgte dem Mann und machte die knarrende Tür hinter sich zu. Es war ein heller Raum mit Blick auf den Grant Park und den graubraunen See dahinter, dessen Wellen behäbig an den Strand schwappten. Pronek entdeckte ein Sofa mit verblassendem Lilienmuster und einen Beistelltisch mit aufgestelltem Schachbrett. Pronek ließ sich auf das Sofa fallen, und die Kluft zwischen den Kissen verbreitete sich und stierte auf Proneks Schenkel.

«Ich bin Taylor Owen», sagte der Mann.

«Ich heiße Pronek», sagte Pronek. «Jozef Pronek.»

«Schön, Sie kennen zu lernen, Joe», sagte Owen.

Owen hatte Schweißflecken unter den Achseln und einen Buckel, als steckte ein Kissen unter dem beigefarbenen Hemd. Sein Schlips war wassermelonenrot und saß festgezurrt unterm Adamsapfel, der beim Sprechen wie ein Pingpongball munter auf und ab hüpfte. Rund um eine kleine Insel nutzloser Haare über der Stirn und einiger gräulicher, über den Ohren aufgebauschter Lockenbüschel war er kahl. Er saß hinter einem schmalen, mit Papieren übersäten Schreibtisch, und wenn er sich in seinem Sessel zurücklehnte, berührte sein Hinterkopf die Wand.

«Ich hab angerufen, mit wem geredet», sagte Pronek. «Wegen Job. Ich denk, Sie suchen Detektiv.»

«Detektiv?», gluckste Owen. «Lassen Sie mich raten: Sie haben ein paar Krimis gesehen, stimmt's? Mit Bogart und so.»

«Nein», sagte Pronek. «Na ja, doch. Aber ich weiß, so ist es nicht.»

Owen starrte ihn einen Moment lang an, als fragte er sich, was er mit ihm anfangen sollte, und sagte dann: «Wo kommen Sie her?»

«Bosnien.»

«Nie gehört.»

«Gehörte zu Jugoslawien.»

«Aha», sagte Owen erleichtert. «Der richtige Ort, um jetzt nicht da zu sein.»

«Ja», sagte Pronek.

«Sind Sie ein Kriegsveteran?»

«Nein. Ich bin kurz vor dem Krieg hergekommen.»

«Haben Sie eine Blue Card?»

«Eine was?»

«Irgendwelche Erfahrungen in diesem Beruf?»

«Nein.»

«Wissen Sie, mein Junge, hierzulande gibt es keine Detektive mehr. Das ist lange vorbei. Seither waren wir Agenten, aber auch das gehört schon der Vergangenheit an. Jetzt sind wir Privatermittler, wenn Sie verstehen, was ich meine.»

«Klar», meinte Pronek. Eine schwarzweiße Taube hockte auf dem Fensterbrett und drängte sich in eine Ecke, als fröre sie.

«Hat sich was mit Bogey, Junge. Ich bin schon ziemlich lang in diesem Business. Hab in den Sechzigern angefangen und in den Siebzigern gearbeitet. Arbeite immer noch, wenn Sie verstehen, was ich meine.»

«Klar.»

«Ich hab schon gearbeitet, als Bürgermeister Papa Daley noch den Laden schmiss ...»

Hinter den Papiertürmen klingelte das Telefon und ließ Pronek zusammenfahren. Owen riss den Hörer von der Gabel, rief: «Ja?», richtete seinen Blick von Pronek zum Fenster und schaute über die zitternde Taube hinweg auf den See. Es war ein sonniger Tag, kalt und immer noch stürmisch. Abrupt keuchte der Wind auf, schlug wummernd an die Fensterscheibe und übertönte das grollende Gebrumm der Michigan Avenue. Ein Bild von einer Herde Bullen, die eine Schar Männer mit roten Schals durch eine enge Gasse jagten, hing über Owens Buckel. Ein paar der Männer wurden niedergetrampelt von den Bullen, die sie gar nicht wahrzunehmen schienen.

«Den Scheißer kannste vergessen», sagte Owen, hievte die Füße auf die Schreibtischecke und kippelte seinen Stuhl an. «Shampoo? Hältst du mich für blöd? Oder willst du mich verarschen?»

Auf dem Tisch lag eine Reihe Briefe, die offenbar ziemlich ungeduldig aufgerissen worden waren, außerdem einige dicke schwarze Ordner. Mit dem kleinen Finger kratzte sich Owen die etwa münzgroße Haarinsel auf seinem Kopf und begann, schneller mit dem Stuhl zu wippen. Die Taube hielt die Augen fast geschlossen, wandte dann aber den Kopf und schaute Pronek grinsend direkt ins Gesicht. Pronek schlug ein Bein über das andere, presste die Pomuskeln zusammen und verkniff sich einen Furz.

«Ich weiß, was du durchmachst. Ist beschissen, sicher. Aber da geht es dir nicht anders als dem Rest der Welt.» Er hörte einen Moment zu. «Spar dir die Sprüche, Darling, okay?»

Die Taube war aufgebläht, als steckte ein kleiner Ballon unter ihren Federn. Und wenn die Taube eine Überwachungskamera ist, dachte Pronek, eine künstliche Taube mit einer winzigen Kamera im Kopf? Eine Taube, die nur tat, als wäre ihr übel, und die sie dabei beobachtete?

«Okay, ich sehe dich heute Abend nach dem Fight. Ja, ich dich auch», sagte Owen, legte auf, drehte sich mitsamt dem Stuhl wieder zu Pronek um und seufzte: «Meine Frau ist Punktrichterin beim Boxen. Können Sie sich das vorstellen? Eine Punktrichterin. Sitzt am Ring, sieht zu, wie sich zwei Typen verprügeln, und zählt die Treffer. Scheiße, immer wenn ich das erzähle, glauben die Leute, ich will sie auf den Arm nehmen.»

«Ist doch normal», sagte Pronek, der nicht wusste, was er sagen sollte.

Owen zog eine Schublade auf, die mit grässlichem Kreischen dagegen protestierte, entnahm ihr eine Flasche Wild Turkey, goss sich einen großzügigen Schluck in eine Tasse, auf der ringsum CHICAGO BULLS geschrieben stand und schüttelte den Kopf, als bedauerte er bereits seinen Entschluss. Er schlürfte den Whiskey, verzog das Gesicht, als hätte er Urin geschmeckt, und stellte die Tasse mit jetzt leicht gerötetem Gesicht wieder ab. Er sah Pronek an, als wollte er durch ihn hindurchschauen.

«Sie wollen also Privatermittler werden?»

«Das würde ich gern», sagte Pronek.

«Wir lösen hier aber keine großen Fälle. Reiche Frauen machen uns keine Anträge. Wir geigen den Bossen nicht die Meinung und wachen auch nicht mit eingeschlagenem Schädel in irgendeinem Graben auf. Wir verdienen uns unsere Brötchen mit Scheidungen, Observationen und dem Aufspüren abgewrackter Daddys, kapiert? Keine Abenteuer, dafür aber einen Haufen Arbeit, die uns die Miete einbringt. Alles klar?»

«Okay», sagte Pronek.

«Kennen Sie das Bildungsministerium?»

«Liegt in der City», sagte Pronek.

«Wissen Sie, wo Pullman ist?»

«Nein.»

«Unten im Süden. Kennen Sie Six Corners?»

«Nein.»

«Irving Park und ... ach, scheiß drauf! Haben Sie ein Auto?»

«Nein, aber ich will kaufen ein Auto.» Pronek wand sich auf

seinem Stuhl. Ein Schweißtropfen rollte aus der linken Achselhöhle herab.

«Haben Sie einen Fotoapparat?»

«Nein.»

«Wissen Sie, wie man jemanden beschattet?»

«Beschattet?», fragte Pronek verdutzt. «Sie meinen, ich soll jemandem das Licht ausknipsen?»

Owen formte mit seinen Händen eine Pyramide, stemmte die Spitze unter seine Nase und schob sie ein wenig hoch, sodass sich der Nasenrücken kraus zog. Dann funkelte er Pronek an, als beleidigte ihn seine bloße Gegenwart, und er rollte die Lippen ein, bis sein Mund nur noch eine dünne Linie war. Pronek wollte ihm sagen, dass er lernen könne, dass er auf Draht sei, dass er Journalist gewesen war, mit Leuten geredet hatte – er würde bestimmt einen brauchbaren Privatermittler abgeben. Doch es war zu spät: Owen blinzelte wie in Zeitlupe und sammelte seine Kräfte, um das Gespräch zu beenden. Er öffnete die Pyramide, rollte seine Lippen aus und sagte:

«Hören Sie, mein Junge, Sie gefallen mir. Ich bewundere Leute wie Sie, die unser Land erst zu dem gemacht haben, was es heute ist: elende Nichtsnutze, die zu uns rüberkommen und Amerikaner werden wollen. Die Familie meiner Mutter war genauso, kam ganz aus Polen hier an. Aber ich werde Ihnen keinen Job geben, bloß weil ich Sie mag. Muss schließlich auch an meine Miete denken, nicht? Wissen Sie was? Sie geben mir Ihre Telefonnummer, und ich rufe Sie an, wenn sich was ergibt. Okay?»

«Okay», sagte Pronek.

Owen beobachtete ihn, erwartete, dass er aufstand, ihm die Hand gab und ging. Aber Pronek fühlte sich plötzlich so schwer, dass er nicht vom Sofa hochkam. Nichts rührte sich im Zimmer oder gab einen Laut von sich. Sie konnten die kranke Taube gurren hören.

«Okay», wiederholte Owen, als wollte er den Bann brechen.

Pronek stand Ecke Granville und Broadway, sah seinem Atem zu, der in Wolken vor seinen Augen aufstieg und verflog, und wartete auf Owen. Der Laden für Bilderrahmen auf der anderen Straßenseite stellte im Fenster hübsch gefasste Bilder von Halloween aus – Gespenster, die über zerzausten Kindern schwebten, Monster, die aus Gräbern aufstiegen. Das Ladenfenster begann zu leuchten, als die Sonne, die größtenteils noch unter Wasser war, langsam aus dem See aufstieg. Ein Mann mit einem kugeligen Kropf, der ihm seitlich aus dem Hals hervorspross, betrat den Diner auf der Granville. Pronek dachte, der Mann ließe sich einen zweiten, kleineren Kopf wachsen und stellte sich das Relief eines kleinen, fiesen Gesichts unter der straffen Kropfhaut vor. Gegenüber wurde am Broadway ein Shoney's abgerissen: Was ehemals Parkplatz gewesen war, war jetzt ein Schlammfeld. Das Gebäude hatte keine Fenster mehr, die Böden waren herausgerissen, Kabel hingen wie Nervenenden von der Decke. Direkt vor Pronek hielt an der Ampel ein wummernder Wagen, in dem ein Teenager saß, die Brust mit einem Panzer aus Goldketten behängt. Er trommelte mit den Zeigefingern auf das Lenkrad, blickte sich um, zielte mit einem Finger auf Pronek und erschoss ihn. Pronek lächelte, als hätte er den Witz verstanden, doch dann bog der Teenager nach Osten ab und verschwand die Granville hinunter. Pronek fror, Owen kam zu spät. Die Schlagzeile der *Chicago Tribune* unter der verschmierten Glasscheibe des Zeitungskastens lautete: TAUSENDE IN SREBRENICA ERMORDET. In einiger Entfernung sah Pronek einen büchsenförmigen Broadwaybus in regelmäßigen Abständen auf leerer Straße halten; Sonnenlicht blitzte auf seiner Windschutzscheibe.

Owen fuhr vor, tauchte mit kreischenden Bremsen aus dem Nichts auf und hielt unmittelbar vor Pronek an. Er saß in einem alten Cadillac, der wie eine scheußliche Kreuzung aus Panzer und Schubkarre aussah. Und noch ehe Pronek sich in Bewegung setzen konnte, hupte Owen ungeduldig, ein Lärm, der das frühmorgendliche Gesumm zerschnitt. Pronek zog die Tür auf, und eine Wolke Zigarettenrauch und Kaffeegeruch entwich auf die Straße. Owen sagte nichts, legte einen Gang ein und fuhr los – ein Bus schoss vorüber und verfehlte sie nur um Haaresbreite. Beim Fahren hielt Owen beide Hände oben am Steuer, blickte abwechselnd auf die Straße und stirnrunzelnd auf das Ende seiner Zigarette, die sich in das Aschegespenst ihrer selbst verwandelte. Schließlich fiel die Asche in seinen Schoß, und wie auf ein Stichwort sagte Owen: «Ist verdammt früh. Aber was will man machen? Wir müssen den Typen erwischen, solange er noch zu Hause im Bett liegt.»

Pronek blieb stumm und grübelte über eine Frage nach, die ihm nicht allzu viele Worte abverlangte. Sie standen auf der Hollywood vor einer Ampel. An dem Wagen vor ihnen prangte ein Aufkleber: PASST DIR MEIN FAHRSTIL NICHT, FRISS SCHEISSE.

«Wer ist der Typ?», fragte Pronek.

«Das ist vielleicht eine Nummer, sag ich Ihnen. Ein Serbe, glaub ich. Ist um die fuffzehn Jahre hier, mit einer Amerikanerin verheiratet, ein Kind, hat sich aber wieder scheiden lassen. Ein Daddy auf der Flucht. Konnten den Dreckskerl nirgends auftreiben, tauchte auch vor Gericht nicht auf, und die Frau bekam keinen Unterhalt für das Kind. Ich muss dafür sorgen, dass er die Vorladung annimmt. Wenn er sich dann nämlich vor Gericht nicht blicken lässt, können wir ihm die Bullen auf den Hals hetzen. Seid ihr drüben eigentlich alle solche Dreckskerle?»

Er drückte die Zigarette in einem Aschenbecher aus, der mit Kippen überquoll, einige waren auch schon auf den Boden gefallen. Pronek stellte sich vor, er müsste die Asche und selbst die Kippen aufschniefen: eine prima Methode, um unter Folter ein Geständnis zu entlocken. Angewidert hustete er.

«Was sind Sie für einer?», fragte Owen. «Drüben kämpfen doch Serben gegen Moslems, stimmt's? Sind Sie Serbe oder Moslem?»

«Ich bin kompliziert», sagte Pronek und würgte. Das Auto war wie eine Gaskammer, und Pronek hätte am liebsten den

Kopf in die Höhe gereckt und aus der Luftblase direkt unter dem Wagendach geatmet. «Man könnte sagen, ich bin der Bosnier.»

«Ist mir furzegal, solange dieselbe Sprache gesprochen wird. Sie sprechen doch seine Sprache, nicht? Jugoslawisch, oder?»

«Glaub schon», sagte Pronek.

«Gut», sagte Owen. «Das brauchen wir jetzt. Deshalb hab ich Sie angerufen. Sie erledigen den Job, Sie kriegen sechzig Dollar, und Sie sind ein glücklicher Mann.»

Owen zündete sich eine weitere Zigarette an, ließ sein Zippo zuschnappen und inhalierte so feierlich, als saugte er einen Gedanken ein. Die Haarinsel hatte sich zu einer Ranke entwickelt, die ihm aus der Stirn wuchs und fast bis an die Brauen reichte. Er fuhr über die Bryn Mawr, auf der bereits eine Schar Spinner in Aktion war: ein Mann, der Streichhölzer über Zigaretten anzündete, die er vor sich auf dem Bürgersteig angehäufelt hatte, wobei er in seinen Bart brummelte, als vollzöge er ein abstruses Ritual; eine zahnlose Alte in Trikothose, zwischen deren Schenkeln sich ein feuchter Fleck ausbreitete; ein Mann mit extrem starken Brillengläsern, der lauthals über Jesus predigte. Sie fuhren am Beerdigungsinstitut vorbei: Jemand in einem schwarzen Mantel schloss die Haustür auf, rückte die Fußmatte zurecht und gähnte dabei ununterbrochen – offenbar war heute schon jemand in aller Frühe gestorben. Sie hielten auf der Lawrence und bogen dann nach rechts.

Während sie nach Westen fuhren, spürte Pronek, wie ihn ein warmer Sonnenstrahl im Nacken kitzelte. Die Windschutzscheibe wies dicke Dreckbrauen auf, unter denen einige zermatschte Insekten klebten. Als könnte er seine Gedanken lesen, sagte Owen: «Lassen Sie mich Ihnen eine Frage stellen: Was geht einer Fliege, die auf die Windschutzscheibe knallt, als Letztes durch den Kopf?»

Stolz auf seine eigene Gewitztheit warf er Pronek einen verschmitzten Seitenblick zu. «Was glauben Sie?», fragte er noch einmal, stieg auf die Bremse und hupte wie verrückt.

«Weiß nicht», sagte Pronek. «Wäre ich bloß woanders langgeflogen.»

Wieder stieg er auf die Bremse. «Falsch. Einen Versuch haben Sie noch.»

«Ich komm nicht drauf.»

«Ihr Arsch. Der Fliege, die gegen die Windschutzscheibe prallt, geht als Letztes ihr Arsch durch den Kopf.» Er fing an zu lachen und knuffte Pronek in die Seite, bis sein Gewieher zu einem Keuchen wurde und dann in einen heftigen Husten überging. Sie hielten an der Ampel in der Clark Avenue, und er trommelte sich wie ein Gorilla auf die Brust, die Haarranke zitterte, die Kehle zuckte krampfhaft.

Pronek begriff, dass es eine ganze Welt von Menschen gab, von denen er nichts wusste – die Welt der Frühmenschen. Im morgendlichen Sonnenlicht hatten ihre Gesichter eine andere Farbe, und sie schienen sich so zeitig am Morgen wohl zu fühlen, obwohl sie bereits auf dem Weg zur Arbeit müde waren: Er sah ihnen an, dass sie gefrühstückt hatten, die Augen waren weit geöffnet, die Blicke wachsam – wohingegen Pronek noch unter seiner Benommenheit litt, den juckenden Augen, den angespannten, müden Muskeln, dem zerknitterten Gesicht, dem grollenden Magen, dem Eitergeschmack im Mund und dem generellen Gedankenmangel. Die Frühmenschen um sechs Uhr, die Menschen, die wach waren, wenn Owen und seine Leute schliefen: Alte, spindeldürre Damen mit Plastikhaube über sorgsam aufgestecktem Haar, das an graue, eingewickelte Salatköpfe erinnerte; alte Männer, die in unauffälligen Anzügen ihr morgendliches Spazierritual absolvierten; Jugendliche in McDonald's Uniformen, auf dem Weg zur Frühschicht schon von mittäglicher Müdigkeit gebeugt; Jogger, die mit weißen, bis zu den Knien hoch gezogenen Sportsocken in Zeitlupe zu laufen schienen; Verkäuferinnen mit frisch aufgetragenem Make-up und schwarzen Strumpfhosen, die kreischende Kinder in einen Bus zerrten; Arbeiter, die Granatäpfel kistenweise in einen Container luden – sie alle schienen einer sinnvollen Tätigkeit nachzugehen.

Owen hörte auf zu husten, räusperte sich selbstgewiss und fragte:

«Haben Sie drüben noch Familie?»

«Wo?», fragte Pronek verwirrt vom plötzlichen Themenwechsel ihrer Konversation.

«In Phnom Penh, wo sonst? Haben Sie noch Verwandte da, wo Sie herkommen?»

«Sicher, meine Eltern sind noch da, leben aber noch.»

«Und? Wer will sie umbringen? Ich krieg das nie auf die Reihe. Sind sie Moslems?»

«Nein», sagte Pronek. «Sie wohnen in Sarajevo. Es gibt Serben, die wollen in Sarajevo und in Bosnien alle Moslems umbringen, aber auch die Leute, die die Moslems umbringen wollen.»

«Dann hassen Sie diesen Dreckskerl bestimmt, oder?»

«Ich weiß noch nicht», sagte Pronek. Was, dachte er, wenn er das alles nur träumte. Was, wenn er einer dieser Frühmenschen wäre, kurz davor aufzuwachen, die Schlummertaste zu drücken und noch einige Minuten im Bett liegen zu bleiben. Owen trat wieder auf die Bremse, und Pronek stemmte sich gegen das Armaturenbrett, um nicht durch die Windschutzscheibe zu fliegen. Sie waren in der Western: eine Lincoln-Statue machte den typischen Ausfallschritt, griesgrämig wie eh und je, Kopf und Schultern mit getrocknetem Taubendreck übersät. «Hier irgendwo wohnt der Dreckskerl», verkündete Owen, drehte auf der Western und überfuhr dabei fast einen gedrungenen Geschäftsmann, der über die Straße hastete und dabei seine Aktenmappe an sich drückte.

Sie parkten in einer leeren Straße mit zwei gegenüberliegenden Reihen ockerfarbener Ziegelsteinhäuser. Owen strich sich die Locke zurück, bis sie ihm wieder am Schädel klebte. Er blickte in den Rückspiegel, die Augen wegen der qualmenden Zigarette zusammengekniffen; der Buckel atmete. Die Häuser sahen alle gleich aus, als stammten sie aus ein und derselben beschissenen Fabrik, doch waren die Rasenflächen unterschiedlich: manche gemäht und ordentlich wie ein Fußballfeld, andere voll mit Gerümpel, kleinen Haufen Hundescheiße und nassen, zusammengekehrten Blättern. Owen zeigte auf das Haus, vor dem wie eine Flagge ein ZU VERKAUFEN-Schild hing.

«Ich möchte, dass Sie Folgendes tun», sagte er und reichte ihm einen gewichtig aussehenden Briefumschlag. «Gehen Sie zur Tür, klingeln Sie, und wenn er fragt, wer ist da, dann reden Sie mit ihm in Ihrem Kauderwelsch und geben ihm das hier. Er nimmt den Umschlag, Sie gehen, ich gebe Ihnen sechzig Mäuse, und wir sind alle glücklich und zufrieden. Na, wie wär das?»

«Geht in Ordnung», sagte Pronek und wischte sich die verschwitzten Hände an der Hose ab. Er dachte daran auszusteigen, am Haus vorbeizulaufen und davonzurennen – zurück zu seiner Wohnung würde er vierzig Minuten brauchen.

«Alles okay?», fragte Owen. «Ist eine Kleinigkeit. Los geht's!»

«Wie heißt er?», wollte Pronek wissen.

«Branko irgendwas. Hier, lesen Sie selbst.» Er wies auf den Umschlag.

Pronek las: «Brdjanin. Das heißt Bergbewohner.»

«Mir egal», sagte Owen und fischte aus seiner Achselhöhle eine Waffe hervor – zwei schwarze, lotrechte, stählerne Röhren, die Mündungsaugen schauten Pronek an. Owen betrachtete die Waffe, als hätte er sie länger nicht gesehen, und hielt sie Pronek hin: «Wollen Sie?»

«Nein, danke», sagte Pronek und fragte sich, was ihm wohl als Letztes durch den Kopf gehen würde.

«Nee, ist sicher nicht nötig», sagte Owen. «Ich bin ja da und pass auf Sie auf.»

Pronek stieg aus dem Wagen und ging zum Haus. Auf dem Messingschild neben der Tür stand die Nummer 2345, doch an dem schmuddligen Haus wirkten die ordentlichen Zahlen irgendwie absurd: Vorhänge mit Löchern; verdreckte Fenster; vor der Treppe ein Haufen durchweichter Gutscheine; Blasen im Lack der sonnengebleichten, braunen Tür, in deren Fenster ein Schild mit roter Aufschrift BETRETEN VERBOTEN verkündete. Ein Eichhörnchen hockte in einer leeren, mit Blättern gepolsterten Vogeltränke und beobachtete ihn, die kleinen Pfoten erhoben, als wollte es ihm gleich applaudieren. Pronek drückte den Umschlag an sich, stieg mit heftig pochendem Herzen die Stufen zur Tür hinauf, drückte auf die harte Klingelwarze und hörte ein dumpfes, dunkles Dingdong. Er sah sich nach Owen um, der ihn aus dem Auto über die gefaltete *Sun-Times* hinweg anstarrte, einen Stift dienstbeflissen in der Hand. «Wenn dies ein Krimi wäre», dachte Pronek, «würde ich jetzt einen Schuss hören.» Er stellte sich vor, wie er um das Haus eilte, über den Drahtzaun sprang, durch ein Fenster schaute und eine Leiche inmitten einer karmesinrot sich über den Boden ausbreitenden Pfütze entdeckte, ein mysteriöser Duft noch in der Luft; wie er zu Owen zurückrannte, bloß um ihn mit einem kleinen pulverschwarzen Loch in der linken Schläfe vorzufinden, die Hand in der Achselhöhle erstarrt, zu langsam, um sein Leben retten zu können. Zweifellos würde er den Killer finden und seine eigene Unschuld beweisen müssen. Vielleicht könnte Mirza herkommen und sein Partner werden, damit sie zusammen den Fall lösten. Er klingelte noch einmal. Das Eichhörnchen rückte an einen besseren Platz und sah ihm jetzt aufmerksam von einem Ast aus zu. *«Dobro jutro»*, übte Pronek leise murmelnd seinen Auftritt. *«Dobro jutro. Evo ovo je za Vas.»* Daraufhin wollte er ihm den Umschlag geben, und verwirrt von den vertrauten Lauten würde Brdjanin ihn annehmen. Kleinigkeit.

Dann hörte er Schlüssel klirren, ein Schloss klacken, und ein barbrüstiger Mann mit einem Bart über stark behaartem Brustkorb und einer Konstellation brauner Muttermale auf dem rosigen Schädel – ein Mann fragte: «Was?» Wie gelähmt starrte Pronek ihn an, die Kehle mit den Worten *dobro jutro* verstopft.

«Was willst du?» Dem Mann stak ein Fussel im Bauchnabel, eine Narbe zog sich quer über seinen Bauch.

«Das ist für Sie», stammelte Pronek und gab ihm den Umschlag. Der Mann riss ihn Pronek aus der Hand, warf einen Blick darauf und schnaubte verächtlich.

Wäre ich bloß woanders langgeflogen.

«Du nix verstehen gar nix», sagte der Mann und fuchtelte mit dem Umschlag vor Proneks Gesicht herum.

«Ich weiß nicht», sagte Pronek. «Ich muss Ihnen dies geben.»

«Woher kommst du?»

«Ich bin», brachte Pronek zögerlich hervor, «aus der Ukraine.»

«O, *pravoslavni* Bruder!», rief der Mann aus. «Komm rein, wir trinken Kaffee, wir reden. Ich erkläre.»

Pronek spürte die unruhige Entschlossenheit der Hand des Mannes auf seinem Unterarm. Doch bevor er von der Willenskraft des Mannes ins Haus gezerrt wurde, sah er noch, wie Owen mit einem bekümmerten, besorgten Stirnrunzeln aus dem Wagen stieg.

Während Pronek dem zwiebligen Kielwasser folgte, entdeckte er einen Pistolengriff – grau, darauf zwei symmetrische Flecken wie winzige Perlaugen – aus Brdjanins über den Hintern rutschender Hose ragen. Brdjanin führte ihn durch einen dunklen Flur und eine Reihe halbherzig geschlossener Türen in ein Zimmer, in dessen Mitte sich fünf Stühle um einen Tisch gruppierten. Auf der Spitzendecke stand eine birnenförmige Flasche mit rötlicher Flüssigkeit, darin ein hölzernes, orthodoxes Kreuz, umringt von fünf Schnapsgläsern und einem Haufen zerknüllter Tüten von McDonald's.

«Sitz», sagte Brdjanin. «Da.»

«Ich muss gehen», brach es aus Pronek heraus, doch er setzte sich mit dem Gesicht zum Fenster. Eine Fliege summte gegen die Scheibe, als versuchte sie, mit einer winzigen Kreissäge das Glas zu durchtrennen. An der Wand hing eine Ikone: ein trauriger Heiliger mit hoher Stirn und dreieckigem Bart, den Kopf unter dem Gewicht des Heiligenscheins leicht geneigt, die Hände berührten sich sanft.

«Sitz», sagte Brdjanin und zog sich die Pistole aus dem Hintern, bloß um sie auf den Tisch zu knallen. Die fünf Gläser klirrten gereizt. Das Fenster wies zum Garten: Wie ein Speer steckte eine Schaufel im Boden neben einem Schlammloch und einem dahinter aufragenden Erdhügel. Brdjanin setzte sich zu Pronek an den Tisch und schob die Waffe beiseite. «Keine Angst. Kein Problem», sagte er, wandte sich zur Küche um, schrie: «Rajka, *kafu*!» und legte den Umschlag vor sich hin, als wollte er ihn sezieren. «Wir reden mit Kaffee», sagte er.

Eine Frau mit runzligem, geschwollenem Gesicht und einem blassblauen Fleck auf der Wange, der aussah, als hätte sie sich ungeschickt geschminkt, lugte aus der Küche ins Zimmer, zog ihren schwarzweiß gestreiften Morgenmantel straff und verschwand wieder. Darauf folgte das Geschepper einiger Schubladen und lautes Gasgezisch, das mit einem luftigen Knall verstummte.

«Du Ukrainer», sagte Brdjanin und beugte sich vor, als könnte er ihm das Ukrainertum an den Augen ablesen. «Wie du heißen?»

«Pronek», sagte Pronek und lehnte sich zurück.

«Pronek», wiederholte Brdjanin. «Guter *pravoslav* Name. *Pravoslavni*-Brüder haben Serben im Krieg gegen verrückte Leute geholfen.»

Pronek schaute Brdjanin an, dessen Bart in der Mitte eine Lächelkluft aufwies, und fürchtete, ein Zucken in seinem Gesicht oder ein falscher Blick könnten die notdürftige Tarnung auffliegen lassen. Brdjanin starrte ihn begeistert an, schob verächtlich den Umschlag beiseite, beugte sich noch weiter zu Pronek vor und fragte eindringlich: «Weißt du, was das ist?»

«Nein», erwiderte Pronek.

«Ist nichts», sagte Brdjanin und ließ die rechte Hand vorschnellen (die Waffe in Reichweite der linken), Finger zusammengepresst, Daumen aufgestellt, als wollte er einen Wolfsschatten an die Wand werfen. Der Daumen war ein grotesker Stumpen, ein gestutzter Hotdog, doch achtete Pronek sorgsam darauf, ihm nicht allzu viel Aufmerksamkeit zu schenken.

«Du musst verstehen», sagte Brdjanin. «Ich war Dummkopf, *budala*. Für mich war Frau Hure, war hier geboren, aber Kroat.

Fünfzehn Jahre. Fünfzehn Jahre! Ich hin zu ihren Brüdern, sie wollen mich abmurksen.» Er fuhr sich zweimal mit dem Daumenstumpen über die Kehle, als ob sie ihn beim ersten Mal nicht töten könnten. «Sie Ustasche, wollen mir Kopf abschneiden, weil ich Serbe. Ist Krieg jetzt, keine Frau mehr, keine Brüder mehr. Meine Frau jetzt Serbin, du jetzt Bruder für mich. Ich trau nur noch *pravoslav*-Leuten. Andere Leute, andere Leute ...» Er schüttelte den Kopf, um sein Misstrauen kundzutun, und zog wieder den Daumen über die Kehle.

Pronek nickte unwillkürlich, hilflos. Er wollte ihm sagen, dass Kroaten wie alle anderen sind: gute Menschen und schlechte Menschen; wollte zumindest irgendeine ähnlich vernünftige Platitüde von sich geben, doch in diesem Zimmer schien einfach lächerlich, was immer er auch noch vor einer Stunde gedacht haben mochte. Er wollte, dass die Frau mit ihm im Zimmer war, als könnte sie ihn vor Brdjanins Irrsinn und seinem mörderischen Daumenstumpen schützen. Es roch nach Kaffee und Rauch, nach saurem Schweiß und Vegeta, überlagert vom Aroma qualvoller, schlafloser Nächte. Die Frau schlurfte aus der Küche herein, stellte ein Tablett mit einer Kanne Kaffee und zwei Mokkatassen zwischen ihnen ab und schleppte sich so mühsam zurück, als würde sie jeden Augenblick zusammenbrechen. Pronek blickte ihr sehnsüchtig nach, was Brdjanin entging. «Ist serbischer Kaffee. Sie glauben, ist türkischer Kaffee. Ist aber serbischer Kaffee», sagte Brdjanin, zündete sich eine Zigarette an und ließ zwei Rauchschlangen aus seinen Nasenlöchern aufsteigen. Pronek stellte sich vor, wie er die Frau aus diesem Loch rettete, wie er sie nach Hause brachte (wo immer das auch sein mochte) und sich um sie kümmerte, bis sie sich erholte und ihre Schönheit wiedergewann, die jetzt irgendwo in ihrem Herzen verkümmerte – und er würde nichts dafür haben wollen. Brdjanin schlürfte Kaffee aus der Mokkatasse, griff dann hinter den Stuhl und zog eine Zeitung hervor. Die Schlagzeile lautete: TAUSENDE IN SREBRENICA ERMORDET.

«Ermordet?», rief Brdjanin. «Nix ermordet. Ist Krieg. Sie morden, sie ermordet.»

Er warf die Zeitung so über den Tisch, dass sie direkt vor Pronek landete und er sie anschauen musste: Eine Frau mit farblosem Kopftuch hielt sich das verweinte Gesicht, als wollte sie ihren Kopf abschrauben.

«Hmm», sagte Pronek, weil er sich dachte, dass Schweigen auffällig wirken könnte.

«Weißt du, was das ist?», fragte Brdjanin und verspritzte vor Aufregung einen Schwall Speicheltropfen. «Weißt du's?»

«Nichts», murmelte Pronek.

«Nein, ist nich nichts. Ist Propaganda von Moslems.»

«Ach?», sagte Pronek. Wo blieb Owen? Wenn Owen jetzt hereinstürmte und Brdjanin auslöschte, während der nach seiner Waffe zu greifen versuchte, würde Pronek in die Küche laufen, die Frau an der Hand nehmen und mit ihr flüchten. «Komm mit mir», würde er sagen. *«Podji sa mnom.»*

«Du weißt, dass Bombe auf Markt in Sarajevo gefallen ist?», fragte Brdjanin, runzelte die Stirn und runzelte sie erneut; Schweiß sammelte sich in den Furchen. «Sie sagen, hundert Leute tot. Sind alles Puppen, *lutke*. Moslems haben Bombe auf Markt geworfen. Propaganda! Dann hat man Puppen für Fernsehen hingelegt; sieht schlimm aus, wie wenn viele Leute tot.»

Proneks Mutter war der Bombe nur knapp entgangen. Als sie einschlug, hatte sie gerade die Straße überquert. Benommen lief sie zurück, stakste durch blutigen Brei, an den Buden, die noch standen, hingen abgerissene Glieder, schockierte Menschen glitten auf Gehirnmasse aus. Fast wäre sie auf ein Herz getreten, sagte sie, doch war es eine Tomate – wie seltsam, dachte sie, eine Tomate. Seit einigen Jahren hatte sie keine Tomate mehr gesehen.

«Ich hab da den Freund», sagte Pronek und tat unbeteiligt, während ihm fast das Herz stillstand, «aus Sarajevo. Er sagt, die Menschen sind wirklich gestorben. Seine Eltern sind in Sarajevo. Die haben alles gesehen.»

«Was ist er?»

«Er ist der Bosnier.»

«Nein, was ist er? Ist er Moslem? Er ist Moslem, er lügt.»

«Nein, er ist kein Moslem. Er ist aus Sarajevo.»

«Er ist aus Sarajevo, er ist Moslem. Die wollen islamische Republik, viele *mudjahedini.*»

Pronek schlürfte Kaffee. Die Pistole lag auf der linken Seite, behaglich hingestreckt wie ein schlafender Hund – es hätte ihn durchaus nicht überrascht, hätte sie sich mit dem Abzug die Schnauze gekratzt. Pronek konnte den Schatten der Frau durch die Küche gleiten sehen. Brdjanin seufzte, schob beide Hände vor und hieb damit langsam auf den Tisch, während er sagte: «Wie lange du hier? Ich zwanzig Jahre. Ich komm aus Nirgendwo. Hab meine Eltern verlassen, meine Schwester. Ich kommen hierher. Gut Land, gut Leute. Ich arbeiten in Fabrik, zwanzig Jahre. Ist aber nicht mein Land. Ich sterb für mein Land. Amerikaner sterben für ihr Land. Du stirbst für Ukraine. Wir alle sterben. Ist Krieg.»

Pronek blickte nach draußen und sah, wie Owen, Papier und Stift noch in der Hand, einen Bogen um die Schaufel machte und dabei fast ins Loch fiel. Owen schaute zum Fenster hoch, sah Pronek und nickte zu ihm hinauf, als wollte er fragen, ob alles in Ordnung sei. Pronek sah rasch zu Brdjanin hinüber, der seine Hand betrachtete, sanft auf die Tischplatte hackte und brummte: «Ich Serbe, nich nichts.»

«Ich muss gehen», sagte Pronek. «Ich muss zur Arbeit.»

«Du gehen.» Brdjanin zuckte die Achseln und strich sich über den Bart. «Nix Problem.»

Pronek stand auf. Brdjanin griff nach der Pistole. Pronek ging zur Tür. Brdjanin hielt die Waffe lässig in der Hand, kein Finger in der Nähe des Abzugs. Pronek öffnete die Tür, Brdjanin stand direkt hinter ihm. Es war die Toilette: ein Heizkörper jaulte, drunter stand ein Katzenklo voller sandiger Klumpen. Als Pronek sich langsam umdrehte, packte Brdjanin ihn an der Jacke, die Waffe immer noch in der Linken, und sah ihn an: Er war kleiner als Pronek, verströmte einen matten Hefegeruch, die Augen blickten feuchtgrün. Um den Mund zierte ein Kaffeeschatten seinen Bart. Pronek nickte grundlos, wie gelähmt vor Angst. Brdjanin senkte den Kopf, sagte nichts. Pronek konnte die Frau in der Küchentür sehen, sie schaute ihnen zu. Er blickte sie an, hoffte, sie würde kommen und ihn aus Brdjanins Griff befreien. Sie würde kommen und ihn umarmen und ihm sagen, dass alles in Ordnung sei. Doch sie rührte sich nicht, als wäre sie es gewohnt, Männer im Clinch zu sehen. Ihre Hände steckten in den Taschen des Morgenmantels, sie zückte eine Zigarette und ein Feuerzeug und zündete die Zigarette an. In gespenstischer Deutlichkeit sah Pronek die Flamme des Feuerzeugs aufflackern. Mit tiefem Seufzer inhalierte sie, legte den Kopf dabei ein wenig in den Nacken und behielt den Rauch eine kleine Ewigkeit bei sich, als wäre sie im Augenblick vor dem Ausatmen gestorben. Brdjanin schluchzte: ein quiekendes Jappsen, das in einem röchelnden, verlegenen Schnauben endete, während die Schultern in kurzen Zuckungen bebten und er sich noch fester an Proneks Jacke klammerte. Pronek stellte sich vor, wie Brdjanin die Pistole an die Schläfe hob, wie der Zeigefinger in Zeitlupe den Abzug drückte – ein lauter Knall, und Hirn spritzte über Pronek, Blut und Schleim troff auf ihn herab. Die Frau senkte den Blick, ausgelaugt, der Busen wogte; sie schaute nicht wieder auf, als wartete sie darauf, dass die beiden Männer verschwanden.

«Ist in Ordnung», sagte Pronek und legte Brdjanin die Hand auf die Schulter. Sie fühlte sich weich und klebrig an, ziellos kräuselten sich ein paar einzelne Haare. «Es kommt alles wieder in Ordnung.»

«Was zum Teufel haben Sie da drinnen getrieben?», fragte Owen barsch, der vor den Eingangsstufen stand, Hände in die Hüften gestemmt. «Ich wäre fast rein und hätte um mich geschossen, um Ihnen den Arsch zu retten.»

Pronek ging die Stufen hinab. Hinter dem Gebäude auf der

anderen Straßenseite kroch die Sonne hervor und färbte die schwarzen Bäume grau. Das Eichhörnchen verharrte, diesmal kopfüber, auf halber Baumhöhe, und schaute Pronek an. Es war dürr, der flaumige Schweif schlaff – es würde ein langer Winter werden.

«Hat er den Umschlag genommen?»

«Klar», sagte Pronek, «aber ich fürchte, er ist ihm egal.»

«Ach, das ändert sich, glaub mir, das ändert sich.»

«Da ist eine Frau bei ihm», sagte Pronek versonnen.

«Ist doch immer so», sagte Owen.

Owen klopfte Pronek auf den Rücken und schob ihn sanft in Richtung Auto. Proneks ganzes Gewicht war ihm in die Füße gesackt; sein Hals schmerzte, als wollte er unter seinem Kopf zerbrechen. Sie gingen langsam, Owen bot ihm eine Zigarette an, und Pronek griff danach. Owen hielt Pronek das Feuerzeug vor das Gesicht, und Pronek sah, wie sein Atem die gelbe Flamme mit ihrer blauen Wurzel zum Flackern brachte – mit müder Gleichgültigkeit begriff er, dass er noch lebte. Er sog den Rauch tief ein und sagte ausatmend: «Ich rauche nicht.»

«Jetzt schon», sagte Owen.

Sie fuhren über die Western, vorbei an der Friedhofsmauer und den Geschäften für Gebrauchtwagen – Autos glitzerten in der frühen Stille wie eine furchtsame Armee. Owen stellte das Radio an: Auf dem Dan Ryan Expressway war Stau, auf der Kennedy herrschte stockender Verkehr, an diesem Tag war die Bewölkung aufgelockert, und es würde einzelne Windböen bei einer Temperatur um fünfzehn Grad geben. Sie bogen nach rechts in die Granville. Pronek spürte, wie sich seine Muskeln anspannten, wie sich seine Finger verkrampften, als wollten sie sich in Klauen verwandeln, während er die Dollarscheine an sich drückte, die Owen ihm gegeben hatte.

«Einen Typen wie Sie hab ich in Vietnam gekannt», sagte Owen. «Hat nie auch nur ein verdammtes Wort gesagt. Typischer Einzelgänger. Ein Heckenschütze. Hat sie abgeknallt wie

Flaschen auf einem Zaun. Hockte stundenlang getarnt in einem Baum, ohne sich zu rühren oder einen Laut von sich zu geben. Gewöhnt man sich wohl dran. Er belauerte ein Dorf, wartete, bis Charlie vorgekrochen kam, und dann rums! Einmal waren wir ...»

«Sie können mich hier rauslassen», unterbrach ihn Pronek abrupt. «Ich wohne in der nächsten Querstraße.»

«Klar doch. Und nochmals danke, Mann», sagte Owen und hielt. «Ich ruf Sie an, wenn ich wieder was für Sie hab. Okay?»

«Danke», sagte Pronek und stieg aus dem Wagen. Der Morgen war kühl, und ein Prickeln lag in der Luft, das ihm das Leben süß und einfach werden ließ. Doch er war müde und hatte das Gefühl, gerade einige Zeit mit jemandem verbracht zu haben, den es gar nicht gab, ein Gefühl, das sich langsam in Wut verwandelte. Etwas weiter den Broadway hinab zuckte ein Blitzen über die Windschutzscheibe eines fahrenden Busses. Pronek stand an der Ecke, ließ die Lider wie Fensterläden niedersinken und sammelte Kraft für den Weg nach Hause. Er schaute zu, wie Shoney's abgerissen wurde und stellte sich vor, das Gebäude mit einem riesigen Hammer zu vernichten, die Wände einzuschlagen und Rohre herauszureißen, bis nur noch ein Trümmerhaufen übrig blieb. Selbst dann würde er weitermachen, bis nichts mehr da war.

# 6

# Die Soldaten kommen

Chicago,
April 1997 – März 1998

## Die Delphine

**Also küsste ich Pronek** auf die Stirn, wünschte ihm Glück und schickte ihn nach oben.

Lampenfieber ließ seine Ellbogen zittern, doch stieg er eine lange, schmale Treppe hinauf und blieb oben stehen. Er schaute herab, sah sich nach unten stürzen, großer Kopf den kleinen Füßen voran. Er krümmte den Rücken, als genieße er, dass sein Rückgrat ungebrochen war. Dann öffnete er die Tür mit dem hübschen grünblauen Globus – RETTE UNSERE MUTTER verlangte das Poster. Er dachte an seine Mutter und daran, wie sie ihre Füße auf den Beistelltisch legte, Wattebäusche zwischen den Zehen, sah den Spann ihrer symmetrischen Füße vor sich. Das Büro roch nach Meer, Kiefern und Schweiß. Er trat an den Empfangstisch, und eine Schwarze mit kurzem Haar bat ihn, sich zu setzen und zu warten. In der Ecke stand eine verschrumpelte Palme von ungewissem Grün, deren Blätter kraftlos herabhingen. Er betrachtete seine Hände, die wie gebleicht aussahen.

«Ich heiße John», sagte der Mann, «aber alle nennen mich JFK.» Das *Handbuch für gutes Englisch* lag bei irgendwem auf dem Schreibtisch. «Wie wär's?», sagte JFK, bot ihm den einzigen Stuhl an, hockte sich vor ihn und nahm ein Klemmbrett. Im Flüsterton fragte er, warum er für Greenpeace arbeiten wolle, und Pronek spulte das Mantra ab, das er vergebens schon in so manchem Bewerbungsgespräch von sich gegeben hatte: Er wisse Kontakte zu knüpfen, arbeite gern mit Menschen und glaube, dass dies das richtige *Miliö* für ihn sei, in dem er seine Fähigkeiten entfalten könne. JFK schaukelte in der Hocke, und Pronek dachte daran, ihn hinten überzukippen. Ein Klumpen verzweifelter Panik wuchs in seinem Bauch, als ihm aufging, dass er den Job möglicherweise nicht bekam, obwohl er sich zugleich auch davor fürchtete. «Wie wär's», sagte er sich, «*wie wär's*?» Die Arbeit sei eine Herausforderung, verkündete JFK, von Tür zu Tür zu gehen – mit zwanzig bis vierzig Menschen würde er pro Abend reden müssen. Ob er der Aufgabe gewachsen sei? Und wie es bei ihm mit dem Englischen stünde?

«Ich heiße Evil», sagte sie.

«Das ist Rachel», sagte JFK. «Sie wird dich heute Abend anleiten.»

«E-v-o-l. *Love* rückwärts.»

«Ich heiße Jozef», erwiderte Pronek. «Nichts rückwärts.»

Sie trug ein T-Shirt mit einer brennenden Kerze, unter der TAGTRÄUMERLAND stand.

JFK spannte die Lippen und riss die Augen so weit auf, dass die Brauen sich krümmten und dann zu verschwinden schienen. Pronek wusste nicht, was er mit seinen Händen anstellen sollte – einen Augenblick lang überlappten sie seine Genitalien, dann stemmte er die Arme in die Hüften, als ob er Rachel Vorhaltungen machen wollte.

«Woher kommst du?», fragte sie.

«Bosnien.»

«Tut mir Leid.»

«Aber ich lebe jetzt hier, seit fünf Jahre.»

«Tut mir trotzdem Leid.»

«Ist nicht deine Schuld.»

Sie hatte kurzes, stachliges Haar mit einer Welle über der Stirn, gleich über den blitzenden Augen. Die dunkelkirschrote Oberlippe war wie der Schnurrbart eines Musketiers geformt. Außerdem hatte sie ein Grübchen im Kinn und Apfelwangen, die Pronek gern gestreichelt hätte.

«Wenn du mein Gesicht lang genug angestarrt hast, könnte ich dir ja meine Titten zeigen.»

«Tut mir Leid», sagte er und blickte in eine entlegene Ecke

der Zimmerdecke, in der, wie er bemerkte, es absolut nichts zu bemerken gab.

«Ist schon in Ordnung», sagte sie. «Ich finde dein Gesicht auch nicht übel.»

«Könntest du den Scheiß bitte leise drehen?», fauchte Rachel.

«Das. Ist. Radiohead», erwiderte Dallas langsam, als spräche niemand seine Sprache. «Black Star, Mann. Der helle Wahnsinn. Das ist echter Rock 'n' Roll.»

«Das. Ist. Blöd», sagte Rachel.

Pronek saß neben Rachel auf dem Rücksitz; ihre Schenkel rieben aneinander. Er warf ihr einen flüchtigen Blick zu – das rechte Ohrläppchen war wunderschön: die labyrinthischen Innenkurven schienen einfach vollkommen. Er stellte sich vor, wie er gemütlich zusammengerollt, kleinfingergroß, an der Mündung ihres Gehörgangs ruhte und ihr liebliche Lieder vorsang.

«Gab es in Jugoslawien Rock 'n' Roll?» Dallas' Frage übertönte Radiohead. Der Lieferwagen war das langsamste Vehikel auf der Autobahn und wurde selbst von sargähnlichen Cadillacs mit alten, in den Fahrersitzen versunkenen Damen und den Wagen der Müllabfuhr überholt, aus derem rückwärtigen Gebiss schwarze Säcke baumelten. Riesenlaster hupten hinter ihnen wie verrückt.

«Mensch, JFK», sagte Rachel, «ist ja fast, als würdest du uns in deinem Go-Kart fahren. Drück auf die Tube.»

«Warum nennt man dich JFK?», fragte Pronek. JFK war ein korpulenter Kerl, dessen fleischiger Rücken über die Sitzränder quoll; Haare sprossen ihm aus dem Nacken.

«Weil er so groß wie ein Flughafen ist», sagte Rachel.

«Weil ich John Francis Kirkpatrick heiße.»

«Und? Gab's nun Rock 'n' Roll?», schrie Dallas. Auf seinen Armen waren Drachen tätowiert, die nackte Frauen leckten, und manch eine wurde von den Flammen angesengt.

«Weißt du, es gibt viele Arten, an der Tür abzukassieren», sagte Rachel. «Du kannst wie Dallas an den sexuellen Frust vorstädtischer Hausfrauen appellieren und wie ein ungehobelter Cowboy flirten. Du ...»

«Halt's Maul», knurrte Dallas.

«Hey, hey, hey!», rief JFK.

«... kannst sie wie JFK mit Fakten und moralischen Appellen ermüden, bis sie zahlen, damit du verschwindest. Oder du schaust sie wie Vince mit großen, schönen Augen an, bezauberst sie mit einem Lächeln und schlägst dann zu wie eine Kobra.»

Vince saß vor Rachel und hielt auf dem Schoß einen kleinen roten Beutel mit einem Bild von A- und B-Hörnchen. Da Vince ein Schwarzer war, wollte Pronek nett zu ihm sein, wusste aber nicht recht, was er ihm Nettes sagen sollte, also lächelte er nur unbestimmt.

«Ich mag Blues», sagte er schließlich, doch reagierte niemand auf diese Feststellung: Vince starrte weiterhin aus dem Fenster; Dallas spielte Schlagzeug auf seinen Knien, und JFK bremste ab, weil eine halbe Meile vor ihm ein Laster mit einer am Heck baumelnden Amerikaflagge fuhr. Nur Rachel warf ihm einen verdutzten Blick zu, legte dann den linken Fuß über das rechte Knie und präsentierte Pronek ihre Stiefelsohle – an der Hacke klebte ein rosiger Kaugummi.

«Schaumburg ist die Härte», sagte Rachel. Pronek schaute auf eine Reihe Häuser entlang einer kurvigen, menschenleeren Straße. «Diese Stadt hat eine Verordnung erlassen, die gerade Straßen verbietet, weil sie so angeblich interessanter wirkt, abwechslungsreicher.»

Die Häuser sahen identisch aus – fahle, plastikblaue Wände, eine weiße Veranda, Laufstall mit Krabbelkind, eine Porzellanfigur im Garten: Zwerg, schwarzer Jockey, Mutter Gottes.

«Dies, mein Freund, nennt man Devo.»

«Devo», wiederholte Pronek. Hier und da hing am autoreklameblauen Himmel ein einsames Flugzeug wie eine Mücke ohne Schwarm. Es war warm, die Knospen an den Bäumen verbreiteten einen sirupsüßen Duft.

«Sieh erst mal nur zu, wie ich es mache.»

Rachel berührte ihn sanft am Ellbogen, als wäre der die Ursache seiner Pein. Eine Stahlkugel zermalmte Proneks Eingeweide, und ein Schauder lähmender Angst jagte ihm über die Haut bis hinauf in den Kopf, wo das Kribbeln schließlich versiegte. Er brauchte eine Zigarette. Er malte sich aus, wie brave Amerikaner ihre Türen öffneten und seine ausländische Tolpatschigkeit hassten, den dämlichen Akzent, die kindischen Grammatikfehler. Er malte sich aus, wie sie mit Baseballschlägern auf seine Ellbogen zielten und sie derart zerschmetterten, dass Knochensplitter durch die Gegend flogen.

«Ich hasse Baseball», ließ er Rachel wissen, doch die drückte bereits auf die Klingel.

«Tag, ich heiße Rachel, und das ist Joseph. Wir kommen von Greenpeace.» Rachel strahlte die Frau an und presste ihr Klemmbrett an die Brust, das Rettet-die-Wale-Flugblatt deutlich sichtbar. Die Frau sah dürr aus, ihr Haar war nass und hing in fedrigen Locken herab. Mit beiden Händen hielt sie sich am Kragen ihres weißen Morgenmantels fest, schaute Rachel an und blickte dann verstohlen zu Pronek hinüber, als wäre ihr seine Anwesenheit ein Rätsel.

«Wie geht es Ihnen heute?», fragte Rachel und nickte ihr zu.

«Wer ist da?», brüllte irgendwo aus dem Innern des Hauses eine Männerstimme. Pronek fand, dass das Haus nach etwas Vertrautem roch, irgendwas mit Paprika, aber er kam nicht drauf. Er konnte einen Läufer mit geduckten Panthern erkennen, die ihn mit gelben Augen belauerten. Auf einem Glastisch stand eine riesige Schüssel mit bräunlichem Popcorn. Eine Python verschlang im Fernsehen eine Maus.

«Wir haben kein Interesse», sagte die Frau. An ihrem Halsansatz war ein Grübchen mit einem Tropfen Wasser darin, der langsam an ihr herabglitt.

«Unsere Umwelt liegt Ihnen doch bestimmt am Herzen», sagte Rachel.

«Nein, danke.»

«Wer zum Teufel ist denn da?», schrie der Mann erneut. Die Frau zog die Tür zu und schloss ab, eine hölzerne Hand mit aufgemalten Blumen und dem Wort «Willkommen» schwang erst nach links, dann nach rechts.

«Lass mich dir einen Rat geben», sagte Rachel leise, und ihr Blick streifte Proneks Hüfte. «Schau nie ins Haus, wenn du mit ihnen redest, und stell dich nie, niemals auf Zehenspitzen, um besser hineinsehen zu können. Sie glauben nur, du willst sie ausrauben. Schau ihnen in die Augen.»

«In die Augen», sagte Pronek. «Okay.»

Der Mann trug Unterwäsche und Rentier-Rudolph-Pantoffeln – die rote Nase reckte sich ihnen entgegen. Das Hemd war nicht zugeknöpft, und Pronek konnte den Kopf eines Adlers erkennen, der mit dem Schnabel den Hof der linken Brustwarze berührte. Pronek gab sich Mühe, dem Mann in die Augen zu blicken, musterte aber unwillkürlich die weißliche Unterhose mit den diversen gelben Flecken.

«Ich bin ein Jäger», sagte der Mann. «Es gefällt mir, Tiere umzubringen.»

«Viele Jäger unterstützen Greenpeace», konterte Rachel.

«Tja, ich nicht», sagte der Mann. «Und jetzt raus aus meinem Haus.»

«Ihre Pantoffeln gefallen mir», sagte sie.

«Danke. Und jetzt verschwindet endlich.»

«Das ist die Hölle. Mir ist jetzt schon das Lächeln und die freundliche Miene vergangen.»

«Es ist sehr schwer.»

«Willst du es mal versuchen?»

«Nein, noch nicht.»

«Irgendwann musst du damit anfangen.»

«Okay, aber jetzt noch nicht.»

Pronek beobachtete Rachel, während sie sich mit einem pickligen Motörhead-Teenager unterhielt, mit einer Katholikin, deren Zeigefinger zwischen den Seiten einer Bibel klemmte, einem Studenten, der seine Baseballmütze verkehrt herum trug und ihnen gestand, dass er Chomsky hasste («Wer ist das?», fragte Pronek.) Er sah, wie sich ihre Lippen öffneten – wenn sie Bedeutsames anmerkte, würden sich die unteren Zähne entblößen, das Kinn straffen und die Grübchen vertiefen. Sie rollte die Lippen nach innen, wenn sie um Geld gebeten hatte und auf eine Antwort wartete. Er versuchte, das Lächeln zu imitieren, das sie einem College-Professor zuwarf, der ihr gebannt zuhörte, Stift und Scheckbuch in der Hand, hager und vornübergebeugt, als breche ihm der Krebs das Kreuz, während sie sich unterhielten. Der College-Professor warf Pronek aus den Augenwinkeln einen Blick zu: Pronek riss die Brauen in die Höhe, spannte die Lider, zog die Wangen zurück, presste die Zähne zusammen und ahmte Rachels Lächeln nach.

«Alles in Ordnung?», fragte er Pronek.

«Doch, ja», sagte Pronek, wischte sich das Lächeln aus dem Gesicht und setzte eine ernste Miene auf.

Sie standen an der Ecke Washtenaw und Hiawatha. Ein wenig verlegen rauchte Pronek eine Zigarette, sie schmeckte nach nichts. Rachel betrachtete ihn, den Kopf zur Seite geneigt.

«Wichtig ist, ihnen zuzuhören. Sie erzählen dir was, und sie geben dir Geld dafür, dass du ihnen zuhörst.»

«Warum nennst du dich Evil?»

«E-V-O-L. *Love* rückwärts. So heißt ein Album von Sonic Youth, meiner Lieblingsband.»

«Hab ich nie hören.»

«Hab ich nie *gehört.*»

«Hab ich nie gehört.»

«Mächtig Krach mit viel Gitarren.»

«Ich hab früher auch mal Gitarre gespielt.»

«Na ja, die spielen anders.»

«Und was tust du für dein Leben?»

«Für mein Leben? Was soll das? Stellt ihr Balkanjungs immer solche Fragen?»

«Entschuldigung.»

«Ich fotografiere für mein Leben.»

«Ach, ich mag Fotografie.»

«Komm, an die Arbeit. Wir müssen noch allerhand Geld auftreiben.»

Sie mieden die dunklen Häuser und gingen nur zu denen, deren Veranden und Fenster erleuchtet waren, über deren Innenwände Schatten glitten. Zielstrebig zog Rachel von Tür zu Tür und schlug immer denselben ernsten, tiefen Ton an. Pronek staunte über ihre resoluten Bewegungen, die straffen Muskeln, den entschlossenen Schritt, wenn sie von Haus zu Haus eilte, doch stolperte sie einmal über einen Schlauch, der sich über einen unbeleuchteten Gehweg schlängelte. Ihr Klemmbrett wirbelte durch die Luft, dann fiel sie und rutschte über das Pflaster.

«Mist!», rief sie und setzte sich auf. Pronek hielt ihr die Hand hin. Sie schnaubte wütend, griff aber zu. «Ich hab offenbar erst letzte Woche laufen gelernt.»

«Ich liebe Greenpeace», sagte der Mann. «Greenpeace ist das Größte.»

«Tja, dann können Sie ja jede Menge Geld spenden», sagte Rachel.

Der Mann lachte. Er hatte auf der Wange eine dunkle Warze, groß wie eine Brombeere.

«Holen Sie Ihr Scheckbuch. Sie wissen, wir brauchen Ihre Unterstützung.»

«Würde ich gern», sagte der Mann, «aber ich hab mein ganzes Geld für die Wölfe ausgegeben.»

«Für was?»

Der Mann rauchte. Pronek wollte ihn um eine Zigarette bitten, sog stattdessen aber immer wieder den Rauch ein, der dem Mann aus der Nase quoll und zu ihm herüberwehte.

«Na, die Wölfe, die sie in Wyoming abknallen und ausrotten wollen.»

«Wölfe sind schöne Tiere», sagte Rachel. Pronek grinste und nickte, stimmte in das allgemeine Wolfslob ein. Er musste an eine Geschichte seines Vaters über einen ukrainischen Vorfahr denken, der so fest entschlossen gewesen war, den Wolf zu töten, der all seine Schafe gerissen hatte, dass er seine Frau mitten im Winter als Köder an einen Baum band. Doch die arme Frau jammerte derart lautstark über ihre eisigen Zehen, dass der Wolf sich nicht blicken ließ.

Der Mann beschrieb einen sterbenden Wolf, der verletzt vor bewaffneten, Cowboyhut tragenden Arschlöchern in einem Helikopter davongerannt war, so lange, bis er zu viel Blut verloren hatte und vor Schwäche einfach tot umgefallen war.

«Scheiße», sagte Rachel, faltete die Hände über dem Klemmbrett und ließ es auf ihren Bauch sinken. Pronek entging nicht, dass der Mann ihre Brüste musterte, und in diesem Moment schaute Pronek sie sich zum ersten Mal genauer an – sie waren prall gewölbt, spannten ihr Tagträumerland-T-Shirt straff.

«Möchten Sie meinen Wolf sehen? Ich halt ihn in der Garage. Morgen fahren wir raus zur Upper Peninsula, um zusammen zu jagen.»

Der Wolf hatte graues, räudiges Fell und sah griesgrämig drein. Als er den Mann erblickte, lief er in seinem gigantischen, gleich neben dem Pickup eingezwängten Käfig hektisch auf und ab. Der Mann streckte eine Hand in den Käfig, und der Wolf sprang darauf zu. Schon glaubte Pronek zu sehen, wie dem Mann die Hand abgerissen wurde und Blut aus seinen Handgelenkadern hervorspritzte. Er fragte sich, wie er das Geschehene den Sanitätern erklären wollte, die ihn wegen seines Akzentes sicher nicht verstanden. Doch der Wolf schob dem Mann die Schnauze in die Hand, und der Mann streichelte ihn. «Sehen

Sie nur», sagte er zu Rachel, ohne Pronek weiter zu beachten. Rachel schüttelte den Kopf, den Mund weit aufgerissen vor lauter Bewunderung.

«Sie können auch, wenn Sie wollen.»

Rachel legte das Klemmbrett bedächtig auf einem Rasenmäher ab und hielt dem Wolf die Hand hin – er schnüffelte daran und schaute zu dem Mann hoch. Pronek war wie gelähmt – jetzt sah er, wie Rachel beide Hände abgerissen wurden, und ihm fiel der Vollmond am Himmel auf, der über dem finsteren Dunkel der Straße schwebte. Mit einer Hand hielt Rachel die Schnauze, die sich durch die Gitterstäbe zwängte, mit der anderen streichelte sie das Tier. Dann beugte sie sich vor und küsste den Wolf auf die Lippen. Dabei wölbte sie die Lippen so gleichmäßig vor wie eine Blume, die ihre Blätter öffnet, und der Wolf zeigte Pronek seine Dolchzähne. Pronek wimmerte. Der Mann drehte sich zu ihm um und grinste, als ob gerade irgendein fieser Plan in Erfüllung ging.

Als sie das Haus verließen, entschied Pronek, dass Rachel sich mit ihm befassen musste, wenn er sie dazu bringen wollte, den Wolf wieder zu vergessen.

«Ich mag Hunde», sagte er.

«Der Wolf sah so traurig aus; der Typ sollte ihn einfach laufen lassen.»

«Ich hatte mal einen Hund. Er hieß Lucky.»

«Dieser Wolf hat irgendein verfaultes Stück Fleisch gefressen», sagte Rachel.

Wieder zurück in Chicago gingen sie die Jackson entlang. Neonlichter und Straßenlampen verbreiteten ihr vertrautes Gleißen, und Pronek lief einen halben Schritt hinter Rachel, als versuchte er, sie einzuholen. Sie hatte die Hände in den hinteren Taschen ihrer Jeans vergraben, weshalb die Ellbogen wie die Haltegriffe einer Swimmingpoolleiter abstanden.

«Wo wohnst du?», fragte Pronek.

«Wo ich wohne? Keine Frau in dieser wunderbaren Stadt

wird einem Wildfremden sagen, wo sie wohnt. Stell einer allein stehenden Frau niemals diese Frage.»

«Entschuldigung», sagte Pronek, schlug den Blick nieder und blieb noch einen weiteren halben Schritt zurück.

«Aber du bist ja kein Wildfremder mehr. Ich wohne in Uptown. Und du?»

«In Rogers Park.»

Sie überquerten die Halsted Street. Eine Polizistin, die Brust mit Kevlar gepanzert, durchsuchte einen Mann, der mit dem Gesicht zur Wand stand, die linke Hand erhoben, in der rechten ein Spazierstock. Im Fenster von Zorba's entdeckten sie einen Gyros-Ständer, ein unförmiger Planet, der sich langsam drehte.

«Wann bist du hergekommen?», fragte Rachel.

«Neunzehnhundertzweiundneunzig, kurz vor dem Krieg.»

«Ist deine Familie noch drüben?»

«Ja.»

«Alles in Ordnung?»

«Meine Eltern werden alt.»

«Man sieht es im Fernsehen und fühlt sich einfach nur hilflos. Es macht einen wütend.»

«Ich weiß.»

«Muss schwer für dich gewesen sein.»

Pronek nickte, wollte aber nicht, dass sie ihn bemitleidete, obwohl ihm gefiel, dass sie sich für ihn interessierte. Beim Reden drehte sie den Kopf und sprach über die Schulter mit ihm, und Pronek glaubte zu sehen, wie sie sich in eine Salzsäule verwandelte.

Sie nahmen denselben Zug, eine Bahn, die unterirdisch dahinbrauste und dabei einen apokalyptischen, vereinsamenden Lärm verursachte, als wäre oberirdisch gerade alles zusammengebrochen. Rachel saß auf dem Sitz vor ihm, neben ihr eine Schwarze, die eine winzige Bibel umklammerte, heftig schnaufte und zwischen einzelnen Atemzügen vor sich hin brabbelte. Die einzigen Worte, die er verstehen konnte, lauteten: «Weinen für ihre Kinder.» Rachel kratzte sich am Nacken; ihr Zeigefinger fuhr vom rechten Ohr hinab zum Kragen und hinterließ eine rötliche, krumme Spur.

Pronek lag im Dunkeln auf dem Rücken und presste die Augen zusammen, fest entschlossen, sich in den Schlaf zu zwingen, doch spürte er, wie seine Gesichtsmuskeln sich anspannten, als wollten sie erstarren. Der Mann schrie: «Mich kriegt ihr nicht, ihr Arschlöcher!» Ein Zug ratterte vorüber, und Pronek fühlte, wie Wut in ihm aufstieg – er wollte Stille, keine schreienden Irren, keine kreischende Züge, keine wie verrückt jaulenden Sirenen. Seine Kniescheiben waren klebrig und verschwitzt – er drehte sich auf die Seite und klemmte die Decke dazwischen. Er stellte sich vor, wie er Rachel nach Hause brachte, wie er über ihre von Linden gesäumte Straße schlenderte, süße Düfte in der Luft, wie er auf ihrer Treppe saß und mit ihr redete, wie er dann nach oben ging und sie liebte.

«Mich kriegt ihr nicht, ihr Arschlöcher!»

Pronek sprang aus dem Bett, die Hände zu Fäusten geballt, und schaute nach draußen: Ein weißer Pinkel in anständig dunklem Anzug, Aktenmappe an die Brust gedrückt, stampfte mit den Füßen auf und streckte hin und wieder einen Finger gen Himmel. Proneks Anspannung verwandelte sich in klaren, schlichten Hass auf diesen Mann. Er öffnete das Fenster und funkelte ihn an, als könnte er ihm seine hasserfüllte Wut durch den Äther der Stadt übermitteln.

«Mich kriegt ihr nicht! Scheiße nee! Könnt ihr voll vergessen!»

Pronek wollte sich einen mörderischen Zuruf überlegen, einen, der den Mann auf der Stelle verstummen und über sein Benehmen nachdenken lassen würde. Stumm jonglierte er mit Worten, betonte sie unterschiedlich, flocht notwendige Schimpfwörter ein, strich sie wieder und wägte ab, welche Stimmstärke nötig war, den wahnsinnigen Willen dieses Mannes zu brechen. Er brummelte und brabbelte, öffnete schließlich den Mund und schrie, während ihm die Wut in der Kehle stecken blieb, zögerlich hinaus:

«Das ist aber nicht gerade höflich!»

Der Mann hörte auf zu grölen, schüttelte den Kopf, als hätte er einen Schlag erhalten, und stand einen Moment lang wie versteinert da. Dann hob er langsam den Blick, wies mit dem Finger auf Pronek und donnerte: «Und auch du kriegst mich nie, denn der Herr ist mit mir in all seiner Macht!»

Pronek wich zurück, blieb aber neben dem Fenster stehen, da er Angst hatte, sich zu bewegen oder nach draußen zu sehen; um ihn herum pulsierte die Dunkelheit, die Knie wurden weich.

«Entspann dich und schau ihnen einfach in die Augen», sagte Rachel.

Pronek klopfte an die Tür, einmal, dann ein zweites Mal, obwohl die Klingel nicht zu übersehen war. Eine Reihe Krocketschläger lehnte am Zaun, und eine Familie hölzerner Waschbären hockte dichtgedrängt auf der Veranda. Pronek schloss die Augen, denn wenn er die Augen schloss, gab es noch einen letzten Funken Hoffnung, dass er all dies nur träumte und es verschwunden sein würde, wenn er wieder um sich blickte. Die Tür wurde geöffnet, und Pronek schlug die Augen auf. Vor ihm stand eine Frau mit Sonnenbrille und aufgewickeltem, dunklem Haar; sie trug ein viel zu großes Hawaiihemd, und ihr Gesicht war so blass, als wäre sie ein Vampir.

«Hallo», sagte Pronek. «Ich heiße Joseph, und ich komme von Greenpeace. Wir würden uns gern mit ihnen unterhalten.»

Die Frau sagte nichts.

«Dies ist Rachel. Sie ist auch von Greenpeace.»

Es war irritierend, nicht zu wissen, wohin die Frau schaute. Vielleicht war sie blind.

«Wie geht es Ihnen?»

«Ach, mir geht es gerade absolut toll», sagte die Frau mit heiserer Stimme. «Was kann ich für Sie tun?»

Pronek wollte zu Rachel hinübersehen, wollte ein Zeichen

der Zustimmung von ihr, da er nicht wusste, ob er sich richtig verhielt, doch wagte er nicht, den Blick vom Gesicht der Frau zu lösen, als könnte sie einfach verschwinden, wenn er es täte.

«Wir würden gern mit Ihnen über Um-Um-Umweltverschmutzung reden. Vielleicht können Sie uns helfen.»

«Woher kommen Sie?»

Sie zog die Tür etwas weiter auf. Pronek konnte den Fernseher sehen – Hände, die stumm etwas bauten.

«Von Greenpeace.»

«Nein, aus welchem Land meine ich.»

Über einem Gaskamin mit kraftlos flackerndem Flammenspiel hing das Porträt eines Inders mit riesiger Feder, Sonnenuntergangsorange die vorherrschende Farbe.

«Ich komme aus Bosnien.»

«Bosnien ist weit», nuschelte die Frau, «aber Ihr Akzent gefällt mir.»

«Danke.»

«Also, was kann ich für Sie tun?»

«Dürfen wir uns mit Ihnen unterhalten?»

Sie wies auf Rachel. «Ist das Ihre Freundin?»

«Nein. Ich weiß nicht. Nein.»

«Wir sind hergekommen, um mit Ihnen zu reden», sagte Rachel, «und um Sie um Ihre Unterstützung zu bitten.»

«Meine Unterstützung haben Sie.»

«Ihre finanzielle Unterstützung.»

«Tja, ich kann einen Drink spendieren oder eine Massage, aber Bares? – Nein, ich bin eine allein stehende Frau.»

«Danke sehr. Tut uns Leid, dass wir Sie gestört haben.»

«Danke. Tut uns Leid», echote Pronek.

«Sie können jederzeit gern wieder vorbeischauen», sagte die Frau und trat hinaus auf die Veranda, als sie die Auffahrt hinuntergingen. «Jederzeit.»

«Eines Tages», sagte Rachel, «bringe ich meine Kamera mit und mache von diesen Leuten Fotos. Sie sind einfach unglaublich.»

«Mir gefallen sie», sagte Pronek.

«Okay, ein Rat: Pass auf, dass sie dich nicht voll quatschen. Hier draußen hausen eine Menge einsamer Menschen, Hausfrauen, alte Leute, perverse Käuze, arbeitslose Collegeabsolventen. Die haben den ganzen Tag lang nichts zu tun.»

«Es ist schwer. Mein Englisch ist schlecht.»

«Entspann dich. Sprichst du Englisch mit Akzent, kannst du immerhin zwei Sprachen, und das sind zwei mehr, als die meisten Leute in dieser gottverlassenen Gegend sprechen. Wer dich mag, gibt dir Geld, wer nicht, der nicht.»

Es fing wieder an zu regnen, auf den Straßen tauchten Pfützen auf, Tropfen zersplitterten ihre Oberfläche.

«Weißt du», sagte Pronek wehmütig, «ich glaube, überall wo ist die Heimat, du hast die Pfütze, in die du guckst, wenn es regnet.»

«Was meinst du damit?»

«Ich meine, weißt du nicht, wenn es regnet, dann guckst du aus dem Fenster, und du hast deine Pfütze, in der du den Regen siehst.»

«Ah ja, ich verstehe. Sehr schön.»

«Ich hatte eine in Sarajevo, direkt vorm Haus.»

«Das gefällt mir», sagte Rachel.

«Hallo», sagte Pronek, «ich heiße Jozef, und ich bin von Greenpeace. Interessieren Sie sich für Delphine?»

Eingewickelt in eine karierte Decke saß der alte Mann auf der Veranda, hatte die Ohrwärmer auf die Schläfen geschoben und die behandschuhten Hände behutsam in seinem Schoß deponiert.

«Nö», sagte er. «Die sind mir völlig egal.»

Sein Gesicht war mit graubraunen Flecken abgestorbener Haut übersät.

«Okay. Sorgen Sie sich um die Regenwälder?»

«Ach was.»

Pronek sah einen kleinen Sauerstofftank neben dem Stuhl stehen, als wäre es ein stählernes Haustier.

«Wie steht's mit sauberer Luft?»

«Woher kommen Sie?»

«Bosnien.»

«Bosnien? Da ist die Hölle los.»

«Nicht mehr. Der Krieg ist vorbei.»

«Verstehe. Aber warum sind Sie dann in Amerika?»

Nach Rachel suchend blickte sich Pronek zur Straße um, auf der hier und da durchweichte, braune Blätter klebten. Der Mann zog die Handschuhe aus.

«Weil es hier besser ist.»

«Das stimmt. Land der Freien, Heimat der Tapferen.»

«Jedenfalls sind wir hergekommen, um mit Ihnen ...»

«Worum ging es eigentlich in diesem Krieg?»

«Ich weiß nicht. Um viele Dinge.»

«Ging es nicht um Religion? Moslems gegen Christen?»

«Ich weiß nicht. Ich glaube nicht.»

«Sind Sie Moslem?»

Pronek wollte auf diese Frage nicht antworten; er hasste diese Frage.

«Nein, aber ich kenne viele Moslems.»

«Ich hab einmal einen Moslem umgebracht.» Der alte Mann nahm die Ohrwärmer ab und massierte sich zwischen den Brauen die Stirn. «War aber ein Autounfall.»

«Tut mir Leid», sagte Pronek.

«Haben Sie jemals einen Moslem umgebracht?»

«Nein. Ich hab noch nie jemanden umgebracht.»

«Aber Sie haben doch in dem Krieg gekämpft, oder?»

«Nein.»

«Ich habe in einem Krieg gekämpft. Ich war Scharfschütze. Sechsundvierzig erfolgreiche Abschüsse.»

Er hämmerte an die Wand, bis eine junge Frau kam, Handtuchturban auf dem Kopf, Halbmondsäcke unter den Augen.

«Was ist?», fragte sie mürrisch durch die Fliegengittertür. Sie trug einen schwarzen Slip und einen ebensolchen BH; um ihren Bauchnabel war eine Rose tätowiert.

«Gib dem jungen Mann einen Zehner. Für die Delphine.»

«Was für Delphine?», knurrte sie und sah Pronek an.

«Halt den Mund, und hol das Geld.»

Die junge Frau ging wieder ins Haus. Pronek grinste blöd und schaute sich um: ein verkrüppelter Wacholderbaum lehnte sich an die Veranda, eine Hundeleine lag zusammengerollt in der Ecke, ein Flaggenmast mit nasser, schwarzer, im Wind flatternder Fahne stand mitten auf dem Rasen.

«Delphine hin oder her», sagte der alte Mann, «eines Tages stürzen wir doch alle hinab in den Höllenschlund.»

Einem jungen Paar in Evanston, das Händchen haltend auf dem Sofa saß, stellte sich Pronek als Mirza aus Bosnien vor. Einer Collegestudentin in La Grange, der quer über den Busen DE PAW geschrieben stand, stellte er sich als Sergei Katastrophenko aus der Ukraine vor. Einem Mann in Oak Park, chintziges Haar bis auf die Schultern, die Glatze glitzernd vor Schweiß, stellte er sich als Jukka Smrdiprdiuskas aus Estland vor. Für ein altes rumänisches Ehepaar in Homewood, das kein Englisch sprach und deren Hände sanft die Knie berührten, war er John aus Liverpool. Für einen müden Bauarbeiter in Forest Park, der wütend die Tür aufriss und fragte: «Wer zum Teufel sind Sie?», war er Nobody. Für einen katholischen Priester in Blue Island mit Hautausschlag und einem hübschen, blauäugigen Freund war er Phillip aus Luxemburg. Für eine Horde christlicher, bierbäuchiger Motorradfahrer, die in Elk Grove Village auf einem Parkplatz vor Walgreen grillten, war er Joseph aus Schnitzelland (der Heimat des Schnitzels). Für eine Frau in Hyde Park, die ihm die Tür mit einem strahlenden Lächeln öffnete, das sich mit den Worten: «Ich dachte, Sie wären ein anderer» in ein misstrauisches Grinsen verwandelte, war er ein anderer.

Schwarzteerregen schimmerte auf dem Highway, nasse Autos durchpflügten Pfützen. Sie fuhren an leeren Lagerhäusern vorbei, deren Reklamewände für fröhliche Seifenopern und Dauermusiksendungen warben. Sie passierten trostlose Baustellen mit Herden von Bulldozern, Baggern und sich an den Grundstücksgrenzen zusammenscharenden Kränen. Sie sahen undurchdringliche Bürogebäude, ummantelt mit Glas, in dem sich nichts spiegelte. Sie kamen an Villen vorbei, die sich hinter hohen Zäunen verbargen, an Einkaufspassagen, deren Neonlichter unter einem von endlosen Leitungen durchkreuzten Himmel aufdringlich blinkten. Sie sahen ein einsames Auto in eine lichtlose, von Bäumen gesäumte Straße biegen und blitzartig so manchen Mittelklassemüll beleuchten: Rasenmäher, Rechen, Fußbälle, Plastikmonster und auf Eingangsstufen liegende Zeitungen, Schaukeln im hohen Baum, die unter Windstößen erschauerten. Langsam drang der Wagen in die Garage ein, die Glut der Bremslichter gloste ein letztes Mal auf und erlosch unter der Asche der Nacht.

Noch im Dunkeln ließen sie Chicago hinter sich. Weit und breit war kein weiteres Auto, als ihr Lieferwagen an der Skyway-Mautstation hielt, um dann die Brücke hinaufzufahren. Reklametafeln der Kasinos warben für spendierfreudige Spielautomaten und für Reichtümer, die in Indiana zu holen waren. Niemand sagte ein Wort, nur ein aufgeregter Moderator plapperte irgendwelchen Unsinn über deprimierte Pornostars. Bei ihrer Ankunft in Indiana war der Himmel klar, kaum wahrnehmbar funkelten die letzten Sterne.

«Weißt du», sagte Pronek zu niemand Bestimmtem, «manche dieser Sterne gibt es gar nicht mehr.»

Rachel schaute ihn von der Seite an.

«Weißt du», sagte sie, «es ist viel zu früh am Morgen für ontologische Zweifel dieser Art.»

«Entschuldigung», sagte Pronek.

Sie fuhren an Stahlwalzwerken vorbei, die vor der Dämmerung aufragten, an ihrer ominösen Klobigkeit, ihren Schornsteinen, die Feuerzungen und Rauchwolken spuckten. Vince hustete, als sie der Gestank von flüssigem Stahl erreichte, und manchmal stand auf den Parkplätzen der Walzwerke ein einsamer, taufeuchter Pickup und wartete auf seinen Herrn.

«Um gar nicht erst von den Sternen zu reden, die weder sichtbar noch vorhanden sind», sagte Rachel.

«O ja», sagte Pronek.

«Wie soll man Sterne sehen können», grollte Dallas, «wenn sie gar nicht mehr existieren?»

«Weiß nicht», sagte Rachel, «frag unseren ausländischen Gastphilosophen.»

«Sie senden Licht, dann sterben sie, und dann kommt das Licht auf die Erde.«

«Kapier ich immer noch nicht», sagte Dallas.

«Es wird auch wohl noch eine Milliarde Jahre dauern, bis das Licht die dunklen Winkel deines dämlichen Hirns erreicht», sagte Rachel.

Vincent kicherte, blickte aber weiter aus dem Fenster. Sie fuhren an großen, weißen, am Straßenrand kauernden Behältern vorbei, zu denen Leitern hinaufführten, die wie Narben aussahen.

«Als ich noch klein war», sagte Rachel, «hat mir meine Mutter erzählt, dass diese Behälter voller Orangensaft seien und dass man in den Stahlfabriken dahinter Kekse backe.»

«Stimmt ja vielleicht auch», sagte Pronek.

«Glaub ich nicht», sagte Dallas.

«Tja, Mütter erzählen solche Sachen», sagte JFK. «Als ich klein war, bin ich von einem Laster gefallen und lag über einen Monat im Krankenhaus. Meine Mutter sagte, das sei passiert, weil ich nicht gebetet hätte.»

«Du lieber Gott», sagte Rachel.

«Genau.»

Sie fuhren durch einen Streifen Wald, in dem sich Spinnwebnebel noch an den Fuß der Bäume klammerte. Einige Rehe ästen gelassen in einer Schlucht.

«Seht doch!», rief Rachel. Pronek beugte sich zum Fenster vor und streifte ihre Schultern. Mit der linken Hand stützte er sich auf dem Sitz hinter ihr ab und berührte fast ihren Hals. Er malte sich aus, wie seine Finger über den Ansatz ihres Rückgrats strichen und dann zwischen den Schulterblättern hinabglitten.

«Ich war ein kluges Kerlchen», sagte JFK, «bevor ich vom Laster fiel.»

In Ohio war es kalt. Der Lieferwagen stemmte sich gegen den Wind, zermatschte Schneeflocken auf seiner Windschutzscheibe. Schneewirbel zwirbelten am Straßenrand. Die Silhouette eines Menschen strich über die offene Prärie, gefolgt von der Silhouette eines Hundes und umtollt von einer Schneewolke. Ein silbriger Zug glitt über den Horizont. In einem Auto, das sie überholte, schlief auf dem Rücksitz ein Junge, festgezurrt und friedlich. Dann warf ein riesiger Laster seinen Schatten über ihren Wagen, und das Wort UMZUG erschien Buchstabe um Buchstabe in Proneks Fenster.

«Lasst mich euch von Oak Ridge erzählen», sagte JFK, eine Hand am Steuer, die andere an der Stirn, «auch wenn ihr vermutlich schon alles darüber wisst.»

«Au ja, erleuchte uns, weiser Häuptling», sagte Rachel.

«Lasst uns erst noch diesen Song zu Ende hören», sagte Dallas. Die Stimme jaulte: *«Mom and dad have let me down ...»* JFK stellte das Radio ab.

«Ist ein großartiger Song.»

«Tut mir Leid, Cowboy.» JFK räusperte sich. «Oak Ridge wurde während des Zweiten Weltkriegs unter dem Deckmantel großer Verschwiegenheit gebaut. Es gehörte zum Manhattan-Projekt. Das Plutonium, das auf Hiroschima und Nagasaki abgeworfen wurde, stammte aus Oak Ridge. Und eine teuflische Menge von jenem Plutonium, mit dem nach dem Krieg Sprengköpfe bestückt wurden, kam ebenfalls aus Oak Ridge.»

«Können wir mal eine Pinkelpause einlegen?», fragte Dallas.

«Jetzt stellen sie Gott weiß was her. Deshalb machen wir eine Aktion, eine kleine Demo, auf der der eine oder andere verhaftet werden könnte, das Übliche eben.»

«Ich darf nicht verhaftet werden», sagte Pronek.

«Können wir mal eine Pinkelpause machen?»

«Vielleicht könntest du mal den Mund halten?», sagte Vince mit tiefer, ruhiger Stimme.

Sie hielten an.

Es war immer noch kalt – Dampfwölkchen entstiegen ihren Mündern. Pronek rauchte, trat auf der Stelle, die linke Hand in der Hosentasche. Ein Mann mit Filzhut schlief auf dem Parkplatz in einem klapprigen Cadillac, den Hut über die Augen gezogen. Vince und JFK standen im Rasthof vor einem Automaten. Rachel schlang die Arme um sich und hob den Blick zum Himmel, als erwarte sie, dass etwas herabkomme. Pronek schaute nach oben, doch da war nichts außer endlosem Grau.

«Mein Großvater hat in Oak Ridge gearbeitet», erklärte Rachel.

Pronek schüttelte ungläubig den Kopf, um sie zum Reden zu bringen. Er steckte sich die Zigarette zwischen die Lippen und schob auch die andere Hand in die Tasche.

Ihr Großvater, sagte sie, habe Auschwitz überlebt. Seine ganze Familie sei umgekommen, ein Onkel ausgenommen, der nach dem Ersten Weltkrieg nach Chicago auswanderte. Ihr Großvater sei Ende zwanzig gewesen, habe aber älter ausgesehen. Er kam nach Chicago und wohnte bei diesem Onkel, teilte sich ein Zimmer mit zwei Vettern im Teenageralter, Jungen, die nur Mädchen im Sinn hatten. Sie verachteten Rachels Großvater – er war mager, ungehobelt und verströmte den Geruch von Krankheit und europäischem Tod, den üblen Flüchtlingsgeruch. Sie hielten sich die Nase zu, wenn er ins Zimmer kam. Er schlief auf ihrem Sofa, und manchmal, wenn er die Augen öffnete, dann beugten sie sich höhnisch kichernd über ihn. Er ging nach einem Monat – er hatte einen Abschluss in Biologie und fand eine Stelle in einer Butterfabrik. Sie stellte ihn sich vor, wie er zwischen Butterfässern auf und ab ging, sagte Rachel, die Hände fettig, das Herz vor Kummer schwer.

«Weiter geht's», sagte JFK.

Er wollte in keiner Butterfabrik arbeiten. Er schrieb einen Brief an die Universität von Chicago, einen Brief in gebrochenem Englisch, doch vermochte er zu vermitteln, dass er bei einem berühmten Wissenschaftler in Prag studiert hatte. Er unterschlug, dass er Absolvent von Auschwitz war, da er fürchtete, dass man ihn dann nicht nehmen würde.

«Wo ist Dallas?», fragte JFK.

«Er pinkelt», sagte Vince.

«In eben diesem Augenblick», sagte Rachel, «hält er in Händen, was ihm am wichtigsten ist.»

Sie konnten ihn am anderen Ende des Parkplatzes sehen, wo er im trocknen, kniehohen Gras stand. Er schüttelte ihn, zog den Reißverschluss zu, rannte auf sie zu und flatterte dabei mit den Armen, als wollte er fliegen.

«Warum kannst du nicht die Toilette benutzen, so wie alle anderen auch?», grollte JFK.

«Ich bin ein Sohn von Mütterchen Natur», sagte Dallas.

«Dann pass bloß auf, dass Väterchen Gesellschaft dich nicht einsperrt und dir den Hintern versohlt», sagte Rachel.

Sie stiegen nacheinander in den Lieferwagen.

«Ich lehne die Gesellschaft ab», sagte Dallas, «mitsamt ihren blöden Regeln.»

«Anschnallen!», befahl JFK.

Er erhielt einen Brief von der University of Chicago, und man bot ihm eine Stelle in einem Laboratorium an, in dem die Auswirkungen von radioaktiven Strahlen auf menschliche Organismen untersucht wurden. Die Person, die ihm die Stelle anbot, schickte ihm den Brief mit kleinen grammatischen Korrekturen am Rand zurück. Und an der Universität traf er dann Rachels Großmutter: Sie war Studentin der Astronomie, arbeitete aber aushilfsweise für die Nuklearleute. Er verabredete sich mit ihr, und sie gingen in den Aragon-Tanzsaal, doch konnte er keinen Jitterburg und keinen Swing oder was immer man dort tanzte, er kannte nur Walzer und Polka. Sie verliebten sich Hals über Kopf. Rachels Großvater hauste in einer Kellerwohnung am Humboldt Park, und Großmutter wohnte bei ihren Eltern, strengen Hyde-Park-Juden, weshalb ihnen nur das Tanzen blieb. Wie dem auch sei, er kam jedenfalls nach Oak Ridge. Dort setzten sie Pflanzen und Mäuse radioaktiven Strahlen, Plutonium, Isotopen und sonstigem Mist aus und beobachteten, was passierte.

«Tja», sagte JFK, «es gibt da eine afrikanisch-amerikanische Gemeinschaft namens Scarboro, flussabwärts vom Labor, du weißt schon, Kinder, die in einem radioaktiv verseuchten Fluss schwimmen. Manchmal haben sie sogar den verseuchten Dampf abgelassen. Und sie haben natürlich beobachtet, was so passiert.»

«Und was ist passiert?», fragte Pronek.

«Ach, das Übliche eben. Kinder wurden ohne Wirbelsäule geboren, dafür aber mit Krebs und Tumoren.»

«Scheiße!», rief Dallas.

«Sei stolz darauf, Amerikaner zu sein», sagte Vince.

Rachels Großvater ließ sich hin und wieder von einem Fahrer nach Tennessee bringen, weil er selbst nicht fahren wollte. Er saß dann auf dem Rücksitz und schrieb Grandma Briefe, schilderte die Landschaft und all seine Gedanken und all seine Liebe. Wenn sie anhielten, warf er den Brief ein und begann gleich einen neuen. Für die Fahrt brauchte er zwei, drei Tage, und sie erhielt zehn, fünfzehn Briefe. Er beschmierte die Briefe mit Fett und schrieb «Kentucky-Fett» darunter. Er schickte ihr gepresste Blumen und getrocknete Baumblätter im Umschlag mit. Kaum hatte er genügend Geld gespart, kaufte er eine Kamera, ließ die Jungs in Oak Ridge den Film entwickeln und sandte ihr die Bilder – er wollte immerzu bei ihr sein, immerzu.

Rachel hatte die Briefe gesehen: Sein Englisch war schlecht, keine Artikel, keine Tempi, verquere Sätze, doch sie seien schön, sagte sie, randvoll mit altmodischer, schmalziger Alte-Welt-Liebe.

Sie fuhren vorbei an Häusern, winzig am Horizont, Wolken darüber mit schattigen Regenvorhängen. Sie passierten gepflügte Felder und Einkaufszentren mit Tankstellen, McDonald's und U-Bahnstationen, dann versank der Lieferwagen erneut zwischen Hügeln und fuhr rauf und dann wieder runter in Täler mit nichts sagenden Seen. Pronek träumte, er schriebe Rachel Briefe, schilderte ihr diese Hügel und führte aus, wie sehr sie ihn an Gegenden in Bosnien erinnerten.

Bei den Experimenten dachte er an Grandma. In jenen Tagen machte man sich nicht viel aus Radioaktivität – eigentlich behauptete ihr Großvater sogar bis zu dem Tag, an dem er mit zerfressenen Knochen starb, dass Radioaktivität harmlos sei. Also rührte er Uranium um, als rührte er Teig in einer Schüssel, keine Gesichtsmaske, keine Handschuhe, nichts. Und er dachte dabei an Grandma, an ihre Alabasterschenkel und ihre sanften Hände, woran auch immer, und ein Tropfen Uranium spritzte aus der Schüssel und landete auf seiner Lippe. Er wischte ihn einfach fort.

Rachel fuhr sich mit dem Daumen über die Lippen, langsam, und leckte sie dann ab, während Pronek sie wie gebannt dabei beobachtete.

«Woher hast du denn den sentimentalen Scheiß?», fragte Dallas.

«Schnauze!», rief Vince.

Die Stelle, auf die das Uranium gefallen war, brannte, und er schrieb Großmutter, dass seine Lippen darauf brannten, sie zu küssen.

Auf hohen Brücken, die sich über rippelige rote und ockerfarbene Hügel spannten, fuhren sie durch Kentucky. Sie fuhren durch Städte, die nur aus mit Brettern vernagelten Häusern und einer Jiffy-Lube-Werkstatt bestanden. Sie fuhren an ruhig grasenden Pferden vorbei, schlank und hoch gewachsen, die ihre Köpfe hoben, um in die Ferne zu schauen, und sich dann in Bewegung setzten, Huf um Huf, bis sie im Kreis galoppierten, eingezäunt von weißem Gatter. Pronek stellte sich vor, wie sie sprangen und über das Gatter flogen, fürchtete dann aber, sie könnten sich beim Aufsetzen die Beine brechen.

«Ich habe den Freund», sagte Pronek, «der mag Pferde sehr gern. Mein bester Freund in Sarajevo.»

«Hat er ein eigenes Pferd?», fragte Rachel.

«Ich hatte mal ein Pferd», sagte Dallas. «Mein Großvater in Texas ...»

«Sehr schön», sagte Rachel, «nur hat dich niemand gefragt.»

«Ach, nein, hat er nicht», sagte Pronek. «Aber er hat immer geträumt von den Pferden. Ich zeig dir seinem Brief, den er geschrieben hat. Ist sehr traurig.»

«Seinen Brief», sagte Rachel.

«Ja», sagte Pronek.

«Nicht seinem Brief.»

«Okay.»

«Mir ist aufgefallen», sagte Dallas, «dass du oft den bestimmten Artikel gebrauchst.»

«Den was?»

«Den Geht-dich-einen-unbestimmten-Dreck-an-Artikel!», zischte Rachel.

«He, Scheiße, was ist denn mit dir los?» Dallas hämmerte mit der Hand aufs Armaturenbrett – eine Staubwolke stieg im Licht der Hügel von Kentucky auf.

«Scheiße, mit mir ist nichts los. Ich kann dich einfach nur nicht ausstehen.»

«He, he, he!», rief JFK.

«Ich lese dir vor den Brief», sagte Pronek. «Ich hab ihn in dem Haus.»

«Zu Hause», sagte Dallas. «Ich habe ihn zu Hause.»

Sie schliefen im selben Zelt, Pronek eingezwängt zwischen Dallas und Rachel, JFK mit Vince am anderen Ende. Sie spürten, wie die eisige Nacht Raureif auf ihr Zelt kleisterte; der Mond funkelte herein. Pronek lag auf dem Rücken und spürte Rachels Wärme durch die beiden Schlafsäcke. Er hörte ihren tiefen, friedlichen Atem und roch den Duft ihrer Haare, roch ihren Schweiß, ihre Müdigkeit. Dallas schnarchte, JFK warf sich unruhig hin und her. Pronek wandte sich zu Rachel um und beobachtete sie im fahlen, diffusen Mondlicht. Ihre Stirn war glatt, die Lider waren wunderschön geschwungen, die Wimpern reglos. Ihre Lippen bewegten sich nicht, ihr Mund formte kein Wort. Die Schlafsackkapuze umrahmte ihr Gesicht, als hielte sie es Pronek zur näheren Betrachtung hin, eine Locke fiel ihr über die Schläfe.

Da schlug sie die Augen auf.

Pronek war wie erstarrt. Sie schaute ihn aus ihren Tiefen an und wusste zweifelsohne, dass er sie beobachtet hatte. Arglos blinzelte sie, unbekümmert darum, dass Proneks Blick ihr Gesicht streichelte. Dann hob sie den Kopf, schloss die Augen und drückte ihm einen Kuss auf die Lippen. Pronek war wie gelähmt. Die Unwirklichkeit dieses Augenblicks versteinerte ihm die Muskeln in Nacken und Rücken, sodass er sich nicht regen konnte, bis er ihre Zunge spürte, die zwischen seine Lippen drang – und da ließ er sie ein.

«Wenn du deinen Schwanz noch einmal an mich drückst», sagte JFK, «kannst du draußen schlafen. Kapiert?»

«Was redest du da für einen Blödsinn, Mann?», sagte Dallas und drehte sich zu Pronek um. Pronek spürte seine Wärme im Rücken, doch Rachels Hand strich über sein Gesicht, und er schloss die Augen, die Lippen brannten.

Ihnen blieben noch einige Stunden bis zur Demo, und JFK ließ sie vor dem American Museum of Science and Energy aussteigen. Rachel bugsierte Pronek unter eine amerikanische Flagge, ging vor seinen Füßen auf die Knie und fotografierte sein Gesicht, das vorspringende Kinn, die schlaffe Fahne darüber. Am Morgen war Pronek mit dem Gedanken aufgewacht, dass er alles nur geträumt hatte. Rachel half ihm auch nicht weiter: Sie war eifrig dabei, eine Zahnbürste aus ihrem Rucksack auszugraben. Ohne ein Lächeln blickte sie zu Pronek auf; sie trug ihr VERWIRRUNG IST SEX-T-Shirt, was er irgendwie passend fand. Auf der Fahrt zum Museum saß sie vorn, und er war sich sicher, dass sie nun, nachdem sie in der letzten Nacht flüsternd und mit sanftem Kuss einen Gipfel der Liebe erklommen hatten, an diesem Morgen hinab in den Abgrund stürzten. JFK fuhr sie über die Felder trostloser Einkaufszentren und Parkplätze mit burgenähnlichen Fastfood-Restaurants an den Rändern. Sie kamen an einem Teich vorbei, über den zwei Schwäne mit gesenkten Köpfen glitten, doch hätte Pronek nicht sagen können, ob sie echt oder aus Plastik waren. Die Möglichkeit, dass die Welt niemals auf seine Sehnsüchte reagieren könnte, quälte ihn.

Das Museum war voller ältlicher Damen in mit Blumen bedruckten Jacken, die Falten zugekleistert, die Augen von der Brille vergrößert. Eine von ihnen sagte in breitem Südstaatentonfall: «Nun ja, wenn du eine Kettenreaktion willst, brauchst du Graphit», und Pronek fürchtete, dass man ihn in der allgemeinen Begeisterung ansprechen könnte – sein Akzent würde hier noch ausländischer und verdächtiger klingen als sonst. Er heftete sich an Rachel, folgte ihr wie ein Schatten und hoffte dabei unablässig, sie würde ihm ein Zeichen geben, das die letzte Nacht für ihn real machen könnte. Langsam strich sie durch den Saal *Die geheime Stadt*, die Hände in den hinteren Jeanstaschen.

Es habe einen Propheten gegeben, erklärte eine Tafel an der Wand, mit Namen John Hendricks. Um 1890 hatte der Prophet sein Ohr an den Boden gelegt und eine schreckliche Stimme vernommen, die ihm sagte, dass dieses Tal von Fremden überschwemmt würde, die Erlösung suchten, dass sie kämen, die Seele der Sterne zu entfesseln. Rachel betrachtete stirnrunzelnd die Tafel und ging zu einem Plakat aus den vierziger Jahren mit einer rothaarigen Schönheit, die ihre wulstigen, hinreißenden Lippen spitzte – GESUCHT! WEGEN MORDES! IHR LEICHTSINNIGES GESCHWÄTZ KOSTET LEBEN! stand auf dem Plakat. Doch Pronek fragte sich, was aus dem Propheten geworden war. Hatten sie ihn aufgehängt? Hatten sie ihn geteert und gefedert? War er ihr Anführer geworden? Hatte er wissen können, was am Ende geschah? Rachel stand vor Schwarzweißbildern von schlammigen Feldern, mittendrin «Negerbaracken». Es gab Bilder von einem Schwarm weiß gekleideter Krankenschwestern, von Frauen, die zufrieden in einem Fertighaus rauchten, von uniformierten, ernsten Wachen, die einen Sack durchsuchten, der Nikolaus mit erhobenen Händen daneben. Pronek wollte sie nach der letzten Nacht fragen und übte die Frage immer wieder, bekam sie aber nicht richtig hin. Die Wortklauberei vernebelte ihm das Hirn, und er stand verständnislos vor den Fotos. Da gab es Jungen, die mit Murmeln spielten, und ein Theatervordach, auf dem SEID IHR ALLE GLÜCKLICH? stand. Da waren Geigerzähler und Nylonschläuche in Glaskästen zu sehen. Da standen Offiziere der Armee vor einem geheimen Uraniumlager. Pronek konnte Rachel riechen: feuchter Herbstblätterduft von Schlafschweiß und ungewechselter Wäsche, der Duft, der ihm letzte Nacht in die Nase gestiegen war und nicht mehr weichen wollte. Da saßen zwei junge Frauen, die Knie züchtig zusammen, vor einer Wand aus Käfigen mit Labormäusen. Im Big-Boy-Saal sah man nukleare Pilze, die in der Wüste sprunghaft anschwollen. Rachel blieb vor einem dieser Pilzbilder stehen, rollte mit den Augen und schüttelte den Kopf, und Pronek füchtete, die ältlichen Südstaatendamen könnten sie sehen, unpatriotisch finden und sie gerade dann für ihr Benehmen schelten, wenn er sie wegen letzter Nacht fragen wollte. Er holte sie ein und trat vor sie hin. «Gestern Nacht ...», murmelte er. Sie stellte sich auf die Zehenspitzen und küsste das Y zwischen seinen Brauen, die Hände noch in den Taschen, während die alten Damen vorbeischlenderten und abfällig blickend einen Bogen um sie machten.

Pronek sah zu, wie sich einige Greenpeacler an das Tor zum Laboratorium ketteten, während andere verstreut auf der Zufahrt lagen, bereit zu passivem Widerstand, Rachel in der Mitte, die Arme am Körper, die Handflächen fest auf den Beton gepresst. Er stand auf der anderen Straßenseite, ein Schild mit WIR WOLLEN DIE ZUKUNFT! in der Hand, und sorgte sich um Rachel. Er sah Wachposten mit raschen, wütenden Bewegungen über das Tor klettern, hörte sie die Angeketteten anschreien. Zwei Wachen machten sich daran, die Ketten zu zersägen, die anderen hoben die Liegenden auf und lasen ihnen ihre Rechte vor, während eine Grüne Minna um die Ecke bog, als ob sie dort bereits die ganze Zeit gewartet hätte. «Eins, zwei, drei, vier, den Atomausbau, den stoppen wir!», rief Pronek. Neben ihm stand ein zwergenhafter Typ mit langen Koteletten und schweren Stiefeln. Manchmal variierte er den Slogan: «Wir woll'n keinen Strahlentod – hipp hopp – Atomkraft stopp», doch der Zwerg sah ihn so scheel von der Seite an, als hielte er ihn für einen FBI-Spion. Zwei knallhart aussehende Wachen hoben Rachel auf, der eine packte ihre Fußknöchel (Pronek stellte sie sich zart und zerbrechlich vor), der andere griff ihr unter die Achseln (Pronek kannte den Geruch), und Rachel ließ sich hängen, bis ihr Hintern fast den Boden berührte. Er schloss die Augen und murmelte: «Bringt sie zu mir», als schickte er eine telepathische Botschaft aus, doch kam sie bei den Männern in Uniform nicht an. Man lud Rachel in den Mannschaftswagen. Pronek sah sich mit ihr im Gefängnis, dann malte er sich ihre gemeinsame Flucht aus. Sie würden zusammen durch Amerika fahren und anschließend über den Pazifik segeln.

Die Fabriken der South Side stießen immer noch Feuer und Rauch aus. Am Horizont sah Pronek die Skyline von Chicago, die lichterhellen rechteckigen Konturen vor dem marineblauen Himmel, kalt und großartig.

«Das ist schön», sagte er zu niemand bestimmten, da außer JFK alle schliefen: Vince hatte sich den A- und B-Hörnchen-Beutel unter die Wange geschoben und sich ans Fenster gelehnt. Dallas sabberte auf dem Vordersitz. Rachels Kopf lag auf Proneks Schulter, ihre Hand berührte sein Bein. Warme Luft strömte aus ihren Nasenlöchern auf seinen Arm, ihr Haar kitzelte ihn im Gesicht. Sein Rücken war angespannt und schmerzte, doch wollte er sich nicht bewegen.

«Stimmt, das ist schön», sagte JFK.

Trotz des höllischen Lärms und einer Meute Kinder, die ihren Rap über das Leben in den Robert-Taylor-Heimen zum Besten gaben, schlief Rachel auch in der EL, die Schläfe immer noch an Proneks Schulter gedrückt. Vor ihnen drängten sich zwei junge Frauen aneinander, ihr langes dunkles Haar fiel über die Haltegriffe. Pronek bemerkte, wie die linke sich zu ihrer Freundin beugte, leicht das Ohr mit den Lippen streifte und sagte: «Ich liebe dich.» Der Zug tauchte aus dem Untergrund empor, und die Lichter der Stadt gleißten durch die verschmierten Fenster. In Belmont stiegen die Frauen aus, sie hielten sich an der Hand.

Rachel stieg in Lawrence aus, verschlafen und nur halb wach. Sie sagte, sie würde ihn morgen sehen, und morgen schien Pronek so fern, dass ihm zum Weinen war. Er sah sie die Treppen hinabsteigen und verschwinden – schon sehnte er sich nach ihr, die Aragon-Neonröhren färbten sein Gesicht rot.

Als er die Tür zu seiner Wohnung aufschloss, war alles an seinem Platz: Die Kaffeetasse mit der Aufschrift KÜSS MICH, ICH KOMME AUS IRLAND, die er aus einer Laune heraus in einem Trödelladen gekauft hatte, stand immer noch nah am Tischrand; die Weltkarte klebte weiterhin an der Wand; die Kürbisuhr, die jemand im Waschkeller vergessen hatte, tickte noch; zwei braune Schuhe wandten sich wie angewidert voneinander ab; der gespülte Teller im Geschirrständer beugte sich über das Becken, als wollte er sein Spiegelbild bewundern – alles war so, wie er es zurückgelassen hatte. Erstaunlich, dachte er, dass niemand hier war, wenn er nicht da war – der Raum, den er einnahm, war leer, wenn er sich woanders aufhielt. Doch es roch anders – er nahm einen stechenden, ihm ganz und gar nicht vertrauten Geruch nach Plastik wahr. Er trat vor, schnüffelte, bewegte sich auf Zehenspitzen, machte kein Licht und war auf das Schlimmste gefasst, als wäre er ein Wolf, der in seine geschändete Höhle zurückkehrte, angespannt und auf der Hut, mit vor Müdigkeit brennenden Augen. Auf Samtpfoten schlich er ins Schlafzimmer – sein Hemd lag ausgestreckt auf der Matratze, als spielte es toter Mann. Er kehrte zurück in die Küche, strich mit der Hand durch das leere Waschbecken (eine Kakerlake verschwand im Abfluss), Scheinwerfer flackerten über die Wände. Mitten im Zimmer fiel er auf die Knie und roch am Teppich, dann unterm Heizkörper, fand aber nicht heraus, woher der Geruch kam. Er stellte sich vor, wie jemand in seine Wohnung schlich und rücksichtslos und ungeduldig alles in dem kleinen Museum seines Lebens durchwühlte: ein grüner Spielzeughubschrauber, den er von irgendeiner Veranda gestohlen hatte; ein Blechfrosch zum Aufziehen; ein gerahmtes Bild seiner Eltern, die Gläser zum Anstoßen erhoben, betrunken; eine winzige Holzschüssel voller Murmeln; ein nagelbeschlagenes Holzscheit, das dem Großen Bären ähnelte. Er stellte sich vor, wie der Eindringling seine Kleider anprobierte, seine Hemden zuknöpfte. Was, fragte sich Pronek, würde der Eindringling von ihm denken, von seinem Leben? Er ging weiter ins Bad. Der neue Duschvorhang, den der Vermieter angebracht hatte und der einen scharfen, chemischen Geruch verströmte, schimmerte im Dunkeln.

## Tod in Venedig

Pronek wachte mit einer unbestimmten, schlaffen Erektion und dem kribbligen Gefühl auf, dass sein Leben jemand anderem widerfuhr. Er saß am Tisch, trank Kaffee aus der irischen Tasse und beobachtete die Wartenden an der EL-Haltestelle: Eine Frau auf einer Bank las ein Buch; ein Teenager wackelte mit dem Kopf zu unhörbaren Rhythmen; ein Mann mit Strohhut und teigigem Gesicht krümmte sich, als wäre der Morgen ein Sack Zement; ein Mädchen, auf dem Kopf eine Haarpalme, trug konzentrische Goldketten um den Hals. Sie hielten Abstand, schauten sich nicht an. Die Sonne spiegelte sich im Geländer. Dieser Augenblick, dachte Pronek, würde von niemandem erinnert werden, nur von ihm, und eines Tages würde er auch aus seinem Gedächtnis verschwunden sein.

In mit tanzenden Teddybären bedruckter Unterwäsche stand William vor Proneks Tür, ein mächtiger Schädel, das Gesicht von Akne übersät. Ihm sei das Telefon abgestellt worden, aber er müsse telefonieren, sagte er, um auf eine Partnerschaftsanzeige zu antworten.

William stammte aus Portland und war nach Chicago gekommen, um seinen Durchbruch als Stand-up-Comedian zu versuchen, fuhr momentan aber Pizzen aus und arbeitete bei einer Umzugsfirma, die Hände mit blauen Flecken übersät, wann immer Pronek ihn traf. Nach einem kurzen Plausch im Fahrstuhl, bei dem William an Proneks bündigen Antworten den Ausländer erkannt hatte, war er zu ihm gekommen, weil er sich Proneks Akzent für einen Sketch aneignen wollte. Nach den Standardfragen (wann und warum er in die Staaten gekommen war) hatte er versucht, ihn zu imitieren, und getan, als sei er ein ausländischer Taxifahrer. Pronek ließ den mörderisch witzlosen Auftritt über sich ergehen, zu dem allerhand idiotisches Gegrinse und ein Akzent gehörten, der ihm eher irisch vorkam, und hatte gespürt, wie sich ihm Furcht und Kummer schwer auf die Brust legten, während William nicht aufhören konnte, über seine erbärmlich schlechten Späße zu lachen.

Pronek ließ ihn herein und lehnte am Küchenschrank, als William die Partnerschaftsvermittlung anrief. Er sah den Kakerlak aus der Spüle auftauchen und verstohlen zum Ofen huschen, regte sich aber nicht.

«Hi, ich heiße William. Tja, und ich steh auf *Pulp Fiction,* ähm, asiatisches Essen und David Sedaris.»

Er streckte den Kopf ins Badezimmer, spannte die Telefonschnur aufs Äußerste und zog langsam den Apparat vom Tisch.

«Mein größter Wunsch ist es, dir am Kamin die Füße zu massieren, an ausländischem Bier zu nippen und dir meinen Lieblingssong vorzusingen, und das ist, ähm, ‹Yesterday›. Also ungefähr so ... *Yesterday, all my troubles seemed so far away ...*»

William sang mit fiepsiger, flacher Stimme, die sich nur gelegentlich zum heiseren Timbre eines tuberkulösen Baritons aufschwang. Die grässlichen Laute hallten im Bad wider, und Pronek dachte an die Person, die sich schaudernd diese unglückselige Nachricht anhörte. Dann fiel ihm ein, wie oft er selbst dieses Lied gesungen hatte, und schämte sich dafür plötzlich noch im Nachhinein – er sah sich mit Gitarre, wie er schrummelnd die tiefen Gefühle dieses Songs auszudrücken versuchte, und angesichts seiner Dämlichkeit überlief es ihn vor Entsetzen eiskalt, wenn er an die Zeiten dachte, in denen er «Yesterday» für etwas anderes als eine sentimentale Schnulze gehalten hatte, in denen er jemand anders gewesen war.

*«Suddenly, I'm not half the man I used to be, there's a shadow hanging over me ...»*, sang William, zog seine Boxershorts hoch, um sich am Schenkel zu kratzen, und entblößte dabei einen Pickel, der sich offensichtlich zu einem Furunkel mausern wollte. Das Telefon glitt vom Tisch und krachte zu Boden.

Rachel bearbeitete die andere Straßenseite. Er konnte sie sehen, wie sie eine Veranda betrat, auf die Klingel drückte, sich umschaute und den mit Zeitungen voll gestopften Briefkasten musterte, den Rasen mit den Holzenten und Marmorfröschen, Plastikengeln und Rasensprengern, Aluminiumspinnen mit langem grünem Schwanz. Er sah sie ihren Kopf nach links und nach rechts wenden, während sie mit den Leuten sprach, die ihr die Tür öffneten. Manchmal lächelte sie und winkte ihm zu, wenn sie von einem Haus zum nächsten lief und das von gelben Blättern gedämpfte Licht ihr blasses Gesicht tönte.

Pronek stand vor einer geschlossenen Tür und zögerte, und als er schließlich auf die Klingel drückte, betete er zu allen Arbeitnehmergöttern, dass niemand daheim sein möge. Er versuchte mit den Menschen, die ihm aufmachten, über Delphine zu reden, aber sie starrten ihn nur voller Verachtung und bar jeglichen Interesses an. Tür um Tür wurde ihm vor der Nase zugeschlagen, und Wut stieg in ihm auf. Er trat nach einem neongrünen Plastikeimer und feuerte ihn gegen den Gartenzaun.

«Komm herein», sagte die Frau. «Ich habe schon auf dich gewartet.»

Sie war klein und zart und hatte sich einen riesigen Schal um den Hals gewickelt. Unschlüssig trat Pronek ins Haus, irgendwas knarrte unter seinen Schuhen, und die Fliegengittertür schlug hinter ihm zu, als drängte sie ihn hinein.

«Hast du Hunger?», fragte sie Pronek. Ein klammer, nudeliger Geruch durchzog das Haus. Auf einem Bücherregal hockte ein fetter, kleiner Buddha und grinste, neben ihm ein Räucherstäbchenigel. Über dem Kaminsims hing ein Spiegel, und einen Moment lang starrte Pronek sich selbst an.

«Nein, danke», sagte Pronek.

«Aber ich habe dir die Wantan-Suppe gemacht, die du so gern magst», sagte sie, «und dazu ein wenig gebratenes Huhn.»

Wantan-Suppe aß Pronek am liebsten, ebenso gebratenes Huhn.

«Danke», sagte er, doch sein Magen war plötzlich leer.

«Johnny und Grace kommen vielleicht noch zum Essen dazu»,

sagte die Frau. «Könnte sein, dass du uns etwas Rosenkohl besorgen musst.»

Sagen wir, wenn Pronek ein Gebäude mit einem Fahrstuhl gewesen wäre, der im Schacht zwischen Hirn und Magen auf und ab führe, dann wäre in eben diesem Augenblick der Fahrstuhl hundert Stockwerke tief hinabgestürzt, von brutaler Schwerkraft beschleunigt, um auf dem Boden aufzuschlagen und alles, was sich in ihm befunden hatte, zu einem breiigen Haufen zu zermanschen.

«Aber du hättest mich wenigstens anrufen können, dass du zu spät kommst», sagte die Frau, stemmte die Hände in die Hüften und schüttelte tadelnd den Kopf.

«Bin ich gar nicht», sagte Pronek mit zugeschnürter Kehle. «Was glauben Sie, wer ich bin?»

«Ach, ich kenne dich besser als irgendwer sonst», sagte die Frau, wedelte mit der Hand in seine Richtung und betrachtete ihn mit gütigem Stirnrunzeln.

Auf den Fensterbrettern aufgereiht standen Urwälder üppiger Pflanzen. Ein Kalender mit dem Bild einer Straße in Saigon sowie in undurchdringlichem Alphabet geschriebenen Dingen hing an der Wand, lächelnde Gesichter prangten auf Dattelschachteln. Die Frau hatte eine dunkle Hautfarbe und ein breites, freches Gesicht, umrahmt von dichtem, schwarzem Haar. Sie könnte Vietnamesin sein, dachte Pronek, doch wer bin ich?

«Ich komme von Greenpeace», sagte er zu der Frau und hielt ihr zum Beweis das Klemmbrett mit einem grünblauen Planeten auf dem Flugblatt hin. Pronek fiel auf, dass der Kalender von 1975 war.

Sie lachte herzhaft, klatschte in die Hände, spendete seiner Vorstellung Applaus.

«Du bringst mich immer zum Lachen», sagte sie und hielt sich den Bauch, als täte er ihr weh.

«Ma'am», versuchte es Pronek erneut, hatte aber nicht die Kraft fortzufahren, da er sich nicht erinnern konnte, wie er hierher gekommen war, wie er zu dem geworden war, der er war.

Er setzte sich in den tiefen Sessel mit Blick auf den abgestellten Fernsehapparat. In bequemer Reichweite stand neben dem Sessel sorgsam ausgerichtet ein Paar Männerpantoffeln, weich und blau. Er schloss die Augen und hoffte, dass die Frau verschwunden sein würde, wenn er sie wieder aufschlug. Doch sie war immer noch da. Was würde geschehen, fragte sich Pronek, wenn er einfach die Schuhe auszog und die Pantoffeln über seine vom Gehen geschwollenen Füße streifte? Wenn er ein wenig von der Wantan-Suppe aß? Wem täte er damit weh? Pronek sah sich in Pantoffeln in die Küche schlurfen, sich hinsetzen und die Suppe essen, während ihm die Frau sanft über den Rücken strich. Warum konnte er nicht mehrere Personen sein? Warum steckte er mitten in sich selbst fest, müde und hungrig?

«Ma'am», sagte er immer noch zögerlich, flüsternd, mit Worten, die über den Rand des Schweigens taumelten, «es tut mir sehr Leid, aber Sie kennen mich nicht.»

«Mach dir deshalb keine Sorgen», sagte die Frau leise und kam langsam näher, kaum mehr als eine Berührung weit fort. «Die Suppe wird kalt.»

Rachel schloss die Tür auf, und eine große Katze versuchte, sich nach draußen zu zwängen, wurde aber von ihrem Fuß zurückgeschoben.

«Das ist die Katze», sagte sie.

«Wie heißt sie?», fragte Pronek.

«Ich nenne sie die Katze. Sie gehört Maxwell. Er nennt sie Zora.»

«Wer ist Maxwell?»

«Mein Mitbewohner.»

«Ach so.»

Rachel machte das Licht an und schloss hinter sich die Tür. Die Katze schnupperte an Proneks Schuhen, dann blickte sie zu ihm auf. «*Zora*», sagte er, «heißt in meiner Sprache der frühe Morgen.»

Die Wände waren türkisgrün, in der Mitte verlief von Wand

zu Wand ein dicker roter Streifen. Die Katze sprang auf das Sofa und kroch unter ein Kissen.

«Tja, sie ist jedenfalls kein früher Morgen. Maxwell verwöhnt sie über die Maßen.»

«Ist er dein Freund?»

«Maxwell ist sehr hübsch», sagte sie, «aber leider schwul.»

«Ach.»

Rachel dimmte das Licht. Pronek ließ sich aufs Sofa fallen und spürte, wie ihm die Müdigkeit in Becken und Beine sackte.

«Maxwell ist Musiker; er spielt Trompete. Mit Aaron, seinem Freund, hat er eine Jazzband, und er hält sich für den Miles der Hip-hop-Szene.»

«Und wer ist der Miles der Hip-hop-Szene?»

«Du weißt doch, Miles Davis, die Hip-hop-Ausgabe?»

«Aha.»

Auf einem Schwarzweißfoto latschte ein Mann über eine Straße, ein Fuß kurz davor aufzusetzen, fast, als wollte er eine Spinne zertreten. Rachel saß neben Pronek, legte ihm eine Hand auf den Schenkel und fragte:

«Möchtest du etwas? Einen Drink?»

Ihre Brauen wuchsen aufeinander zu, spinnwebfein schimmerte es auf dem konvexen Hang über ihrer Nase, die Augäpfel glänzten – er stellte sich vor, sie mit der Zungenspitze zu berühren und dachte: *Blago*.

«Nein.»

«Also, ich möchte. Nach einem harten Arbeitstag kann der Mensch einen Whiskey vertragen.»

«Okay, geb mir einen Whiskey.»

Während sich Rachel in der Küche aufhielt – Gläser klirrten, Wasser lief, unbestimmte Geräusche verebbten –, stellte er sich vor, wie er sich selbst in diesem Zimmer vorstellte: Schummerlicht, wartend auf eine Frau, die nur wissen konnte, was er ihr in radebrechendem Englisch und mit entstellendem Akzent erzählt hatte. Deutlich erkannte er, dass der, der er glaubte zu sein, und jener, den sie dafür hielt, zwei völlig verschiedene Personen waren. Er stellte sich verdoppelt vor, nebeneinander saßen die beiden auf dem verdammten Sofa. Plötzlich war die Katze am anderen Tischende, schmiegte sich in den Sessel und ließ den Blick von Pronek zu seinem Zwilling wandern. Rachel tauchte mit zwei Gläsern aus dem dunklen Flur auf und sagte: «Gehen wir auf mein Zimmer.» Langsam erhob sich Pronek, stemmte sich mit den Fäusten vom Sofa ab.

Ich warte einen Augenblick, dann hechte ich vor, erschrecke die Katze. Ich folge ihm in Rachels Schlafzimmer und schlüpfe hinein, bevor sie die Tür schließen.

Sie sitzen auf dem Bett, Rachels Rücken von der Nachttischlampe beleuchtet, Proneks Rücken mir zugekehrt, und ich setze mich lautlos in einer dunklen Ecke an ihren Schreibtisch und atme, kaum hörbar, durch Mund und Nase.

In sehnlicher Stille nippen sie an dem Whiskey und schauen sich dabei vermutlich in die Augen. Rachel küsst ihn auf den Mund, entzieht sich dann und wartete auf seinen Zug. Pronek kippt den Whiskey in sich hinein, beugt sich vor, greift ihren Kopf und zieht ihr Gesicht zu sich. In der anderen Hand kippt langsam das Glas auf sein Knie, bis der verdünnte Whiskey auf den Boden tropft.

Langsam sinken sie auf das Bett, die Füße noch am Boden. Ach, ich habe es schon viele Male gesehen, dieses Vorspiel. Ich kenne den Zweifel und das ungläubige Staunen, während er sie Schicht um Schicht aus ihren Kleidern schält, sie sein Hemd aufknöpft. Ich schaue mir das Sammelsurium auf ihrem Schreibtisch an: eine Nachricht von einem gewissen Daren, eine CD von Ciccione Youth, eine Bewerbung um eine Stelle als Englisch-Lehrerin. Ich entdecke einen Kontaktabzug mit kleinen Fotos von einem leeren Bilderrahmen, einem wie ein Bleistift entzwei gebrochenem Laternenmast, irgendeiner vorstädtischen Veranda, von Pronek, der den Betrachter anschaut, die amerikanische Flagge schlaff über dem Kopf. Dann sehe ich einen dicken Stapel Papiere, bekritzelt in einer Handschrift, die sich neigt wie Weizen im Wind. Ich lese:

*Wie Pillen verschlangen sie die Cheeseburger und waren doch traurig.*

*Meine Aggression ist ein Traum.*

Rachel zieht ihre Schuhe aus, hat ein wenig Mühe, die Schnürbänder aufzuziehen, und kichert.

*Jozef spielte daheim in einer Bluesband. Er ist ein guter Kerl, doch steigen Blasen auf von der Kreatur in seinen Tiefen.*

*Herbst setzte am 28. August gegen Mittag ein. Schlagartig wurde das Licht weich, die Sonnenstrahlen kamen mit gesenkten Köpfen, rieben ihre Wangen an mir wie eine schnurrende Katze.*

Rachel hat Proneks Hemd aufgeknöpft, ihre Beine sind entblößt, ich kann ihren Schritt und ihr Höschen sehen. Pronek schaut auf ihre Hände. Sie streift ihm das Hemd von den Schultern, zieht dann sein Unterhemd hoch, lacht und schüttelt den Kopf. «Mir war kalt», erklärt Pronek. Sie küsst ihn auf die Brust, kitzelt die linke Brustwarze mit der Zunge. Pronek japst.

*Mit Hundetränen verkrustete Hundeaugen.*

Pronek macht sich daran, ihren BH aufzuhaken, während sie mit den Fingern durch sein Haar recht. «Es muss gewaschen werden», sagt Pronek. «Jetzt nicht», erwidert Rachel, lacht erneut und lehnt sich just in dem Augenblick zurück, in dem Pronek das BH-Rätsel löst – ihre Brüste springen vor.

*Draußen kann ich Eichhörnchen keckern hören. Woher weiß ich, dass sie nicht mit mir reden, da ich ihre Sprache doch nicht kenne?*

Langsam und behutsam, als könnte eine grobe Berührung alles zerbrechen, zieht Pronek ihr Höschen über die Schenkel, über die Knie, bis sie schließlich die Füße aus den Schlingen nestelt. Sie ist jetzt nackt, ein herrlich anzusehender Leib, das Licht funkelt auf ihrer Haut. «Dann wollen wir mal ein Kondom überstreifen», sagt sie.

*Im Supermarkt hat alles einen nicht übertragbaren Namen. Liebe wird uns auseinander reißen.*

Wie ein aufgeregter Welpe zerrt Pronek an der Kondomverpackung herum, Rücken gekrümmt, gezähnte Wirbelsäule. «Ich hasse Kondome», sagt er und beißt erneut in die Verpackung. Rachel gluckst: «Wenn wir zusammenbleiben, kannst du dir die abwaschbare Sorte holen, die brauchst du nicht mehr auszuziehen.» Pronek bringt ein grimmiges Lachen zustande, doch ist das Kondom immer noch nicht bezwungen. «Ach, gib schon her», sagt Rachel, und im Handumdrehen hält sie ihm das Kondom hin. «Dann kann ich es dir auch gleich überziehen.»

*Oh, what is that sound which so thrills the ear*
*Down in the valley, drumming, drumming?*
*Only the scarlet soldiers, dear*
*The soldiers coming.*

«Kann ich Licht ausmachen?», fragt Pronek.

«Das Licht.»

«Was?»

«Kann ich *das* Licht ausmachen?»

«Mach das Licht aus.»

Rachel macht das Licht aus.

Ich sitze im Dunkeln, nur hin und wieder taucht an den Wänden ein Scheinwerfertrugbild auf und erlöscht gleich wieder. Ich höre ihr Schluchzen und Schnaufen, das Wälzen, Winden, Ringen, die Kollision von Haut mit Haut, ein Prusten, ein Wort: Ja, *blago*, nein, langsam. Ich vermag nichts dagegen zu tun, ich bin erregt, ich höre die Leiber im Dunkeln miteinander rangeln. Mein Atmen muss ich auf die Laute ihrer Leidenschaft abstimmen, die Hand der Lust umklammert meine Kehle, meine Lenden brennen. Ich bewege mich, und der Stuhl ächzt.

«Was war das?», fragt Pronek.

«Nichts. Alles in Ordnung. Komm her.»

«Ich hab was gehört.»

«Da war nichts. Lass uns vögeln.»

Ihr entweicht ein unterdrücktes Quieken, das sich zu stoßweisem Gejapse steigert, während Pronek mit zusammengepressten Zähnen einen zischenden Laut von sich gibt, der klingt, als boxe ihm jemand auf die Brust. Dann ist es zu meiner großen Erleichterung endlich vorbei – sie kommen im Duett.

Stille.
«Hat es dir gefallen?», fragt Pronek.
«Sei still.»
Im Zimmer riecht es nach Kleidern und Schweiß. Ich kann Proneks entspannten Körper fühlen, aber auch, wie die Spannung langsam wieder ansteigt – er dehnt die Finger, zerdrückt ein unsichtbares Ding.
«Darf ich rauchen?», fragt er.
«Hier nicht. Auf dem Dach.»
Dann folgt ein kurzes Klopfen an der Tür, und jemand stürmt ins Zimmer. Pronek springt aus dem Bett, fällt auf den Boden und bleibt unten.
«Rachel», sagt der Mann.
«Mein Gott, Maxwell. Ich bin nicht allein. Was zum Teufel ist bloß mit dir los?»
«Scheiße», sagt Maxwell, verlässt das Zimmer und schließt die Tür hinter sich.
«Entschuldige», ruft er durch die geschlossene Tür. «Ich brauche ein Kondom, Rachel. Meine sind alle.»
«O nein», sagt Rachel und steigt aus dem Bett.
Pronek liegt mit dem Gesicht auf dem Boden, sein Herz hämmert so heftig, als versuchte es, sich mit seinen kleinen Klauen einen Weg nach draußen zu graben.

Rachel wollte nicht Händchen halten – dann fühle sie sich wie ein kleines Mädchen, hatte sie gesagt. Doch sie spazierten durch ganz Uptown: Sie schauten sich die alten Häuser auf Beacon an, stellten sich verrückte alte Damen vor, die aberhundert Katzen hielten; sie stahlen sich in die Uptown National Bank, bewunderten die marmornen Tresen und hohen Kuppeldecken und malten sich aus, sie raubten sie aus wie Bonnie und Clyde; sie schlenderten durch den Park, vorbei an einem Obdachlosenasyl. Rachel fotografierte, vorbei an den wie gestauchten Russinnen, die mit weichen Konsonanten plapperten. Sie gingen zum Montrose Harbor und sahen, wie die Wellen an die

Pier schlugen. Rachel liebte es, Fotos von seinem Nacken zu machen, Pronek mit dem Gesicht zum See, schäumende Wellen und einige wenige, vertriebene Wolken, die am schmalen Horizont dümpelten, auf dem Weg zu den Wolkenkratzern, Rachels Kamera, die hinter ihm wie eine Uhr mit Schluckauf klickte. In der Dämmerung sahen sie die Skyline der City im klammen Nebel funkeln und waren wie hypnotisiert von der gepunkteten Lichterschlange, die sich den Lake Shore Drive hinaufwand, Autos auf dem Heimweg.

«Ich liebe dich.»

«Sag das nicht.»

«Aber ich liebe dich. Ich habe so etwas noch nie gefühlt.»

«Sag das nicht.»

«Warum nicht?»

«Verdirb es nicht.»

«Was verderben?»

«Dies.»

«Was ist dies?»

«Halt mich einfach, und küss mich.»

Kuss.

«Was war das?»

«Dieses Geräusch.»

«Was für ein Geräusch?»

«Ein Geräusch, als ob jemand grabt.»

«Jemand gräbt.»

«Wer gräbt?»

«Jemand gräbt, nicht jemand grabt.»

«Was soll's, ist doch einerlei.»

«Nein, eines ist richtig, das andere falsch.»

«Okay. Also wer gräbt?»

«Na ja, klingt mehr wie Scharren und Nagen. Ist bestimmt eine Maus.»

«Kann ich eine rauchen?»

«Hier nicht.»

Der Boden war kalt, und Pronek bedauerte es, barfuß zu sein – er konnte es sich nicht leisten, krank zu werden. Er sah sich allein im Bett liegen, mit pochendem Schädel schwitzen und niesen und darauf warten, dass Rachel zurückkehrte. Der Gedanke, von ihr getrennt zu sein, war unerträglich geworden. Wie eine Elefantenballerina trottete er also auf Zehenspitzen in die Küche, um die Fußsohlen vor der Kälte zu schützen. Maxwell spülte eine Reihe Weingläser, nackt, fedrige Dreadlocks fielen ihm auf die Schultern.

«Guten Morgen, Maxwell», sagte Pronek, war sich aber nicht sicher, ob der ihn gehört hatte.

«He, guten Morgen», sagte Maxwell und warf Pronek einen Blick zu, drehte sich aber nicht nach ihm um. Pronek wollte Orangensaft, doch sämtliche Gläser wurden vom nackten Maxwell gespült, also setzte er sich an den Küchentisch und versuchte, Maxwell nicht anzuschauen. Seine Schultern waren breit, die Schulterblätter wie Rüstungsplatten, die Bizepse wohl geformt und rund, zu den Ellbogen hin leicht verdreht, und das Morgenlicht wurde von der Hautfarbe absorbiert, das Rückgrat aber kurvte hinab in ein flaches Tal über den Halbmonden seines Hinterns. Maxwell wandte sich zu Pronek um.

«Du hast noch nie einen Schwarzen nackt gesehen, stimmt's?»

Pronek war entsetzt – er wollte nicht, dass Maxwell glaubte, er sei schwul.

«Nein.»

«Schön, nicht?»

Pronek spürte den Drang, aus der Küche und ins sichere Schlafzimmer zu laufen, fühlte sich aber wie gelähmt. Maxwell war schön. Die einzige Bewegung, die ihm gelang, war eine leichte Drehung zur neutralen Zone der gegenüberliegenden leeren Wand. Der Stuhl knirschte und unterstrich damit noch das unheilvolle Schweigen. Maxwells Brustwarzen waren gepierct, die beiden Ringe glichen Türklopfern. Er schaute Pronek direkt in die Augen und fragte:

«Möchtest du mich anfassen?»

Er kam einen Schritt näher, doch Pronek lehnte sich zurück, blickte sich um und tat, als sähe er und kümmerte ihn nichts. Maxwell hatte magere Oberschenkel, Locken kringelten sich über ihre geschwungene Form.

Aaron kam nackt hereinspaziert, lang und dick baumelte sein Penis herab, die Haut rosarot. Pronek wandte den Blick ab, musterte die freundliche leere Wand.

«He, was ist denn hier los?», fragte Aaron. Maxwell hob die Hände, drehte sich zu Pronek um und zuckte mit den Achseln.

«Versuchst du etwa, meinen Lover zu verführen?»

Pronek leckte sich über die Lippen, entdeckte einen Erdbeermagneten am Kühlschrank und fixierte darauf seinen Blick. «Nein», winselte er.

«Ihr Ausländer glaubt wohl, ihr könnt hier einfach reinspazieren und uns die Männer ausspannen», sagte Aaron. «Aber ich versteh schon – er ist wirklich schön.»

Pronek blinzelte heftig, als wäre das Blinzeln allein schon eine schlagfertige Erwiderung, vermochte aber nur zu sagen:

«Tut mir Leid.»

Maxwell beugte sich vor und lachte lauthals. Aaron warf den Kopf in den Nacken und gab ein wie Husten klingendes Glucksen von sich. Sie hieben sich gegenseitig in die Hände und umarmten und küssten sich, die Lippen fest aufeinander gepresst – wie ein einstudierter Tanz, dachte Pronek. Halbherzig versuchte er zu lachen, starrte aber immer noch fest entschlossen und mit schmerzhaft steifem Rücken den Erdbeermagneten an. Er hätte gern die Beine übereinander geschlagen, hätte das nicht so verdächtig ausgesehen – vielleicht glaubten sie, er habe eine Erektion zu verbergen –, woraufhin ihn die Vorstellung überwältigte, er könnte tatsächlich eine Erektion bekommen. Dann hörte er, wie Rachel aus dem Bad kam, und kurz darauf betrat sie in blauseidenem Morgenmantel die Küche, das Haar feucht, das Gesicht leuchtend schön.

«Meine Güte», sagte sie, «hier sieht es aus wie an so einem dämlichen Strand. Fehlt nur noch ein Volleyballnetz.»

«Ach, du hast wahre Männerfreundschaft noch nie verstanden», sagte Maxwell.

Aaron klaubte einen Granatapfelsamen aus Maxwells Müslischüssel. Pronek behauptete, nicht hungrig zu sein, obwohl er vor Hunger fast umkam. Er wollte nicht, dass sie ihm beim Essen zusahen.

«Jozef war früher auch in einer Band», sagte Rachel. «Nicht wahr, Jozef?»

«Ehrlich?», fragte Aaron. «Was für eine Band?»

«Blues», antwortete Pronek.

«Eine Bluesband?» Maxwell schüttelte den Kopf. «Sag mal, stammst du etwa aus einer Sklavenfamilie?»

«Nein», sagte Pronek, «aber bosnische Musik ist wie der Blues.»

«Bosnische Musik ist wie Blues», sagte Rachel.

«Ach, lass ihn in Ruhe», sagte Aaron, «der ist ja schrecklich süß.»

«Und hattet ihr auch einen echten Bluesnamen? So was wie Der Blinde Jozeph Jefferson oder so?»

«Na ja», sagte Pronek und seufzte, «die Band hieß der Blinde Jozef Pronek. Das bin ich, Jozef Pronek.»

Aaron und Maxwell grölten und hieben sich wieder in die Hände. Pronek wollte in ihr Lachen einstimmen, doch war seine Kehle heiser, und Rachel lachte auch nicht. Ihm kam es vor, als steckte er schon den ganzen Tag in dieser Küche.

«O Mann», sagte Aaron und wischte sich die Augen. Maxwell betrachtete Proneks Gesicht, dann das von Rachel: «Der Blinde Joseph Jefferson und Evol, *love* rückwärts. Ihr Heteros seid wirklich zum Schießen.»

Aaron trommelte mit den Fingern auf das Lenkrad, und Maxwell klatschte sich im Takt auf die Schenkel.

«Weißt du, was das ist, Jefferson?», fragte Maxwell.

«Nein», antwortete Pronek.

«Das ist Bitches Brew von Miles, dem Satansbraten», sagte Aaron, was für Jozef ziemlich abgedreht klang, doch sagte er keinen Ton.

«Hör auf, ihn Jefferson zu nennen», sagte Rachel.

«He, Mann, Blind Joseph Jefferson, dieser tschechische Bluessänger, ist kein Witz, okay?», sagte Aaron und lachte meckernd.

«Ich war auch in der Band, die die Musik der Beatles spielte.»

«Scheiße, wie alt bist du – siebenundsechzig?»

Sie fuhren durch ein Gewirr gewundener Vorstadtstraßen – noch immer lagen Ghule, Kürbisse und Plastikgrabsteine auf trostlos braunen Rasen verstreut. Der Himmel war grau, Nieselregen glitzerte im Scheinwerferlicht. Sie sahen Licht auf den Veranden angehen, Fernseher, die in leeren Wohnzimmern flackerten, eine Silhouette, die hinter einem Fenster auftauchte.

«Während wir reden, vermehren sich aberhundert Serienmörder in diesen Kellerwohnungen», sagte Maxwell.

«Du bist selbst in der Vorstadt groß geworden», sagte Rachel.

«Er ist bloß noch nicht gefasst worden», sagte Aaron.

«He, bei mir war das anders, ich wuchs in einer überaus liebevollen Familie auf.»

«Klar war es bei dir anders. Im Unterschied zu jedermann hattet ihr eine Garage und einen grünen Rasen», sagte Aaron und drehte die Musik lauter.

Auf der unbeleuchteten Veranda hing ein Plastikskelett. Pronek hatte die Vision, eine Leiche hänge dort, deren Fleisch verrotte und stückweise abfalle, und er trete an die Tür, um Geld zu sammeln.

«Ich habe hier mal Geld gesammelt», sagte er zu niemand Bestimmten.

«Das warst du nicht», sagte Rachel.

Sie wurden in eine Lichtflut getaucht, sobald die Tür aufging. In ihrem Rahmen stand eine Frau mit kurzen Haaren, breiten Hüften und schmalen Schultern, sie wirkte wie eine Erscheinung. Die Stahlkugel in Proneks Magen begann, seine Gedärme zu zermalmen.

«Hallo, Mom», sagte Rachel und küsste sie auf die Wange.

«Howdy, Rebecca», sagten Aaron und Maxwell wie aus einem Mund.

«Guten Abend», sagte Pronek.

«Dies hier ist Blind Joseph Jefferson», erklärte Aaron.

«Jawohl, Ma'am», sagte Maxwell. «Jede Nacht zieht er sich nackt aus und treibt schlimme, schlimme Dinge mit Ihrer Tochter. Ein wirklich schlimmer Junge.»

Rachels Mom schaute Pronek mit steinerner Miene an, die Lippen schmal und zusammengepresst – Pronek konnte sehen, wie sich in ihrem Nacken die Sehnen anspannten.

«Stimmt das?»

Pronek schluckte und schaute Rachel an, die Maxwell betrachtete und dabei den Kopf schüttelte.

«Ja», sagte Pronek, «aber ...»

«Ach, hört schon auf!», rief Rachel.

«Ich mach doch nur Spaß», sagte Rachels Mom. «Kommt herein.»

«Ich war einmal in Sarajevo», sagte Rebecca. «Vor langer Zeit, in den sechziger Jahren. Ich war auf dem Weg nach Dubrovnik.»

«Dubrovnik ist sehr schön», sagte Pronek, obwohl er nur einmal dort gewesen war, einen halben Tag.

«Mir gefiel das alte Sarajevo, diese alten türkischen Läden und die schönen Moscheen. Die Menschen waren sehr nett.»

«Er ist auch nett», sagte Rachel. «Viel zu nett.»

«Hatten sie diese, sag schon, diese Vorhänge vor dem Gesicht?», fragte Aaron.

«Ach, nein», sagte Pronek, «das ist lange her.»

«Ich lernte dort einen Bosnier kennen. Er ging mit mir in eines dieser Cafés, und wir tranken starken, unglaublich starken Kaffee aus kleinen Tassen, und aus dem Radio kam so traurige

Musik. Er sagte mir – in sehr gutem Englisch –, dass ich mein Leben genießen müsse, denn es sei sehr kurz.»

«Der wollte dir nur an die Wäsche», sagte Aaron.

«Mein Gott», sagte Rachel.

«Na ja, ich habe ihn auch gelassen», sagte Rebecca, warf den Kopf in den Nacken und ließ einen Lachvogel an die Decke flattern.

«Was war das für Musik?», wollte Maxwell wissen.

«Ich weiß nicht.» Rebecca zuckte die Achseln und zeigte auf Pronek. «Frag doch den Einheimischen. Ich weiß nur noch, dass sie sehr traurig war.»

«Bestimmt war es die *Sevdalinka*. Sie ist traurig, doch so traurig, dass sie frei macht. Fast wie der bosnische Blues.»

«Kennst du das Lied?», fragte Maxwell.

«Natürlich.»

«Sing.»

«Nein.»

«Ja, warum singen Sie uns kein Lied vor?», fragte Rebecca.

«Nein, danke.» Pronek bekam feuchte Hände.

«Singst du», sagte Aaron, «lässt Rebecca dich nackt mit ihrer Tochter herumtollen und schlimme Dinge treiben.»

«Ganz schlimme Dinge», sagte Maxwell.

«Bitte!», rief Rachel, lächelte und wurde rot.

Pronek räusperte sich.

*Snijeg pade na behar na voče;*
*Snijeg pade na behar na voče;*
*Neka ljubi ko kod koga hoče;*
*Neka ljubi ko kod koga hoče …*

*Ako neće nek'se ne name nameće*
*Ako neće nek'se ne name nameće*
*Od nameta nema selameta*
*Od nameta nema selameta …*

Er hörte mit einem leisen, säuselnden Ton auf und ließ den letzten Atem aus seiner Lunge entweichen, ehe er den Mund schloss.

«Das war wunderschön», sagte Rebecca und klatschte in die Hände.

«Ein schönes Lied», stimmte ihr Maxwell zu. «Wovon handelt es?»

«Ich weiß nicht, wie ich soll es übersetzen», sagte Pronek.

«Versuch es», sagte Rachel. «Bitte.»

«Der Schnee fällt im Frühling auf die Blumen und das Obst, und es ist eine merkwürdige Zeit.»

«Wirklich merkwürdig», sagte Aaron.

«Und ein Hund will der Wolf werden. Er läuft in den Wald und ist frei, aber ein paar Männer wollen ihn töten.»

«Warum?», fragte Rebecca.

«Weiß nicht», sagte Pronek. «Weil sie die Waffen haben. Und später heißt es dann: Wenn der Hund hat so viel Glück, wie er ist unglücklich, dann würde er heimkehren und frei sein.»

«Das erinnert mich an ein chinesisches Sprichwort», sagte Rebecca, «in dem es heißt: Besser hundert Jahre reich und glücklich, als einen Tag arm und unglücklich.»

Rebecca küsste Pronek auf die Wange, und er konnte ihr Parfüm und den Alkohol in ihrem Atem riechen. Er wollte ihren Kuss erwidern, sagte stattdessen aber nur: «Danke.» Draußen war es kalt, und Schneeflocken wirbelten wie Motten aus dem Dunkel ins Licht, manche blieben an den Kleidern hängen, andere funkelten auf und schmolzen.

«Das Lied hat mir gefallen.»

«Danke.»

«Ich wusste gar nicht, dass du so singen kannst.»

«Danke.»

«Du hast meiner Mom gefallen.»

«Sie mir auch.»

«Weißt du, Maxwell und Aaron ziehen zusammen. Sie haben in Evanston eine Wohnung gefunden.»

«Gut.»

«Ich muss mir einen neuen Mitbewohner suchen.»

«Ich verstehe.»

«Mein Dad ist an dem Tag zu meiner Mom gezogen, an dem sie sich kennen gelernt haben.»

«Am selben Tag?»

«Ja. Sie hat ihn an der Bushaltestelle getroffen. Er wusste nicht, wo er bleiben sollte, also hat sie ihn mit nach Hause genommen.»

«Und wie lang ist er geblieben?»

«Zwölf Jahre.»

Sie hörten Maxwell und Aaron Trompete spielen; ihre klagenden Laute drangen aus der Küche zu ihnen herüber. Pronek war ein wenig betrunken, und wenn er die Augen schloss, konnte er Spiralen aufblitzen sehen, und er roch Rachels Haar und fühlte ihren Ellbogen an seinen Rippen.

«Ich bin froh, dass wir zusammen sind», sagte sie.

Ein paar angeknackste Stühle und den schäbigen Tisch ließ er im Müllcontainer verschwinden, ebenso die gesprungenen Teller, unwiderruflich verschmierte Gläser und eine verrottete Matratze, die, so vermutete Pronek, Heimstätte einer frischen Brut von Kakerlaken war. Der Rest passte in fünf Kisten, die er eine nach der anderen nach oben trug. Er legte die Handtücher in die Schublade neben seine Unterwäsche, hing die Hemden in seine Hälfte des Kleiderschranks und schob die Kiste mit Mirzas Briefen unter das Bett. Einige Bilder stellte er auf den Fernseher: Pronek mit Dead Souls auf der Bühne; seine betrunkenen Eltern, die verschämt Händchen hielten. Der Spielzeughubschrauber kam auf das Bücherregal, die Murmelschüssel auf den Beistelltisch, und die Weltkarte hängte er in die Küche. Was ihm sonst noch gehörte, verteilte er in der Wohnung, markierte sein Territorium wie ein Hund, der an Bäume pinkelt – wo er auch hinsah, hatte er seine Spuren hinterlassen. Als er sich die Zähne putzte, wartete Rachel im Bett, und es beglückte ihn, dass er im Bad war, während sie im Schlafzimmer lag.

Rachel sagte: «Ich warte hier.» Pronek lief durch ein Labyrinth aus Mauern, dann unter niedrigen Torbogen hindurch, und er begriff, er war in einem Schloss. Er fand seinen Weg zum Umkleideraum und wartete vor einem Spind, dass der sich öffnete, beschloss dann aber, am Schloss herumzutüfteln. Gerade steckte er einen Bleistift hinein, als jemand den Raum betrat. Rasch riss er sich zusammen und sagte mit perfektem amerikanischen Akzent, so perfekt, dass ihm schien, es spräche jemand anderes, fast, als wäre er die mit einer Seele geimpfte Puppe eines Bauchredners: «Betreten meines Reiches verboten!» Der Eindringling war Sila, der Schlagzeuger, mit grünem Barett, Trommel um den Hals. «Die Gegend hier stinkt vor lauter Ausländern», sagte Pronek. «Hast verdammt Recht!», erwiderte Sila. Dann durchwühlte Pronek den Spind, in dem sich ein Schlafzimmer, ein Bad und ein Garten mit ohrförmiger Vogeltränke befand. Aus dem Garten nahm er ein silbernes Handy mit, einen Film aus dem Schlafzimmer und ein Kondom aus dem Bad und steckte alles in seine Tasche. Dann kroch er an den Innenwänden des Schlosses entlang und war im Handumdrehen draußen. Er sah Menschen den zerklüfteten Hügel rückwärts hinabschreiten und sich dabei an einem Seil festhalten, als befänden sie sich auf einem umgekehrten Pilgerzug – irgendwie wusste er, dass am Fuß des Hügels ein blutender, herabgestürzter Heiliger lag. Alle hielten ihren Besitz in Händen und schafften es trotzdem, sich am Seil festzuhalten – er sah Maxwell einen Flugdrachen tragen, Dallas hielt einen Schuhkarton mit einem Kernkraftwerk und einem Banjo. Er sah seinen Vater einen toten, halb verwesten Rottweiler an einer Leine hinter sich herschleifen. Dreijährige Jungen mit behaarter Brust hielten jeder einen Schwarm Fliegen, die in ihren Händen unterschiedliche Formen annahmen:

eine Banane, ein Revolver, die Gestalt Jugoslawiens. Er sah Fremde Dinge den Hügel hinabtragen, in denen er seine eigenen Sachen wiedererkannte: die Gitarre, die er verkauft hatte, ehe er nach Amerika fuhr; die blauen UNHCR-Briefe, die er von Mirza erhalten hatte, ein Glas Murmeln verschiedener Farben. Er sah siamesische Zwillinge, an der Hüfte zusammengewachsen, in ihren vier Händen eine Schachtel mit einem schlaffen Fußball; ein Regenschirm mit zerbrochenen Speichen, einige sakrale Schriftrollen, ein Bündel Schuhe mit halbmondförmigen Sohlen. Einer der Zwillinge warf Pronek einen bitterbösen Blick zu, und Pronek begriff, dass er ihren Spind aufgebrochen hatte. Er bekam schreckliche Angst, rannte rückwärts den Hügel hinab, schneller und immer schneller, das Seil brannte in den Händen, und er konnte nicht sehen, wohin er lief – er sah nur den riesigen Fels oben auf dem Hügel, den der Heilige hinaufgerollt und liegen gelassen hatte.

Pronek lauschte auf Rachels gleichmäßige Atemzüge und versuchte, sich zu beruhigen, doch sein Herz hämmerte, die Fußballen schmerzten, die Fußrücken verkrampften sich, als hätte er gerade zu laufen aufgehört.

«Was ist das für ein Geräusch, Rachel?»

Er beugte sich über sie. Ihre Miene wirkte ruhig, die Lider waren reglos, und sie murmelte etwas, das er nicht verstand. Einen Moment lang hasste er sie, weil sie so friedlich schlafen, so fern von ihm andere Träume träumen konnte.

«Was ist das, Rachel?»

Er berührte sie an der Schulter, und sie erschauerte, japste und riss die Augen auf. Überrascht und verängstigt blickte sie Pronek an, als würde sie ihn nicht erkennen.

«Rachel, ich bin's.»

Sie stieß ihn beiseite, setzte sich auf, schnaubte unerwartet und atmete schwer.

«Was ist das für ein Geräusch, Rachel?»

«Wovon redest du?»

«Hör doch!»

Es war nichts zu hören. Reglos saßen sie da, stumm, im Dunkeln.

«Leg dich wieder schlafen, Jozef.»

«Nein, hör doch.»

Ein Scharren und Kratzen, kaum hörbar, irgendwo im Flur. Pronek sprang aus dem Bett, lief auf Zehenspitzen aus dem Schlafzimmer und drehte abrupt das Flurlicht an.

«Verdammt, was ist bloß mit dir los?»

Rachel warf sich den Morgenmantel über und eilte ihm nach. Angespannt und auf alles gefasst näherte sich Pronek in seinem Flanellpyjama der Küche.

«Mein Gott, es ist drei Uhr früh.»

Pronek machte Licht in der Küche, ging entschlossen in die Knie und kroch über den Boden. Barfuß und frierend stand Rachel in der Tür.

«Hör doch.»

«O Mann.»

Pronek krabbelte unter den Ecktisch, sie konnte nur noch seine Fußsohlen sehen. «Maus!», schrie er und schlug sich den Kopf am Tisch. Etwas flitzte an Rachels kalten Füßen vorbei – sie hüpfte kurz, als wollte sie tanzen –, rannte an der Wohnzimmerwand entlang und verkroch sich hinter dem Sofa. Pronek kam unter dem Tisch hervor, hielt sich den Kopf und stand auf.

«Es ist die Maus», sagte er.

«Sie ist hinterm Sofa.»

Pronek lief zum Sofa und schob es von der Wand fort. In sich zusammengekauert hockte die Maus zitternd in der Ecke, ein Lichttentakel streifte ihren Schwanz.

«Gib mir irgendwas», sagte Pronek. Die Maus war dick, nur noch einen kurzen evolutionären Sprung von der Ratte entfernt, die Wangen aufgebläht, als wäre sie beim Fressen ertappt worden und kaute noch.

«Was willst du?»

«Irgendwas.»

Rachel schnappte ein Buch aus dem Regal: «Hier.»

Pronek nahm das Buch, warf einen Blick auf den Titel und blätterte darin – es war *Der Idiot.*

«Nein, dies nicht.»

«Spinnst du? Ist doch völlig egal.»

«Dies nicht.»

Sie stellte das Buch wieder ins Regal, stemmte beide Hände in den Rücken und suchte sich ein anderes aus.

«Roman oder Biographie?», fragte sie genervt.

Die Maus wagte eine Bewegung, den Rücken an der Wand, doch Pronek stampfte mit dem Fuß auf.

«Hier hast du *Tod in Venedig*», sagte sie.

Pronek nahm das Buch, ein kleines, dickes Taschenbuch, das nach Bibliotheksstaub roch, und schlug nach der Maus – einmal, zweimal. Die Maus quiekte und quiekte und zappelte, doch Pronek schlug immer wieder zu, bis sie sich nicht mehr rührte und keinen Ton mehr von sich gab.

«Meine Güte!», sagte Rachel.

«Ich glaub, sie ist tot.»

«Was machen wir jetzt damit?»

«Ich weiß nicht.»

Mit wildem Blick hielt er *Tod in Venedig* noch in der Hand – er hatte gerade ein lebendiges Wesen getötet, und ihm war schlecht, als hätte er Blut geschluckt. Rachel kam mit Handfeger und Kehrblech und hielt sie Pronek hin.

«Warum ich?»

«Na gut, geh beiseite.»

Sie schob die Maus mit dem Besen auf das Kehrblech, und das Tier rollte auf die Seite, schüttelte dann aber den Kopf und zuckte mit den Beinen, als erwachte es aus tiefem Schlaf.

«Mann, die lebt noch», grunzte sie.

*«Shit»*, sagte Pronek und wusste, hätte ihm jemand zugehört, hätte er geglaubt, Pronek habe wie ein echter Amerikaner geklungen. *«Motherfucker»*, sagte er.

«Hol einen Eimer und füll ihn mit Wasser», verlangte Rachel.

Pronek fand auf der Toilette einen Blecheimer, kippte Tücher und Schwämme aus und füllte ihn zur Hälfte mit Wasser – er sah den Schwall aus dem Hahn strömen und stellte sich vor, wie er unten im Eimer hockte und das Wasser auf ihn herabdonnerte.

Rachel hatte das Tier mit dem Besen auf dem Kehrblech gehalten und ließ es jetzt in den Eimer fallen. Einen Augenblick lang schwamm die Maus auf dem Rücken, ein Grinsen des Entsetzens im kleinen Spitzgesicht, doch dann drehte sie sich um und begann zu schwimmen. Das Wasser war klar, man konnte bis auf den Boden sehen. Die Maus kratzte mit den Klauen an den Wänden und versuchte, nach oben zu klettern, ein sichtlich hoffnungsloses Unterfangen.

«Ersäuf sie», sagte Rachel.

«Ich kann nicht.»

«Ersäuf sie!» Mit dem Zeigefinger drückte sie den Mauskopf unter Wasser, und die Maus versank, tauchte aber gleich wieder auf. Erneut drückte sie das Tier nach unten, zuckte aber zurück, als es nach ihrem Finger schnappte. Die Maus paddelte mit den winzigen Füßen, der Schwanz schlängelte hinterdrein. Wenn sie an die Eimerwände kam, begann sie hektisch zu kratzen.

«Vielleicht sollten wir sie einfach drin lassen», sagte Pronek.

«Lieber nicht. Ich will mir nicht die ganze Nacht ihren Todeskampf anhören.»

«Oder wir werfen sie nach draußen.»

«Nein, sie muss sterben.»

«Ich habe die Maus noch nie so gesehen.»

«Eine Maus.»

«Was?»

«Eine Maus. Nicht die Maus.»

«Warum du musst mich ständig verbessern?» Er stand auf und drehte Rachel und dem Eimer wütend den Rücken zu.

«Warum musst du mich ständig verbessern.»

«Ist sich egal, oder? Du hast mich schon verstanden.»

«Ist egal.»

«Hör auf!», schrie er.

«Schrei mich nicht an!», schrie Rachel zurück.

Die Maus schwamm im Kreis. Pronek spürte, wie Wut in seinem Bauch aufquoll, wie etwas von innen gegen seine Schläfen drückte, Hitze seine Augäpfel überschwemmte. Er stand zu Rachel gewandt, die ihn mit streitlustigem Abscheu anstarrte. Und in diesem Moment wurde ihm klar, dass er nicht hier sein wollte – weit wie eine Skipiste tat sich der Gedanke vor ihm auf –, er wollte nirgendwo sein. Er hörte die Maus am Eimer kratzen, hörte dieses entsetzliche Getöse. Und mit einer Fußbewegung, die ihm selbst unendlich langsam schien, Rachel aber erschreckte, trat er nach dem Eimer, und der flog an die Wand, Wasser platschte und spritzte umher, Tropfen funkelten. Er spürte die Erleichterung – der Wutschwall brach den Damm in seinem Bauch und überflutete seinen Körper, als der Eimer gegen die Wand krachte.

«Scheiße, was soll das?» Rachel raufte sich die Haare.

«Verbessere das!», schrie er und schleuderte *Der Idiot* durchs Zimmer. Er schnappte die Murmelschüssel und leerte sie aus – die Murmeln klackerten hysterisch auf den Boden und rollten in einer Myriade Richtungen davon. Er zerschmetterte die blumenlose Vase an der Wand, fegte die Fotos vom Fernseher und ließ sie am Boden zerschellen, Scherben überall. Er trat nach der Kürbisuhr, als wäre sie ein Fußball, und sie landete auf dem Sofa. Er lief über Scherben zur «Küss-mich-ich-bin-aus-Irland»-Tasse und warf sie zu Boden. Er feuerte den Blechfrosch in die Küche, stapfte über Scherben, schnitt sich die Fußsohlen auf. In der Küche riss er die Weltkarte von der Wand, stampfte darauf herum, hinterließ blutige Flecken.

«Was machst du denn da? Ich ruf die Polizei!»

Er griff sich einen Granatapfel und knallte ihn an die Wand. Die Frucht zerplatzte wie ein Kopf – überall scharlachrotes Hirn.

«Ruf doch die verdammte Polizei! Sollen sie mich aus diesem beschissenen Land schmeißen!»

Er riss Rachels Fotos von der Wand und zertrümmerte sie. Er zog Bücher aus den Regalen, zerriss sie und schleuderte die Seiten zur Decke hoch. Und während all der Zeit war da dieser ruhige Winkel tief in ihm drinnen, von dem aus er gelassen beobachtete, welche Verwüstung er anrichtete.

«Was ist bloß in dich gefahren?», rief Rachel. «Ich liebe dich! Was habe ich dir getan?»

Er riss an der Telefonschnur, und der Hörer fiel von der Gabel und landete auf einem Haufen Bücher. Er schob den Fernseher vom Ständer und ließ ihn krachend zu Boden fallen. Rachel rannte ins Schlafzimmer, Pronek ihr nach, bereit, auch das zu demolieren. Er hieb an die Tür, schlug sich die Knöchel blutig.

Sie kam mit der Kamera aus dem Zimmer, drückte hektisch auf den Auslöser und rief: «Was habe ich dir getan?», und Pronek sah, wie sich die Blende öffnete.

«Du willst ein Foto von mir? Du willst ein Foto?»

Er begann, seinen Schlafanzug aufzureißen, sodass die Knöpfe wie Querschläger davonschossen. Er zerrte an seinem Unterhemd, dann an der Unterhose, bis er schließlich nackt vor ihr stand; Schweiß glitzerte auf seiner Haut. Mit ausgestreckten Händen taumelte er auf die Kamera zu.

«Du willst mich sehen? Du willst mein wahres Ich sehen?»

Er hieb sich mit den Fäusten an die Brust, als versuchte er, sie aufzubrechen.

«Hier! Hier!», schrie er, bis er die Stimme verlor.

Und da wären wir: er auf den Knien, blutend, inmitten der Trümmer. Schwindlig vom gewalttätigen Adrenalin schließt er die Augen und wartet darauf, dass Rachel mit dem Fotografieren aufhört und seine Wange berührt, ihn erlöst. Eine Hand streift sein Gesicht, zart, behutsam, fährt mit den Fingerspitzen über seine hohlen Wangen. Er keucht, und langsam, einen Schluchzer nach dem anderen, beginnt er zu weinen.

Doch er weiß nicht, dass die Hand, die ihn streichelt, mir

gehört. Er kann nicht hören, wie ich ihm sage: «*Ne plači. Sve če biti u redu.*» Beruhige dich, sage ich ihm, alles wird sich finden. Lass uns nur mit dieser Zerstörung fertig werden. Erinnern wir uns daran, wie wir hergekommen sind. Erinnern wir uns.

# 7

# Nowhere Man

Kiew, September 1990–
Schanghai, August 2000

**Am Horizont hingen schwarze**, aufgedunsene, abscheuliche Wolken, die Vorhut eines Gewittersturms. Und die See leckte über das rostige Schiff – die «Pamyat» –, ihre Fracht verzweifelte Männer, Offiziere wie gemeine Soldaten, denen außer der Ehre nichts geblieben war, alle noch in ihren makellosen Uniformen, die einen schwachen Geruch nach Transsibirischer Eisenbahn verströmten. Die Frauen der Offiziere, samt und sonders die vornehmsten Damen, würgten an verschluckten Tränen und winkten der treuen Dienerschar zu, die, aufgereiht wie der Chor einer prächtigen Tragödie, am Ufer stand und die Bolschewiken noch stärker als ihre Herrinnen hasste. Der junge Kapitän ging auf Deck umher und flehte die Damen an, sich von überflüssigem Gepäck zu trennen, und sie gehorchten – was machte es jetzt noch für einen Unterschied? Pelze für Millionen Rubel konnte man wie tote Ratten im dreckigen Wasser dümpeln sehen. Und unter den versinkenden Pelzen und Koffern kläffte schrill ein kleiner Schoßhund, paddelte kraftlos mit winzigen Pfoten, bis er allmählich immer schwächer wurde und schließlich unterging. Unsere Herzen sanken mit ihm.

Die «Pamyat» legte ab, und niemand an Bord konnte den Blick von der herrlichen Küste abwenden, ihren üppigen Wäldern und den unter Wolken sanft geschwungenen Bergrücken: unser russisches Land, unser Mütterchen Brüste. Wir weinten alle, Frauen wie Männer, und Wellen schlugen ans Schiff, als wären es Tränenwogen. Ich stand am Bug, der pazifische Wind riss mir die Haut vom Gesicht (er streicht über die Narbe), Wladiwostok hinter mir vom Nebel verschlungen. Sie müssen mir glauben, dass ich daran dachte, mich zu erschießen, Herz und Kopf zu leeren. Hol sie der Teufel, denn was ist das Leben, kleine Schwester, was ist das Leben ohne Russland. Doch plötzlich hörte ich meine Männer mit tiefen, sonoren Stimmen singen, Stimmen, die direkt aus ihren russischen Herzen ertönten, hörte sie singen, wie kein Mensch je zuvor gesungen hatte: «Verschließ deine Augen nicht, Mütterchen Russland, denn es ist keine Zeit zu schlafen.» Und das Lied gab mir Kraft. Ich habe mich nicht umgebracht, und hier bin ich jetzt in Schanghai, lebendig und munter, doch gibt es Tage, und der heutige zählt dazu, an denen ich bedaure, mir auf der «Pamyat» nicht mit einem letzten Blick auf Russland das Hirn weggepustet zu haben.

So lautete die Geschichte, die Jewgenjew Pick – *Kapitän* Pick – den einstigen Prinzessinnen und Baronessen oder den Frauen Niemand erzählte, die in Schanghai ein mageres Auskommen als Prostituierte, Eintänzerinnen, selbst als Schneiderinnen gefunden hatten. Sie lauschten ihm, waren hingerissen, warme Tränen in den russischen Augen, und streichelten ihren neuen Schoßhund, bis sie ihm mit ihren vor lauter ungewohnter Arbeit welken Händen wehtaten, und der Hund von ihrem Schoß glitt. Dabei merkten sie kaum, wie Kapitän Picks flinke Hand ihren Schenkel hinaufkroch, höher, immer höher; nie hat er für irgendwas bezahlt.

Betrunkenen russischen Offizieren a. D., die in Schanghai ihr Auskommen als Leibwächter oder Wucherer (oder gar nicht) fanden und dazu neigten, das Heimweh mit teuflisch billigem Wodka anzufeuern, erzählte er von dem Säbel, der ihm von seinem Vater, einem Oberst der Kosaken, auf dem Totenbett überreicht worden war. Sein Vater ließ ihn auf den Säbel schwören, dass er die Ehre von Mütterchen Russland bis zum letzten Atemzug verteidigte. Und mit eben diesem Säbel (der nun, wie er sagte, in einer Pfandleihe lag und auf bessere Zeiten hoffte) hatte er 1919 in Smolensk einen jüdischen Bolschewiken geköpft. Manchmal nahm er eine Wassermelone, um ihnen zu demonstrieren, wie der Kopf in perfektem Halbrund («wie ein Regenbogen») geflogen und mit einem Laut zu Boden gefallen sei, der verriet, wie hohl er gewesen war. Sein Publikum wusste den Witz stets zu schätzen und bestellte noch einen Wodka für Kapitän Pick. Mit seinem Messer, der Griff aus Rosenholz, zerteilte er die Wassermelone, und mit den Fingern verschlangen sie das purpurne Innere und küssten sich erneut nach jedem Gläschen Wodka. Er hielt sie in seinem Bann, benebelt von gemeinsamen Erinnerungen und vom Alkohol, und erzählte ihnen, wie ihn die Deutschen 1914 gefangen genommen hatten und wie er ihnen entkam – er war einfach aus dem Gefängnis herausspaziert und hatte den Wachen mit donnernder Stimme befohlen, die Tore zu öffnen, und sie hatten ihm geöffnet und salutiert, denn selbst in der Überzahl und schwer bewaffnet fürchteten sie sich vor einem echten Russen. Noch zehnmal nahmen ihn die Deutschen gefangen, und zehnmal entkam er ihnen – mit der Faust schlug er sich an die Brust und grölte: «Für den Teufel höchstpersönlich haben sie mich gehalten!» Und die Menge brach in stolzes Gelächter aus, froh, dass der Teufel ein Russe war, einer von uns. Pick fing dann an zu singen: «Verschließ deine Augen nicht, Mütterchen Russland, denn es ist keine Zeit zu schlafen», und sie weinten, wie sie geweint hatten, als sie Wladiwostok verließen. Hin und wieder trug dann ein Haufen schwankender russischer Patrioten Pick auf den Schultern zu ihrem Lieblingsbordell oder zu einer Opiumhöhle, wo sie zusammenlegten, um ihm, wenn auch nur vorübergehend, Heilung für seine verwundete russische Seele zu verschaffen.

Anfangs hatten einige von ihnen Schwierigkeiten, sich an seine Anwesenheit auf der «Pamyat» zu erinnern, noch kannten ihn die Offiziere, in deren Einheiten er gedient haben wollte. Manche meinten sich an einen Mann mit einem ähnlichen, allerdings narbenlosen, Gesicht entsinnen zu können, der unter anderem Namen in Harbin und Schanghai für die Sowjets gearbeitet hatte. Doch nach einer Weile nahmen sie seine mit allerkleinsten, plausiblen Details angereicherte Geschichten ebenso gefangen wie das chinesische Meer voller Wodka, in dem sie ihr Gedächtnis ersäuften, sodass sich eigene, neue Erinnerungen formten, in denen Kapitän Pick, ihr Kamerad im Schützengraben, vorkam, seine tapferen Taten und legendären Saufgelage, von denen sich manch einer von ihnen niemals wieder erholen sollte. Und so wurde Pick – *Kapitän* Pick – allmählich zum Lieblingsbruder jedes wahrhaft echten Russen in Schanghai.

Die tatsächliche Geschichte verlief, wie wir gestehen müssen, wohl ein wenig anders. Jewgenjew Pick wird im September 1900 in Kiew als Jewgenjew Michailowitsch Kojewnikoff geboren, Sohn eines Obersten der Kosaken und einer vergewaltigten jüdischen Mutter, die im Kindbett stirbt. Sein Vater kümmert sich ein wenig um ihn, bezahlt eine unverheiratete, verrückte Tante dafür, ihn aufzuziehen, bis Papa sein gesamtes Geld verspielt, sich umbringt und Pick nichts anderes hinterlässt als beschämende Schulden und die Wut der unbezahlten Tante, die er durch eine Tracht Prügel mit einem Besenstiel zu spüren bekommt. Für einen Säbel lässt sich keinerlei Beleg finden. Abgesehen von dem besenvermittelten Ärger infolge des väterlichen Ablebens ist über Picks Kindheit und Jugend nur wenig bekannt. Nach einigen Jahren, über die nichts in Erfahrung zu bringen war, finden wir ihn 1917 in der russischen Armee wieder, in der er als Soldat dient, bis er von den Deutschen gefangen genommen wird – allerdings nur einmal. Wir wissen nicht, wann er und ob er überhaupt geflohen ist, doch steckt er im Herbst des Jahres 1917 in Sankt Petersburg inmitten der Revolutionswirren. Es scheint, dass der revolutionäre Elan – um von den zahlreichen Gelegenheiten zu Raub und Plünderung ganz zu schweigen – ihn derart begeistert, dass er selbst zum Revolutionär wird. Sein Tun und Treiben wird somit zur Arbeit eines politischen Kommissars, zu dessen Aufgaben es zählt, politische Reden über eine Vielzahl von Ungerechtigkeiten zu halten, und wenn er den Arm hebt und in die ungefähre Richtung bestialischer, kapitalistischer Blutsauger zeigt, ist sein Publikum stets willens, dorthin zu eilen, wie fern und gefährlich dieses *Dorthin* auch immer sein mag.

Seine gute revolutionäre Arbeit ermöglicht es ihm, von 1919 bis 1922 in Moskau zugleich an der Militärakademie und an der Akademie für Theater und Musik zu studieren. Nach dem Abschluss, so heißt es, war er als stellvertretender Militärattaché in den sowjetischen Botschaften in Afghanistan und der Türkei angestellt – eine Tätigkeit, deren Ereignislosigkeit unerträglich gewesen wäre, hätte ihm nicht ein reichhaltiges Angebot von erstklassigem Opium zur Verfügung gestanden.

1925 gelangt er mit der Transsibirischen Eisenbahn über Wladiwostok und Harbin nach Schanghai. Offiziell ist er Mitarbeiter der sowjetischen Gesandtschaft – also ein Spion –, und seine Tarnung ist die eines Geschäftsmannes, der Anzeigen für russische Zeitungen akquiriert. Tatsächlich aber dient er der Komintern, baut Agentenringe auf und schafft Kontakte zu denen, die ihm brauchbares Informationsmaterial liefern können, das er allerdings hin und wieder seinen Kameraden vorenthält, um es für jenen Tag zu horten, an dem es ihm nützlich sein könnte.

Und dieser Tag kommt 1927, als er laut Wasserstein die Seiten wechselt und dem britischen Nachrichtendienst in Schanghai eine sorgsam zusammengestellte Kollektion sachdienlicher Informationen liefert, die mit phantastischen Berichten über die allgegenwärtigen Verschwörungen der Komintern in China und – warum sich darauf beschränken? – der ganzen Welt gespickt sind. All das wird in vernünftigem, maßvollem, doch hypnotisierendem Ton vorgebracht – sämtliche Hervorhebungen kommen an genau den richtigen Stellen, und Picks gesamte Erzählung ist wirksam mit beiläufigen Zutaten (nutzlosen Charakteren, sinnlosen Details, häufigen Exkursen über sein kaum bemerkenswertes, jämmerliches Leben) durchsetzt, wodurch die unerlässliche Willkürlichkeit des Gewöhnlichen vermittelt wird, jene Schlampigkeit, die nötig ist, wenn man die Illusion eines realen, unkontrollierbaren Lebens aufkommen lassen will. Seine Führungsagenten, allesamt aus guten Familien und an britischen Eliteuniversitäten ausgebildet – einem geschwätzigen russischen

Herumtreiber intellektuell natürlich weit überlegen –, können von seinen Geschichten gar nicht genug bekommen. Prompt und mit Nachdruck unterbreiten sie Picks Geständnis dem Auswärtigen Amt, begleitet von einem Schreiben des britischen Botschafters Sir William Senson, der behauptet, dass er zwar «für die Genauigkeit [von Picks Informationen] nicht bürgen könne, doch spräche aller Anschein dafür, dass sie wahr sind.»

Der Anschein von Wahrheit scheint goldener Natur zu sein, denn mit der großzügigen Belohnung der Engländer und dem Profit, den ihm die kleinen, doch lukrativen Geschäfte mit seinen Kontakten einbringen, kann Kapitän Pick in Schanghai ein eigenes Theater eröffnen, das den ehrgeizigen Namen Fernöstliche Grand Opera trägt. Pick ist Impresario, Inspizient, Opernsänger, Balletttänzer sowie größter Star in einem, doch sollte hier auch festgehalten werden, dass sein auf dem glamourösen Vordach stets präsenter Künstlername Eugene Hovans lautete.

Auf der Bühne der Grand Opera schlüpft Pick/Hovans in seine größte Rolle – die des Tschitschikow in Gogols *Die toten Seelen*. In Hovans Darbietung wird Tschitschikow zu einem Moses, der die geistlosen, seelentoten Menschen Russlands ins gelobte Land führt. Höhepunkt der Vorstellung ist Tschitschikows Troika-Rede, die unweigerlich damit endet, dass die Frauen sich ihr frisch frisiertes, kunstvoll getürmtes Haar büschelweise ausreißen, Männer ihre Pistolen zücken und damit drohen, sich auf der Stelle zu erschießen, hol's der Teufel, Schluss mit dem Elend. «He, ihr Rosse, liebe Rosse – und was für Rosse!», tönt Hovans, schlägt sich mit den Fäusten an die Brust, als wollte er sie aufbrechen und sein Herz hervorholen, damit das Publikum sich von seiner Reinheit überzeugen könne. «Sitzen Wirbelstürme in euren Mähnen? Bebt ein Zaubersinn in euren Adern? Sie lauschen auf das vertraute Lied von oben. Brüderlich Brust an Brust gespannt, wie aus Erz [Brust schlagen], die Erde kaum mit den Hufen berührend, ziehen sie dahin in langer, gestreckter Flucht, fliegen pfeilgleich durch die Luft – wie von Gott begeistert rasen sie voran ... Wohin rasest du, Russland? Gib Antwort! [Schluchzen, Haare raufen, Pistolen spannen etc]. Keine Antwort.»

Ist Hovans nicht Tschitschikow, so ist er ein Schwan – der Schwan in *Schwanensee*, um genau zu sein, ein Mann, der im Verlauf einer einzigen Nacht durch das beharrliche Getrippel einer Maus über den Boden seines Geistes in den Wahn getrieben wird; er ist Raskolnikow, dessen Mord an einer alten Frau nicht philosophisch, sondern durch die Tatsache gerechtfertigt wird, dass sie eine Jüdin ist – eine Interpretation, die beim Publikum weit besser ankommt; und sodann ist er auch noch der russische Hamlet. Krönung der *Hamlet*-Vorstellungen – wenn Fortinbras sich über Hamlets Leichnam beugt – ist der Gesang des Publikums (dessen Wunden von den Pfeil' und Schleudern des wütenden Geschicks noch nicht verheilt sind und niemals heilen werden), wenn es mit tiefen Stimmen anhebt: «Verschließ deine Augen nicht, Mütterchen Russland, denn es ist keine Zeit zu schlafen.»

Wenn er sein Publikum allerdings nicht gerade in orgiastische Nostalgie versetzt, fördert Kapitän Pick seinen Ruhm mit jenem Mammon, den er auf den ertragreichen, schmutzigen Feldern Schanghaier Gesetzlosigkeit erwirbt. Er erpresst einen amerikanischen Richter, von dem er erfahren hat, dass er homosexuell ist. Eines Tages wird der Leichnam des Richters mit herausgetrenntem Rektum an den Strand von Whangpu geschwemmt. 1929 wird Kapitän Pick zu neun Monaten Gefängnis verurteilt, weil er unter dem Namen Joseph Pronek Staatsanleihen erfundener Länder an einige leichtgläubige französische Mademoisellen und habgierige englische Ladys verkauft hat. Danach, so Wasserstein, verhökert er wertlose, von den Kulis im sowjetischen Konsulat geklaute und allerliebst in Picks absurde Geschichten über ihre konspirative Bedeutsamkeit eingeschlagene Pamphlete und Bücher. Er schreibt eine Kolumne für eine in Schanghai publizierte, russische Zeitung, in der er die Schwachstellen der Säulen der Gesellschaft an den Pranger stellt, falls diese Säulen ihm keine Entschädigung zukommen lassen, die bewirken könnte, dass er die Makel anderer Säulen unter die Lupe nimmt. Unter dem Namen Dr. Montaigne empfiehlt er sich 1931 der chinesischen Regierung als Militärberater und nimmt Millionen von Dollar für Waffen in Empfang, die überhaupt nicht existieren – was ihn letztlich auch daran hindert, sie den Chinesen zu liefern. Monatelang träumen seine Kunden von künftiger Macht, warten auf das Eintreffen der Waffen und erzählen sich immer wieder Picks Geschichten, bis er schließlich verhaftet und zu einem Jahr Gefängnis verurteilt wird. Im Gefängnis freundet er sich mit diversen Chinesen an, von denen einige treue Mitglieder der Green Gang sind, die sich in ihren bequemen Zellen vor dem Gesetz verstecken (die Gang liefert ihnen freundlicherweise ebenso Opium wie Mädchen, Heroin oder kleine Jungen), bis die Erinnerung an ihre Straftaten durch die neueren Verbrechen ihrer Kollegen und Bekannten verdrängt wird. Kaum aus dem Gefängnis, tut sich Pick mit einer Georgierin zusammen, der gleich hinter dem Astor House Hotel ein Bordell gehört; und er zieht einen eigenen, wenn auch eher bescheidenen Ring weißer Sklavinnen auf. Sowohl die Freunde seiner gefallenen russischen Dame wie auch die Freunde aus der Green Gang sind ihm höchst nützlich bei seinem neuen Unterfangen – über das eine heuchlerische russische Zeitung in Harbin unklugerweise die Öffentlichkeit informiert.

Doch diese scheinheiligen Anklagen kümmern keinen Menschen (allerdings bleibt eine kleine Delle in Picks Herzen zurück), denn Schanghai ist eine ganz andere Stadt als das prüde Harbin. Hier tut man, was zu tun und was für ein anständiges Auskommen notwendig ist. Außerdem ist Kapitän Pick ein beliebter Mann, «die Stimmungskanone auf jeder Party» – und, Gott helfe ihm, er geht auf viele Partys. Er ist das Herz der russischen Gemeinschaft, stets bereit, den tiefen, wahren Gefühlen der russischen Menschen Ausdruck zu verleihen. Ein Bekannter beschreibt ihn als «höchst emotionalen Menschen», der überaus «vertrauensselig» ist. Andererseits, so der Bekannte, «konnte er auch extrem misstrauisch sein ... Er kannte viele Menschen, wurde sie aber rasch leid. Deshalb hatte er viele Feinde und keine engen Freunde ... Er pflegte stets zu sagen: ‹Das Theater und die Musik sind meine besten Freunde, und mein ganzes Leben ist die Bühne.›» Ein anderer Bekannter beschrieb ihn als «einen Mann von mongolischem Aussehen ... keinerlei Haare, auf dem Haupt eine schwarze Kipa, Brandwunden am Kopf ... ein standfester Wodkatrinker ... meist ein Messer mit Rosenholzgriff in der Tasche ... ein liebenswerter, anständiger Kerl».

Die Narben am Kopf stammten nicht von brennendem Öl, wie er behauptete, mit dem ihm folternde Bolschewiken begossen hatten, erst recht nicht vom pazifischen Wind, der stark genug gewesen wäre, ihm die Haut vom Gesicht zu reißen. Vielmehr hatte er sie sich im Opiumrausch zugezogen, als er einmal in einer Opiumhöhle von der Liege in die Feuerstelle rollte.

Selbst der amerikanische Verfasser eines typisch seriösen Geheimdienstberichtes hatte sichtlich Mühe, nicht Kapitän Picks Charme zu erliegen, heißt es darin doch, er sei «gebildet, sprachbegabt, ein fähiger Schauspieler und faszinierender Geschichtenerzähler mit flüssigem Schreibstil. Außerdem sei er Waffenschmuggler, Zuhälter, Spion und ein kompetenter Mörder».

Mit stets wachem Gespür für die Richtung, in die der Wind der Geschichte drehen mochte, hat Kapitän Pick seine japanischen Kontakte in Schanghai von Beginn an sorgfältig gepflegt, doch arbeitet er erst seit dem Einmarsch der Japaner in China, also seit 1937, für das Büro des japanischen Nachrichtendienstes der Marine in Schanghai. Er sammelt einen Ring von etwa vierzig europäischen Agenten um sich (eine Heerschar drogensüchtiger russischer Damen gar nicht mitgezählt), um andere Europäer in Schanghai auszuspionieren, die glauben, in der Internationalen Siedlung und im französischen Handelsviertel vor der Macht der Japaner sicher zu sein. Zu seinem Agentenring gehört die Elite der Unterwelt Schanghais: Baron N. N. Tipolt, ein Erpresser, Schwindler und Informant der Gestapo; Graf Viktor Plawtschuk, flink mit dem Messer, der das Bordellpersonal oft damit unterhält, dass er eine entsetzte Novizin des horizontalen Gewerbes mit Messern bewirft und sie hin und wieder, nur so zum Spaß, mit den Ohren an die Wand nagelt; Admiral Marcus Templar, vorgeblich Mitglied des königlichen Hauses Griechenlands, dessen Spezialität darin besteht, heimlich Fotos zu machen, die er dann für Erpressungen nutzt; Bernie und Ernie McDunn, siamesische Zwillinge aus Chicago, an der Hüfte zusammengewachsen, die für etwas Heroin einfach alles machen; Alex Hemmon, ehemaliges Mitglied der Purple Gang in Detroit, ein Killer, der jedes Mal, wenn er sich betrinkt (was recht regelmäßig geschieht) jemanden umbringen muss, und der sich als der Posaunist eines Orchesters ausgibt, das regelmäßig in der Fernöstlichen Grand Opera auftritt.

Ende der dreißiger Jahre führt Kapitän Pick unter japanischer Protektion ein angenehmes Leben. Er liefert seinen Arbeitgeber plausible Informationen, führt ein kriminelles Gewerbe (in Schanghai ein Ausdruck der Anerkennung) und betreibt seine Fernöstliche Grand Opera mit liebevollem Engagement. 1940 macht Pick Urlaub in Japan und lernt dort den Kommandanten Otani Inaho kennen, einen japanischen Offizier, der später Chef des japanischen Nachrichtendienstes der Marine in Schanghai und Picks wichtigster japanischer Fürsprecher sein sollte. Kommandant Otani und Kapitän Pick werden die engsten Freunde und bekennen des Öfteren in aller Öffentlichkeit, dass sie äußerste Bewunderung und größten Respekt für die Ehre und Heldenmütigkeit des jeweils anderen hegen. Böswillige Gerüchte behaupten sogar, dass sie nicht nur den tiefen Glauben an die moralische Bedeutung von Disziplin und Patriotismus, sondern gelegentlich auch ein ziemlich zerwühltes Bett miteinander teilten. 1941, etwa eine Woche nach dem Angriff auf Pearl Harbor, marschieren die japanischen Truppen seelenruhig in die Internationale Siedlung ein, ohne auf nennenswerten Widerstand zu stoßen, und belagern das französische Handelsviertel, dem ein Haufen verwirrter und hirnloser Vichy-Loyalisten vorsteht. Pick wird Kommandant Otanis rechte Hand und darf dank seiner freundlichen Gewissenhaftigkeit das Zimmer 741 im luxuriösen Cathay-Hotel beziehen.

Die in Zimmer 741 im Cathay-Hotel verbrachten Jahre, dösend im Schoß der Großmacht, sind die besten Jahre in Picks Leben: komfortabel, angenehm, ohne viel Arbeit. Ein von Wasserstein zitierter (doch von einem gewissen Kapitän Owen verfasster) Nachkriegsbericht des amerikanischen Nachrichtendienstes beschreibt Picks typischen Tagesablauf: Er steht vor Dämmerungsbeginn auf, sieht die Sonne durch den feuchten Dunst über dem Whangpu aufsteigen, gedrungene japanische Schiffe, die im Hafen ankern, und Dschunken, die sich verschämt zwischen ihnen hindurchzwängen; im Radio hört er Nachrichten aus Moskau, London und Honolulu (und er genießt die Musik der Glen Miller Band, summt im Takt von Glens Posaune); von sechs bis sieben Uhr morgens hängt er am Telefon, erhält und verbreitet Schanghais geheime Nachrichten, oft getarnt als banalen, unverblümten Klatsch. Er liest russische Zeitungen, verzehrt sein Frühstück (zwei Eier, einen Berg Schinken, Ströme von Kaffee) und versprüht hin und wieder eine ganze Flottille eigelbfarbenen Speichels über die Zeitung, so sehr können ihn deren unehrenhafte Lügen aufbringen. Dann geht er ins Büro des Nachrichtendienstes der Marine und ordnet Akten oder onaniert bei dem Gedanken an das Mittagessen mit einer jungen Dame, seiner neuesten Eroberung. Falls er nicht ins Hauptquartier der Gedankenpolizei geht, um das Verhör eines Ausländers zu überwachen und gelegentlich um eine russische Note zu bereichern: den Gefangenen mit einer Knotenpeitsche traktieren, bis sich die Haut streifenweise vom Körper löst. Um ein Uhr isst er mit besagter junger Dame zu Mittag, mit der er nach dem Essen ins Bett gehen will. Im Anschluss an das Dessert nimmt er sie mit auf Zimmer 741, liebt sie leidenschaftlich und hält dann ein ausgiebiges Nickerchen. Das Hotelpersonal riskiert, erschossen zu werden, sollte es sein Zimmer während der Mittagspause betreten, die exakt um drei Uhr endet. Zwischen drei und vier Uhr telefoniert er mit seinen japanischen Vorgesetzten, verlangt die wohlwollende Behandlung einiger Bekannter und bei Schanghaier Juden manchmal auch ein Durchgreifen mit eiserner Faust. Dann begibt er sich zu Versammlungen, die seinen Interessen in Sachen Theater, Musik oder der allgemeinen Wohltätigkeit gelten. Jeden Sonntag tritt er in einem Stück oder einem Konzert in einer wichtigen Rolle auf, bestrebt, in diesen entmutigenden Zeiten die russische Laune zu heben, und beendet die Vorstellung stets mit: «Verschließ deine Augen nicht, Mütterchen Russland.» Nach der Show diniert er mit Freunden und Bewunderern, ergötzt sie mit Geschichten von seinen Reisen, von Liebe und Leid, und versäumt es niemals, sein Publikum in wahre Lachkrämpfe zu versetzen oder ihm Tränenströme zu entlocken, oft beides kurz hintereinander. Danach genehmigt er sich in einem Bordell ein oder zwei ruhige Pfeifen Opium und nimmt, wenn ihm der Sinn danach steht, an einer opulenten Orgie teil, in der des Öfteren Zwerge, Tiere und Kinder eine gewisse Rolle spielen.

Im Frühling des Jahres 1944 wird Pick von einer rumorenden Maus aus dem Mittagsschlaf geweckt, und sein Albtraum hinterlässt ein klaustrophobisches Unbehagen, ein Kribbeln im Herzen, das er für einen Vorboten schlimmer Zeiten hält. Er schreit das sich duckende Personal des Cathay-Hotels an, stürmt wie der Teufel im schwarzen Schlafanzug über die Nanking Road, platzt ins Büro von Kommandant Otani und verlangt, noch ehe er sich hingesetzt hat, an einen anderen Ort versetzt zu werden, weit fort von diesem stinkenden Höllenpfuhl. Kommandant Otani legt Pick eine Hand auf die Schulter und streichelt ihm die Wange, bis er sich wieder beruhigt hat.

Im Sommer 1944 fährt Kapitän Pick auf die Philippinen. Er trifft dort unter dem Namen Koji ein, gefolgt von seiner üblichen, doch um den Boxerplayboy Michalka bereicherten Entourage, zu der übrigens auch der portugiesische Schwarzmarkthändler Francisco Carneiro (Michalkas Manager) und Dr. Vincente gehören, ein italienischer Anwalt und Chemiker, der die interessantesten Annehmlichkeiten zusammenbrauen kann. Picks

Orchester tritt in Manila nur selten, fast gar nicht auf. Seine Leute helfen, einen dänischen Waffenschieber gefangen zu nehmen und zu töten. Sie stellen Pater Kirkpatrick eine Falle, einem irischen Priester und Schmuggler, der amerikanische Gefangene mit Lebensmitteln und Medikamenten beliefert – eine Quelle behauptet, Pick selbst habe die Kreuzigung von Pater Kirkpatrick beaufsichtigt. Sie fangen Informationen des amerikanischen Nachrichtendienstes ab, denen zufolge überall im Pazifik ein Angriff bevorsteht, doch werden diese Hinweise von den Japanern als «gefährliche Gedanken» abgetan, woraufhin Picks Männer mit ihren Tonbändern nur noch die amerikanische Hitparade aufnehmen. Amerikanische Musik wird auch auf ihren Partys gespielt, die schlagartig höchst beliebt sind bei der müßigen Elite Manilas und den von ihrer stets gleichen Klientel gelangweilten Prostituierten.

Doch von diesen kleinen Jobs und Partys einmal abgesehen, verbringen Kapitän Pick und seine Leute ihre Zeit mit dem organisierten Verbrechen, treiben sich in Nachtclubs herum und ziehen einen kleinen, edlen und teuren Prostituiertenring auf. Picks Stammlokal ist das Gastronome, da es in der dortigen Jukebox eine Platte gibt, auf der er «Tea for Two» auf Englisch, doch nach Art einer wehmütigen russischen Ballade singt, ein Lied, das erst sein fürchterlicher russischer Akzent so richtig überzeugend klingen lässt. Wählt man die B-Seite, kann man «Verschließ deine Augen nicht, Mütterchen Russland» hören, eine – wie könnte es anders sein – herzzerreißende Aufnahme.

Am Ende des Sommers wird Pick wieder unruhig, und er kehrt nach Schanghai zurück, klagt über mangelnde Gesundheit und nimmt die gesamten Einkünfte seiner Manila-Geschäfte mit. Es geschah auf dem Schiff nach Schanghai, den Pazifikwind im Gesicht, dass sich sein Unbehagen zu dem Gefühl verdichtete, etwas gehe zu Ende, eine schmerzhafte, quälende Ahnung künftigen Verlustes.

Das Ende kann tatsächlich jeder riechen, denn es verströmt den Geruch von verbranntem Fleisch – Tokio wurde dem Erdboden gleichgemacht, Hiroschima ausgelöscht. Am 9. August, zwischen den beiden Bomben, nimmt Jewgenjew Pick in seiner Heimstatt, dem Zimmer 741 im Cathay-Hotel, mit Kommandant Otani das letzte Mahl ein. Sie essen herrlich zubereitete, gelbe Kartoffeln, die sie mit einem wundervoll gereiften und von Otani eigens für eine besondere Gelegenheit aufbewahrten Sake hinunterspülen. Nachdem er Otani auf beide Wangen geküsst hat, begibt sich Pick ins Restaurant Yar zu einer Abschiedsorgie, die von den als Michalkas Harem (Michalka sitzt noch in Manila fest) bekannten Mädchen organisiert wurde. Pick sagt den Mädchen – denen sein Gejammer in ihrem opiatischen Dämmer allerdings völlig egal ist –, er habe Grund zu der Annahme, dass die Japaner ihn töten wollen. Und so weiß außer Otani niemand, dass er am nächsten Tag aus Schanghai verschwindet.

Im Herbst des Jahres 1945, so vermerkt Wasserstein, suchen die amerikanischen Behörden vergebens nach Pick. Er wird in Schanghai bei einem Barbier gesehen; man sieht ihn in einem Zug nach Peking, in dem er interessierten Mitreisenden erzählt, wie er einem japanischen Offizier, der versuchte, ein chinesisches Mädchen zu vergewaltigen, den Kopf abgeschlagen habe und daraufhin ein Jahr hinter der Doppelwand des Koffers eines Zauberers verbringen musste; man sieht ihn betend in einer russisch-orthodoxen Kirche in Peking; und man sieht ihn Hamlet spielen und den Monolog «Sein oder Nichtsein …» mit seltsamem, unbestimmbarem Akzent vor einem Publikum amerikanischer Missionare halten, die das Lied nicht kennen, das er am Ende seiner Vorstellung singt.

In Wahrheit besteigt Pick ein Schiff nach Japan, das auf eine Mine aufläuft. Alle Menschen an Bord sterben, nur Pick nicht, der wundersamerweise bewusstlos, doch lebend, inmitten eines Schwarms von Leichen und Leichenteilen im Wasser treibend gefunden wird. Pick fährt nach Tokio, geht auf Krücken – sein Bein wurde übel zugerichtet – direkt zur Marine und trifft dort Kommandant Otani an, der Pick auf den Namen Koji eine Million Yen überweist und ihn drängt, in Tokio ein russisches Theater zu eröffnen und seine enormen thespischen Talente nicht länger zu vernachlässigen. Pick wartet auf den richtigen Zeitpunkt für eine Theatereröffnung (er hat bereits einen Namen: Das Neue Welt Theater), verprasst aber beim Warten das gesamte Geld. Und mit dem wachen Instinkt des gewieften Überlebenskünstlers spürt er, dass ihm die amerikanischen Spürhunde auf den Fersen sind.

Und so betritt er, dramatisch hinkend, im Februar 1946 das Hauptquartier des amerikanischen Nachrichtendienstes und erbietet sich dort, die Wahrheit zu erzählen. Bald darauf präsentiert er seinen faszinierten Zuhörern (einem Kapitän Aaron und einem Major Maxwell) einen Zyklus ineinander verzahnter Geschichten, die von seiner Geburt bis in die Gegenwart reichen: Er erzählt, wie er den Deutschen entkam, wie er für die Briten spionierte, wie er in Schanghai die Operationen des japanischen Nachrichtendienstes durchkreuzte, erzählt von seiner Mutter, einer Amerikanerin, die heute vermutlich mit ihrem neuen Gatten in Amerika lebt. Er erzählt, dass er es gewesen sei, von dem die Japaner den Tipp über den Agentenring Sorge erhalten hatten, da ihm eingefallen war, ihn als Genossen auf der Komintern gesehen zu haben. Er schlug sich auf das verkrüppelte Bein, diesem Beweis für die Folter der Japaner, und ließ perlmuttfarbene Tränen über eingefallene Wangen rinnen. Er gesteht den Amerikanern, dass er nur nach Japan gekommen sei, um sein Wissen mit ihnen zu teilen und die Niederlage der japanischen Ungeheuer zu erleben. Er erzählt ihnen alles, was er über all die vielen japanischen Offiziere weiß, die er im Lauf der Jahre kennen gelernt hat. Er erzählt ihnen auch alles, was er über Otani weiß, diesen widerlichen, opiumabhängigen Sodomiten, und klärt sie über Otanis Vorliebe auf, Gefangene zu foltern.

Die amerikanischen Nachrichtendienstler sind hoch erfreut über die Qualität der von Pick stammenden Informationen. Das Gesagte scheint ihnen brauchbar, auch wenn es sich im Einzelnen nicht belegen lässt, weshalb sie Pick vergeben und ihn gegen die Zusicherung künftiger Zusammenarbeit laufen lassen. Er kehrt nach Schanghai zurück und versucht, um den Amerikanern zuzuarbeiten, sein Netzwerk wieder aufzubauen, doch vergebens – Schanghai ist nicht mehr, was es mal war, und wird es auch nie wieder sein. Ein um das andere Glas Wodka hilft Kapitän Pick, diesen Verlust zu verschmerzen, und er scheut sich, weiter in die düstere Zukunft als bis zur nächsten Dosis Opium zu schauen. Er flieht, ehe die Volksbefreiungsarmee 1949 in Schanghai einmarschiert. Im Frühjahr des Jahres 1950 ist er im Besitz eines Einreisevisums für Siam. Im Sommer desselben Jahres sitzt er in Taiwan im Gefängnis und erzählt seinen Mitgefangenen in gebrochenem Schanghai-Dialekt Geschichten aus den wilden dreißiger Jahren und singt für sexuelle Gunstbezeugungen und Zigaretten einstmals beliebte Lieder. Dann verschwindet er.

Es gibt nur wenige Fotos von Pick. Eines ist ein Fahndungsfoto: ein Mann, dessen zunehmende Glatze von den Überbleibseln einiger grauer Haare gekrönt wird; eine dreieckige Nase; ein vorspringender Adamsapfel; ein funkelnder, fieberhafter Blick. Ein anderes Foto stammt aus den Tagen der Fernöstlichen Grand Opera: Als wäre er ein Zauberer, trägt er Zylinder und ein schwarzes Cape, den eleganten, weißen Schal nachlässig über die Schulter geworfen, in der behandschuhten linken Hand den rechten Handschuh, in der rechten Hand eine Zigarette, deren Asche jeden Augenblick abzufallen droht. Sein Gesicht ist kräftig geschminkt: dicke, mit einem Stift nachgezogene Brauen, glitzernde Pomade, gerötete Lippen. Er blickt zur Seite, als wollte er sich dem Betrachter gleich ganz zuwenden und ihn in seinen Bann schlagen. Man möchte den Blick abwenden, schafft es aber einfach nicht.

Im Sommer 2000 verbrachte ich mit meiner Frau die Flitterwochen in Schanghai, da sich dort ihre Großeltern kennen gelernt hatten (ihre Eltern begegneten sich zum ersten Mal ganz unromantisch in der Bar Jimmy's in Chicago). Durch unsere

Lehrtätigkeit hatten wir genügend Geld gespart und vom Ort Institute Urlaub genommen. Allerdings mussten wir sämtlichen Studenten versprechen, ihnen Postkarten zu schicken und uns von Marcus einige Redewendungen im Schanghaier Dialekt beibringen zu lassen. Wir waren verliebt, hielten uns im Flugzeug an der Hand und lasen – sie *Der Idiot*, ich Wassersteins *The Secret War in Shanghai*, doch küsste ich hin und wieder auch ihren schlanken Hals. Wir stiegen im Peace-Hotel ab, dem ehemaligen Cathay-Hotel, und es gefiel uns dort – man wechselte regelmäßig die Handtücher, und die Angestellten, soweit sie denn Englisch sprachen, fragten stets, wie es uns geht, was wir ihnen auch sagten, da es sie wirklich zu interessieren schien. Schon bald nannten wir das Hotelzimmer 741 unser Zuhause. Wir liebten Schanghai, schauten uns trotz der unglaublichen Hitze einfach alles an, wischten uns, kaum waren wir zurück, gegenseitig den Schweiß von unseren Leibern und liebten uns. Wir kauften billige Seide, authentische Souvenirs und einige Mao-Poster, da wir wussten, dass sie unseren linken, ironischen Freunden gefallen würden. Wir spazierten über den Bund und gingen in die Museen. Wir durchstreiften die chinesische Altstadt, getrieben von dem Glauben, für wenige Dollar das wahre China zu Gesicht zu bekommen. In Sun Yat-sens ehemaligem Wohnsitz im einstigen Französischen Handelsviertel schauten wir uns einen Säbel an der Wand an, die Karte von China und das auf Seide gemalte Bild einer Katze (unser Reiseleiter sagte: «Achten Sie bitte auf den Blick der Katze – er folgt Ihnen überall hin»). Wir aßen in den Restaurants, die in alten europäischen Gebäuden untergebracht sind, unter anderem auch in einem französischen Lokal in einer russisch-orthodoxen Kirche, deren Kuppel uns mit all der Macht eines ungnädigen Slawengottes zu erdrücken schien. Wir machten einen Tagesausflug nach Suzhou, um uns die prächtigen Gärten anzuschauen. Wir mieteten uns klapprige Fahrräder, fuhren von Garten zu Garten und machten nur Pause, um einem plötzlichen Heißhunger auf Kentucky Fried Chicken nachzugeben.

Und es war in Suzhou, im Garten des bescheidenen Politikers – während ich Wasserstein im Schatten eines Pavillons las, Karpfen in beschaulichen Teichen platschten, Lotusblätter sich ausbreiteten, so weit das Auge reichte, und feingliedrige Bäume sich über das Wasser wie über einen Spiegel neigten – dort also fand ich heraus, dass wir in Picks Zimmer übernachtet hatten und dorthin auch zurückkehren würden, dem Zimmer 741 im ehemaligen Cathay-Hotel. Muss ich noch erwähnen, dass mich Begeisterung und aufkeimende Angst zugleich überwältigten? Dieser Zufall – diese Fügung vielmehr – verwies gleichsam mit Nachdruck auf die Existenz eines allwissenden, allfähigen, doch nicht notwendigerweise auch gütigen Wesens. Als ich meiner Frau von dieser Entdeckung berichtete, nahm sie mich so sanft in den Arm, als wäre es meine Schuld und sie würde mir vergeben. Ich erinnerte mich, wie sie mich das erste Mal umarmt hatte, damals, als ich die Treppe hinuntergestolpert war. «Bist du gut?», fragte sie mich aus irgendeinem Grund auf Russisch.

Und sie erzählte mir etwas, das ich nicht gewusst hatte. Sie erzählte mir, dass ihr Großvater, ein Jude aus Schanghai, in Gefangenschaft geraten war, nachdem die Japaner die Internationale Siedlung besetzt hatten. Und sie erzählte mir, dass es Pick gewesen sein könnte, der ihn gefoltert hatte. Der Großvater meiner Frau hatte nie viel darüber geredet, doch hatten sie alle gewusst, was er durchgemacht hatte: Er war so stramm in nasse Tücher gewickelt worden, dass die Adern zu blauen Flecken zerplatzten (einmal, als wir nach Florida gefahren waren, um ihn zu besuchen, hatte ich sie auf seiner Brust gesehen, Flecken wie unbekannte Kontinente). Dann waren die Tücher langsam getrocknet, hatten ihn fast zu Tode gewürgt, bis der Körper schließlich empfindungslos war und nur noch jener Teil seines Geistes funktionierte, der Schmerz empfinden konnte. Wir haben gleich die Ruhe des bescheidenen Politikers verlassen und den Zug nach Schanghai bestiegen, wo uns ein verheerendes Fieber erwartete – immer wieder wischten wir uns den Schweiß vom Körper, doch hörten wir nicht auf zu schwitzen.

In dieser Nacht versuchte jemand, in unser Zimmer einzubrechen – ich sprang aus Fieberträumen auf, rannte zur Tür und schrie: «Wer ist da? Wer ist da?», erhielt aber keine Antwort. Und während mein Herz gegen meine Brustwände hämmerte und die Schreie meiner Frau verklangen, während unsere Albträume verschmolzen, stellte ich mir Picks geschminktes Gesicht hinter der Tür vor. Als ich durch den Spion nach draußen schaute, war auf dem nichts sagend geschäftigen Flur natürlich niemand zu sehen. Ich sagte meiner Frau kein Wort von meiner Vision, doch muss sie gewusst haben, was ich dachte. In ihren Augen sah ich ihre bleierne Furcht als lächerliche Widerspiegelung des EXIT-Schildes blinken.

Doch wussten wir zweifellos, dass es ein betrunkener Hotelgast gewesen sein musste, der versucht hatte, unsere Tür zu öffnen, die falsche Tür, denn das geschieht in jedem Hotel überall auf der Welt.

In der Nacht zum 9. August – dem Jahrestag von Picks letztem Mahl – wurde ich davon geweckt, dass meine Frau meine Hand drückte (wir hielten uns im Schlaf an den Händen). Ich hörte, wie jemand mit dumpfem Krachen zu Boden fiel und sich dann durch das Zimmer bewegte: Geräusche verebbten, wallten rhythmisch auf und ab, zielgerichtet. Wir lauschten und empfingen Laute aus unterschiedlichen Ecken, manchmal gleichzeitig. Vor Angst erstarrt spürten wir jeden Lufthauch, jede Vibration im Zimmer, hielten den Atem an, um besser hören zu können. Wir vermochten nichts zu sagen, doch rechneten wir damit, Pick im Cape eines Zauberers vor uns auftauchen zu sehen, seine tiefe, vor Nostalgie triefende, Grauen erregende Stimme zu hören: «Verschließ deine Augen nicht, Mütterchen Russland, denn es ist keine Zeit zu schlafen.» Wir vernahmen Picks Lied im Gewusel und Geraschel jener Kreatur in der Dunkelheit, im Getrippel kleiner Pfoten, dem fahlen, ovalen Licht des Dachfensters, in dessen Mitte eine Maus erstarrte, die uns betrachtete und darauf wartete, dass wir eine unbedachte Bewegung machten, um wieder zu verschwinden. Ich lag im Dunkeln, wach, wie gelähmt, biss auf den Knöchel meines Zeigefingers, wartete darauf, dass das Böse aus dem pelzigen, vor lauter Leben pulsierenden Knäuel schlüpfte und auf mich zukam, was es auch tat. Jetzt steckt es in mir, schlägt die Klauen in meine Lungenwände, will ausbrechen, und ich kann nichts tun, es aufzuhalten. Also stehe ich auf.

Der Autor steht bei Ledig House und Bernard Wasserstein in der Schuld.

Aleksandar Hemon
DIE SACHE MIT BRUNO
Erzählungen
Aus dem Amerikanischen von Hans Hermann
Gebunden. 288 Seiten.

Aleksandar Hemons preisgekrönte Erzählungen leben vom Kontrast zwischen dem alten Europa und der Neuen Welt. Ob Hemon seine ersten Ferien am Meer schildert oder ein opulentes Familienfest seines weit verzweigten Clans; ob er über die Kunst des Überlebens in einer belagerten Stadt schreibt oder über die Abenteuer eines jungen bosnischen Immigranten in Amerika – immer wieder spiegeln sich in diesen Geschichten ganz unverbrämt, aber wunderbar erzählerisch umgesetzt, Hemons eigene Lebensgeschichte, seine ganz persönlichen Erfahrungen mit Krieg und Gewalt, mit Vertreibung und Exil.

Hemons Originalität und erzählerische Reife, sein hintergründiger Humor und seine gewaltige stilistische Bandbreite machen ihn zu einem der vielversprechendsten jungen Autoren der letzten Jahre.

«Hemon gibt Jozef Pronek eine wunderbar verzweifelte Lustigkeit und Virtuosität. Das ist eine oft verführerische und manchmal grandiose Erzählkunst, das ist kühn und phantastisch.«

*Der Spiegel*

«Grandiose Literatur. *Die Sache mit Bruno* ist ein hervorragendes Buch. Ein Kriegsbuch, in dem die realen Schrecken erst im literarischen Nachklang wahrnehmbar werden. Damit bleibt es im Gedächtnis, wenn die Aufräumarbeiten schon alle Spuren verwischt haben.»

*FAZ*

Albrecht Knaus